백신애,
소문 속에서 진실 찾기

백신애,
소문 속에서 진실 찾기

일제강점기 대표적 여성 작가
백신애를 모델로 한 일본어 소설 연구

서영인·이승신 엮음

한티재

1929~1930년 배우 시절 백신애.

《키네마 순보》 365호(1930. 5. 11)에 실린
일본키네마주식회사 제2회 작품 〈모던 마담〉에 출연한 백신애 스틸 사진.

백신애가 살았던 곳으로 추정되는
도쿄 신토미쵸(新富町) 지역의 쇼킨아파트
(正金アパート). 모치다 무쓰 제공.

朝鮮日報學藝欄에「一等」當選된

「나의어머니」의 作者

白信愛氏(假名朴啓華)의 略歷

一、一九〇八年…五月慶北永川에서出生。
一、그後多年間漢文修學
一、一九二四年…(三種訓導免許狀을어든後)…略一年동안
安敎員生活
一、京城女性同友會會員
一、現在東京留學
(感想文全部削除)

朝鮮日報學藝欄에「二等」當選된

「自己의길」의 作者

田春湖氏의 略歷

一、一九〇九年…一月四日不撲에서出生
一、一九二二年三月 大同公立普通學校卒業
一、一九二六年三月 光成高等普通學校卒業
一、一九二九年現在 崇實專門文科在學

새로운 決心

田、春湖

入選에 對한 感想을 쓰라는말슴입닛가?

한말로 나의생각을 말한다면, 붓그렵다는 생각밧게
아모것도 업슴니다. 누구나 글을쓰는사람은 經驗하실
일이지만은 自信업는作品을 發表하게되는때만큼
不快하고 분한일은 업스리라고 생각합니다.
나의 遭遇가 쑥 그러하엿슴니다. 그것은 自信이업서
기보다는 너머나 誠意업시쓴 作品이엿슴니다.
나는 應募할생각 갓흔것은 꿈에도업섯슴니다. 當初에
締切期日바로前날이 맛츰日曜日이되여서 한창분주하든
學期시험을 쉬이게되엿슴으로 作亂삼아 붓을들게되
엿든것임니다. 그러하야 그날밤 열두시가지나도록推稿
못하고쓰서 붓첫든것인데 뜻밧게 그것이 二等이나마
當選된것임니다.
나는그것이 發表될쌔 나의너머나 輕擧한行動을 나
스스로 책망하지 하엿슴니다. 뭐 좋다 힘들이지 안
엇슬가? 하고 後悔하지 안흘수업섯슴니다.
나는 너머나弱한나를 그가운데서 보앗슴니다. 너머

—(73)—

신진작가 소개《조선문예(朝鮮文藝)》1929. 5).

迎春日記

氏 諸
(順序到)

봄일기한절

주요섭

舊正

林　和

日記

張赫宙

二月×日

申南澈

日記中에서

白信愛

迎春日記

韓雪野

새로 찾은 백신애 글 「일기 중에서」,《문예가(文藝街)》1936. 12).
국립중앙도서관 제공.

仁木獨人を想ふ

朝鮮女流作家と仁木獨人

秋　田　雨　雀

仁木獨人君の死については、私は餘り多く語りすぎたような氣がする。私は今朝鮮から送られた弔電、弔文などを整理している内に、その中から最も感傷的な一文を發見したので、それを『テアトロ』にお送りする氣持になつた。朝鮮女流作家白信愛さんと仁木君との交遊はそんなに長いものではないが、これは人間の信愛の最上のもの──或は信愛以上のもの──を示してゐる。仁木獨人君はこれほど人々に愛されて、短い生涯を終えたと思へば、何んだか羨しいような氣持さえされる。私信を公表することについては、白信愛さんに深くお詫びしなければならない。

アボヂ──（お父さんに！）
アボヂはどんなことがあつても、何時も御元氣でいつまでもいつまでも……と信じたいのです。わたしは元旦から京城に來るようになりました。甥があんまり勉强下手なので、少し指導してやれと、母や兄から命ぜられました。家ではわたしして に來る手紙を京城へまわしてくれることを知らないらしく、去

る二月五日になつて始めてアボヂからのなつかしいお手紙を拜見致しました。新聞に『汽車について走つて來た白さんの姿が今もなつかしく思ひ出される』とお書きになつた所を讀みながら、わたしは嬉しくて〳〵、子供のようにはしやぎました。『なんてよいアボヂでせう！』と幾度も幾度も叫びました。『アボヂはあまりはりきり過ぎるくらゐです。御老體でゐられるのに今から朝鮮語の御勉强をお始めになつたの……』と、友だちに言ひまわるわたしは幸福で〳〵たまらないのでございます。キツトわたしをはげまして下さる御言葉でせう！』とわたしは思ひます。

アボヂ──わたしアボヂからお叱りを受けるかも知れませんが、一昨日から自制力を失つております。何故？　だれわれしに仁木さまの死を知らせてくれなかつたし、その死を報らす新聞を讀む機會もなかつたので全く知らなかつたのですもの。一昨日愈鎭午（朝鮮作家）と云ふ人の宅で始めて聞きましたので。

アボヂ！　どうして仁木さまが死んだと信じられませうか。

니키 히토리 사망 후 특집에서 백신애 편지를 공개한
아키타 우자쿠의 「조선 여류작가와 니키 히토리」,《테아토르》 1939. 3).

朝鮮半島と私

不確実な話であるが多分昭和五六年頃に、湘南方面のどこかにヒバリが丘（?）と言う映画撮影所が有って、間も無く閉鎖してしまったようである。岡田三郎とか秋田雨雀とか何人かの文士が関係して居たのではないかと思う。

それが閉鎖したとき、所属の俳優たちもみな失業したらしい。俳優募集の宣伝に引かれて朝鮮から出て来た若い女優が居た。照星姫という芸名は岡田三郎氏が付けてくれた、と私は聞いている。失業してから彼女は銀座裏の酒場で働いていた。日本語は上手であったが、朝鮮人の訛りが有った。それが却って舌足らずのような一種の魅力になっていた。

言うまでも無く当時の朝鮮は日本の国土であったから、照星姫が東京のどこで働こうと自由であった。私は何度かその酒場へ酒を飲みに行き、彼女とも親しくなった。私の直感としては彼女は何か解らないが、いろいろと経歴の有りそうな娘であった。決してすれっ枯しと言うのではなく、むしろいつも何かにおびえて居るような、弱いけだものの警戒心のようなものが感じられた。それは日本本土に来ている朝鮮人たちにほとんど共通な、差別的な取扱いをされている事に対する（恐れ）であったかも知れない。

91

이시카와 다쓰조(石川達三)의 「한반도와 나」

책을 펴내며

대구 영천 일대의 손꼽히는 거상 집안의 외동딸, 18세의 나이로 단신 상경하여 사회주의 여성단체에서 열렬히 활동했던 청년 운동가, 화물선의 변소 칸에 숨어서 시베리아로의 밀입국을 시도했던 당찬 모험가, 도쿄에서 여배우로 활동하기도 했던 첨단의 신여성, 대구 일대가 떠들썩했다는 호화 결혼식의 주인공, 서른한 살의 나이로 요절한 안타까운 예술가.

「꺼래이」나 「적빈」 등의 대표작으로 알려진 면모만으로는 상상하기 힘들 정도로 작가 백신애의 생애는 한편으로 변화무쌍하고 한편으로 신비로운 비밀처럼 은밀하다. 변화무쌍한 것은 통상의 상상력으로 재구하기 힘들 정도로 다양한 얼굴을 가지고 있기 때문이며 비밀처럼 은밀한 것은 그 생애의 면면이 제대로 속시원하게 밝혀져 있지 않기 때문이다. 10여 년의 짧은 문단생활이기는 했으나 그래도 당대에 『현대조선문학전집』이나 『현대조선여류문학선집』 같은 전집에 대표작을 수록할 정도의 인지도를 가진 작가임에도 불구하고 백신애의 생애에는 여전히 비밀에 쌓인 부분이 많다. 작가 백신애의 직접적 언급이나 문단 안팎의 증언 및 기록만으로는 백신애의 생애를 완전히 재구성하기 힘들다. 그의 중요한 행적 중 하나인 '시베리아 기행', '청도 기행'은 작가가 직접 기행문을 남겼음에도 불구하고 여행의 목적이나 구체적 체험의 내용은 아직도 분명히 알 수 없으며, 2년 남짓 동안의 '도쿄 유학'의 목적이나 행적은 오랫동안 묘연한 채로였다.

비밀이 많다 보니 소문도 많았다. 도쿄에서 배우를 했다든가, 여급 생활을 했다든가, 시베리아행은 남자와의 도피여행이었다든가, 첫사랑을 비롯하여 여러 남자와 염문이 있었다든가 하는 정체를 확인하기 어려운 소문이 그것이다. 장혁주와의 불륜 사건도 그중의 하나이다. 백신애의 앞세대 선배 작가들의 예에서도 알 수 있듯이 당시의 여성 작가들은 대중과 저널리즘, 그리고 동시대 남성 작가들의 호기심 어린 시선에 노출되어 왜곡된 표상을 얻을 수밖에 없었고 그 과정에서 정작 그녀들의 작가로서의 정체성은 실종되었다. 어쩌면 백신애가 자신의 사생활에 대한 언급을 극도로 아꼈던 이유 역시 이처럼 소문에 왜곡되어 표상될 수밖에 없는 여성 작가의 삶을 인지했기 때문일지도 모르겠다. 우선 소문의 실체를 확인하고 왜곡되어 표현된 자료들 속에 숨은 진실을 추적하려는 의지가 필요하다.

이 책을 통해 하려는 일은 백신애와 관련된 여러 작가들의 소설, 관련자들의 언급을 한 자리에 모아 놓음으로써 백신애 생애의 공백에 숨은 비밀, 소문 속에 숨은 진실을 찾는 밑자료를 만드는 것이다. 일본문학 연구자인 이승신, 오랫동안 백신애의 작품과 생애를 복원하는 데 힘써온 영천의 이중기 시인에 의해 새로운 자료들을 확인할 수 있었다. 이승신은 백신애를 모델로 소설을 쓴 일본작가 이시카와 다쓰조石川達三의 소설을 통해 백신애의 도쿄 유학생활의 일부분을 우회적으로나마 확인한 바 있고, 그 과정에서 일본에서 백신애의 생애와 작품에 기반한 연극을 만든 모치다 무쓰持田睦의 존재를 알 수 있었다. 이중기는 모치다 무쓰와의 여러 차례 메일 연락을 통해 백신애와 교유가 있었던 아키타 우자쿠秋田雨雀의 회고를 확인했다. 소설은 허구의 개입이 불가피하다는 점에서, 타인의 회고는 기억의 왜곡이 있을 수 있다는 점에서 전적으로 신뢰할 수 있는 자료는 아니다. 그러나 소문의 조각, 비밀의 파편들을 한자리에 모아 놓음으로써 진실의 일단을 찾는 근거를 마련할 수 있다고 생각한다.

이 책에 수록한 자료는 이시카와 다쓰조가 백신애를 모델로 썼다고 짐작되는 소설 두 편 「사격하는 여자射擊する女」와 「봉청화鳳靑華」, 그리고 장혁주가 쓴 백신애를 모델로 한 소설 네 편이다. 장혁주는 그의 자전소설을 통해 1936년 무렵 백신애와 연애사건이 있었고 이를 백신애의 남편에게 들키는 바람에 도쿄로 도피할 수밖에 없었다고 쓰고 있다. 자전소설인 「편력의 조서遍歷の調書」뿐 아니라, 「월희와 나月姬と僕」, 「어떤 고백담ある打明話」, 「이민족남편異俗の夫」은 모두 백신애를 모델로 한 소설이다. 장혁주 연구자들 사이에서는 알려진 작품이지만 정작 백신애의 독자나 연구자들은 접할 기회가 없었기 때문에 번역하여 이 책에 함께 수록했다. 「편력의 조서」는 장편 중 백신애와 관련된 부분만 수록하였고 나머지는 모두 단편으로 전문 번역 수록하였다. 오해를 우려하여 덧붙이자면 이시카와 다쓰조, 장혁주에 의해 형상화된 백신애의 모습은 어디까지나 작가의 창작을 거친 소설 속의 인물로 이해되어야 한다. 소설이 본디 허구의 영역이기 때문에 그렇기도 하거니와, 이 소설 속에 반영된 백신애의 형상은 작가들의 입장과 필요에 의해 상당히 윤색된 것이므로 소설에 기재된 내용과 사실 사이에는 낙차가 크다. 백신애의 행적 및 여러 정황과 사실들을 대조하면서 내용을 확인하여야 하며 소설 속에 나타난 작가의 입장이나 시선 등에 대한 면밀한 검토도 필요하다.

이시카와 다쓰조의 소설 두 편과 장혁주의 「편력의 조서」 부분은 이승신이 번역했고, 장혁주의 소설 세 편은 서영인이 번역했다. 그밖에 부록으로 장혁주의 수필 「팔공산 바위 우에서」, 일본의 작가 아키타 우자쿠에게 보낸 백신애의 편지, 백신애와의 추억을 회고한 이시카와 다쓰조의 산문 및 아키타 우자쿠의 일기와 자전을 수록했다. 「팔공산 바위 우에서」는 장혁주의 소설에서 백신애와 관련하여 반복적으로 등장하는 팔공산 등산 장면이 최초로 드러난 글이다. 한글로 발표된 장혁주의 수필 외 일본인 작가들의 글은 모두 이승신이 번역했다. 백신애의 생애에 대한 최초의 기록인 이윤수의 글 「백신애 여사의 전기」도 수록하였는데, 이전의 기록과 새로 발견된 자료를 대조하는 데도 유용한 자료라고 생각하기 때문이다. 이윤수의 글 내용 중 이후 오류로 밝혀진 부분은 『원본 백신애 전집』과 『방랑자 백신애 추적 보고서』를 낸 바 있는 이중기가 감수하고 바로잡았다.

책을 편집하던 중 백신애의 새로운 자료가 발굴되어 함께 수록한다. 수록된 자료는 《문예가文藝街》 5집(1936년 12월)에 게재된 「일기 중에서」, 《조선문예朝鮮文藝》 창간호(1929년 5월)의 「신진작가 소개」의 백신애 관련 자료이다. 최근 아단문고 소장자료를 국립중앙도서관에서 전자자료로 구축, 공개한 덕분에 찾을 수 있었다. 1929년 조선·동아의 학예란 당선작가를 소개하는 《조선문예》 지면에는 《조선일보》 1등 당선자인 백신애의 약력이 소개되어 있다. 특기할 것은 "현재 도쿄유학"이라 밝혀져 있어서, 1930년 무렵이라 알려져 있던 백신애의 도쿄 유학시기를 좀 더 앞당겨 추정할 수 있게 한다는 점이다. 함께 수록된 다른 작가의 경우 (당선)감상문이 함께 게재되어 있는데, 백신애의 경우에는 "감상문 전부 삭제感想文全部削除"되어 게재되지 못했다. 이에 기반한 연구가 더 세밀히 진행될 필요가 있다.

백신애의 고향 영천에서는 2007년 발족된 '백신애기념사업회' 주관하에 매년 백신애문학제가 열린다. 백신애문학제의 일환으로 개최되는 심포지엄과 2008년 제정된 '백신애문학상'은 올해 10회째를 맞았다. 기념사업회의 사업을 통해 축적된 연구와 자료가 아니었다면 이와 같은 책을 펴내는 것은 불가능했을 것이다. 특히 10년 동안 백신애의 생애와 작품을 추적하며 자료를 발굴하고 정본을 만든 이중기 시인이 자료를 제공하고 출판을 독려해주신 덕택에 이 책이 묶일 수 있었다. 함께 수고해주신 여러 분들, 촉박한 기간 내에 책을 만드느라 애쓰신 도서출판 한티재의 오은지 대표께도 감사드린다. 이 책이 무성한 소문을 뚫고 백신애의 작품과 생애에 더 뚜렷이 다가가기 위한 작은 통로가 되기를 바란다.

2017년 겨울
엮은이를 대표하여 서영인 씀.

차례

해설

사격하는 여자

射撃する女

이시카와 다쓰조 지음

그녀가 저주하여 죽은 남자는 언제나 무두질한 가죽으로 된 수렵복을 입고 쌍발총을 어깨에 짊어지고 있었다. 그녀는 그의, 프라 디아볼로* 같은 경쾌한 차림을 떠올릴 때마다, 얼음처럼 날카로워진 거울을 향해 정성껏 화장을 했다. 그리고 거울에 비친 자신의 하얗고 긴 아름다운 턱에서 목에 걸쳐 하얀 퍼프를 두드렸다. 그는 울대뼈 위에 어렴풋이 붉은 빛이 도는 것을 좋아했다. 그래서 그녀는 지금도 울대뼈에 어렴풋이 붉은 칠을 했다. 화장이 끝나면 거울을 덮은 꽃무늬를 철썩 떨어뜨리고, (흥! 저런 자식.)하며 죽은 그를 저주하며 단발머리를 흔들었다. 그럴 때에는 지금의 남자의 방문을 마음속으로 기다렸다. 그러나 지금의 남자는 너무도 정중하고 겁쟁이고 성실한 척하며 성인군자인 듯 너무 예의발랐기 때문에, 그녀가 예전의 남자를 생각하지 않는 때에는 찾아오더라도 차갑게 대해야만

---

* 남(南) 이탈리아의 게릴라 수령. 본명 M.페차. 본디 수도사로서 한때 추기경 루포(1744~1827) 밑에서 그를 도와(1799) 나폴리를 점령한 프랑스 혁명군과의 전투에서 용명을 떨치고 나폴리를 탈환하기도 하였으나, 1806년 다시 벌어진 부르봉군과 프랑스군의 전투에서 체포되어 교수형을 당하였다. 오베르의 가극 〈프라 디아볼로(Fra Diavolo)〉로 그의 이름은 널리 알려졌다.

했다.

그녀는 저녁 무렵이 되면 반드시 침실에 들어가 안에서 걸어 잠그고, 예전 남자와의 사이에 태어난 아이의 사진을 꺼내서 울곤 했다. (어째서 넌 죽은 거니? 엄마를 혼자 두고 왜 죽은 거니?) 그녀는 우는 것으로 몸속의 찌꺼기나 더러움이 완전히 씻겨 내려가는 것처럼 여겼다.

다 울고 나면 조용히 저녁을 먹었다. 저녁에는 반드시 락교* 초절임 세 개를 먹었다. 어릴 때부터 그녀는 밤에 잘 우는 아이**였기 때문이었다. 저녁을 마치면 그녀는 예전의 그가 애용하던 쌍발총을 꺼내어 정성껏 탄환을 넣었다. 이것은 매일 밤 그녀의 베갯머리에 걸쳐두었다.

"부인의 흉기 취향은 탐탁지 않네요. 관두는 게 어때요?" 그는 우울했다.

"그렇지만 정말 좋아하는걸요." 그녀는 공기총 카탈로그를 넘기면서 대답했다.

"저 사람은 가을이 되면 자주 사냥을 하러 나갔어요. 갈색 사냥모자를 쓰고, 새까만 세터 사냥개를 한 마리, 때로는 저도 데리고 갔

---

* 염교. 백합과의 여러해살이풀. 꽃줄기의 높이는 30~60센티미터이며, 잎은 비늘줄기에서 뭉쳐 나고 속이 비어 있다. 가을에 자주색 꽃이 산형(繖形) 화서로 피고 열매를 맺지 못한다. 잎은 절여서 먹으며, 중국 남부가 원산지이다.

** 일본에서는 락교가 불면이나 수면장애에 효험이 있다고 알려져, 민간요법으로 밤에 우는 아이에게 락교를 먹였다고 한다.

지요."

"남편이 좋아하던 빨간 모자 말입니까?"

"남편 아닌데요."

"애인이 좋아하던 빨간 모자."

"애인도 아니었어요, 살아 있는 동안은요."

"아, 죽어서 애인이 된 거군요. 아니면 그 편이 그 남자에게 행복했었는지도 모르겠구요. 살아 있을 때부터 애인이었으면, 그도 죽기 어려웠을 테니까요."

"그랬을 거예요. 그래서 저는 누구도 사랑하지 않기로 했어요. 남자들이 안심하고 죽을 수 있게."

"현명하시네요. 저도 안심하고 죽을 수 있을 것 같군요."

"네, 물론이죠. 40엔, 이 공기총 어때요? 저한테 딱이지 않나요?"

"이봐요, 당신." 그는 견딜 수 없어졌다. 이 여자는 대체 앞으로 어쩌려고 하는 것인지 알고 싶었다. "당신의 옛날 애인이 아니었다는 사람은, 당신을 사랑했었나요?"

"말도 안 돼요! 다만 용감했던 것뿐이죠. 당신보다 훨씬 용감했죠. 테러리스트가. 한 마리 산새를 쏘아 떨어뜨리듯이, 그런 식으로 여자를 쏘아 떨어뜨리는 사람이었죠. 강한 사람이었죠. 뭐든지 자신이 생각하는 대로 하는 사람이었죠. 그리고 부모도 형제도 은인도 자유자재로 배신할 수 있었죠. 마지막으로 저도…… 맘먹은 대로 해버렸죠."

"희한한 사람이군요. 그만한 용기와, 그만한 자신감, 무서운 사람이네요. 존경할 만한 점이 있네요.”

“그 사람, 제가 저주해서 죽은 거예요. 내 몸에 손대는 사람은 제
가 꼭 저주하거든요. 그리고 제가 저주한 사람은 모두 죽는다구요!
그 사람 그렇게 육중한 몸이었는데 결국 후두결핵, 폐결핵, 맹장염,
심장판막증, 모두 하나같이 죽었어요. 다섯 명의 죽음을 혼자서 감
당한 셈이죠.”

“아—, 행복한 사람이네요. ‘어쩌면 목숨은 구할지 모른다’는 불
안함은 단 1분도 느끼지 않고, 꽤 평화롭게 죽었겠네요. 아, 저도 저
주받아 죽고 싶어졌어요.”

“안돼요, 당신 같은 비겁한 사람은 불쌍해서 저주할 맘이 들지 않
거든요. 키스해주고 싶을 정도로.”

여자는 그의 얼굴 앞의 공기총 카탈로그를 던지고 웃기 시작했
다. 물고기 배처럼 기묘하게 하얀 손으로 얼굴을 덮고 웃었다. 남자
는 웃을 때마다 여자가 옅게 붉은 칠을 한 울대뼈가 육감적으로 경
련하는 것을 바라보면서 슬퍼졌다. 이 여자가 예전의 그를 잊지 못
하는 동안은 결코 자신을 사랑하지 않을 것이라고 생각하니 암담했
다. 어떻게든 이 여자로부터 엽총 취미를 없애야 한다. 그 다음으로
는 그녀의 죽은 아이의 사진을 빼앗는 거다. 또 하나의 방법은 그가
앞으로 수렵을 배워서, 예전의 그 남자나 프라 디아볼로처럼 용감
하고 산뜻한 모습을 보이는 것이다. 즉 그녀가 현재 그리고 있는 옛
날 환상의 남자를 재현하는 일은 그의 취미와는 전혀 반대되는 것
이었다. 그렇다면 그녀에게 그런 환상을 빼앗는 노력이 취해야 할

방법이라고 생각되었다.

"빵…… 하고 쏘는 거예요." 여자는 환한 표정으로 벽에 걸려 있는 예전 자신이 사냥하는 모습의 사진을 쳐다보았다. "그러자 사냥개가 미친 듯이 달려 나가는 거예요. 숲에서 숲으로, 언덕에서 계곡까지도 메아리가 오랫동안 울려 퍼져서, 한참 멀리서도 참새 떼가 푸드득 날아올랐죠. 낙엽 내음이 촉촉한 숲에 화약 냄새가 감돌죠. 갑자기 조용해지죠. 그러면 그 사람이 마른가지를 뚝뚝 짓밟으면서 걸어 나와요. 뒤를 돌아서 내게 가 보자, 라고 말해요. 겨드랑이 아래의 철포에서 여전히 연기가 나오고…… 참 무섭죠. 한두 발자국 걸어가자, 풀숲을 거센 바람처럼 바삭바삭 소리 내며 사냥개가 튀어나와요. 극채색의 꿩 옆구리를 꽉 물고서……."

"당신은 행복하군요. 추억이란 그 남자처럼 당신을 쏘아 떨어뜨리거나 배신하거나 하지 않으니까, 안심이로군요. 그렇지만 대체 언제까지 그런 환상을 쫓으며 살아갈 생각인 겁니까? 이제 그만둬도 좋은 때인 것 같네요. 3년이나 되었으니."

"네, 산책하러 가지 않을래요? 차를 타고 밤의 거리를 드라이브 하지 않겠어요? 저는 오늘밤 매우 명랑하답니다! 만나줘요, 차 정도는 대접할게요. 그리고……."

그녀는 의자에서 일어나자, 갑자기 그에게 달려들어 키스를 했다.

"이봐요, 괜찮죠? 그럼 가자구요."

그는 현명한 방법을 생각해냈다.

직접 수렵 취미를 그에 대한 사랑으로 바꾸는 것은 어렵다. 이것은 우선 취미의 전환이 필요하다. 즉 다른 스포츠라든가 음악이나 마작이나 춤 같은 것을 그녀에게 권하고, 자연스럽게 철포를 잊게 한다. 이것이 즉 과거의 남자를 잊는 것이 된다. 그래서 비로소 그녀의 마음이 자신에게로 돌아올 준비가 되는 것이다.

그는 마작을 가르치기 시작했다. 우선 규칙을 설명하기 시작했다. 그녀는 기꺼이 배우려고 했다.

"이런 식으로 같은 패가 두 개 나란히 있을 때에 다른 사람이 같은 패를 버리면, 그것을 주워서 세 장 잡을 수 있는 거예요. 이런 때는 퐁이라고 합니다."

"퐁이요? 철포를 쏘는 것 같군요."

그는 마작은 결코 적당하지 않다는 것을 깨달았다.

그래서 골프를 시작했다. 그녀는 능숙하게 허리를 비틀고 클럽을 어깨로 치켜들었다. 쭉쭉 숙달되었다. 그리고 철포 얘기의 빈도가 줄었다. 그는 이번엔 기필코 잘 해보고자 열심히 가르쳤다.

"저, 이렇게 생각해요"라고 어느 날 그녀는 늠름한 골프복장으로 클럽을 지팡이 삼으며 말했다. "저, 공을 쫓아 걸어가는 것이 도무지 내키지 않아요."

"안 되죠, 그게 좋은 산책인걸요. 잔디 위를 걷는 것은 정말 좋은 기분이 들구요. 마치 자신이 시라도 생각하는 듯한 기분이 들지 않던가요?"

"내키지 않아요. 그래서 규칙을 바꿔서 공을 그저 치는 것이 아니라, 상대 표적을 맞추는 거예요. 철포처럼."

"그런 바보 같은 짓을……그럼 골프가 아니거든요."

"골프가 아니면 어때요? 저 정말 재밌을 것 같아요. 당신 저쪽에 뭔가 표적을 만들어주지 않을래요?"

여자는 은색 열쇠를 비틀어 추억의 빗장을 열었다. 가을바람이 창밖의 코스모스를 기울이며 불고 있었고, 언덕 숲에서 상수리나무 잎이 팔랑팔랑 떨어져서, 지금은 예전의 환상을 그대로 환상으로 둘 수는 없었다.

추억의 빗장 안에서 그녀가 정중히 꺼낸 것은 한 개의 수렵복이었다. 그녀는 이 옷을 안고 거실에서 기다리는 남자 앞에 나타났다. 그 여자의 모습을 보자 그는 얼굴이 새파래져서 일어났다. (미친 것이다!)

"저 녀석! 이 옷으로 저를 매료시켰어요. 이 옷만큼은 어떻게도 반항할 수 없었죠. 그래서 이 옷에는 제 원한이 흠뻑 젖어 있어요. 저 사람이 이 옷을 입고 위풍당당하게 제 앞에 서면, 아무리 미워하고 싫어하려 해도 '나의 영웅!'을 만난 듯한 기분이 들었어요. 하하하! 저 바보죠? 저 사람은 그것을 알고 있었죠. 그러니 죽을 때가 되어 이 옷을 손에 들고, 침대 위에서 이렇게 말하는 거예요. 내 역사의 반은 이 옷이 지배했다……."

"그런 유품을 이제껏 잘도 갖고 있었네요."

"당신, 이 옷을 입어 봐 줄래요?"

"싫습니다. 기분 나쁜 일은 그만둬 주세요."

"어머, 기분 나쁠 거 조금도 없어요. 정말 훌륭한 옷이라구요. 부탁드려요."

"제가 예전 남자의 로봇이 되라는 겁니까? 당신도 무척 잔인하군요."

"어머, 들리죠? 바람소리요. 저 오늘 아침, 저 바람소리를 듣고 있으니, 예전 가을이 견딜 수 없이 그리워졌어요. 입어주지 않을래요? 그리고 저도 수렵복을 입을 테니, 함께 산책해요. 그럼, 부탁한 거예요."

그녀는 기운이 나서, 옷을 거기에 두고 옷을 갈아입으러 갔다. 그는 방안에 남아 있는 그녀의 냄새를 맡으며 마녀의 숨결을 느꼈다. 자신의 몸을 내부에서 갉아먹는 기묘한 질식할 것 같은 마녀의 숨결이었다. 이윽고 그의 목숨이 그녀 때문에 파멸에 휘말리게 될 것이다. 그는 어디까지나 그녀의 취미에 반항하고 싶었다. 그러나 그는 가죽의 끈적한 감촉에 손을 대보았다. 그녀가 새까만 수렵복에 긴 장화를 신고 나섰을 때에는, 불쌍한 마음을 가진 프라 디아볼로가 상의 단추를 채우면서 거울 앞에 창백해진 모습으로 서 있었다.

'어머!' 하고 여자가 말했다. 그리고 갑자기 그의 가슴에 뛰어들어 입술을 내밀어 키스하려고 했다. 눈에 눈물이 가득해졌다. "화내지 말아요. 제가 제멋대로인 여자여도, 용서해줘요. 그 대신에 좋은 것을 보여줄게요. 이거예요. 어젯밤 마을에서 발견한 거랍니다."

그녀는 침실에서 석고 인형 두 개를 갖고 왔다.

"이거, 저 사람이랑 많이 비슷해요"라고 하며 가리킨 인형은 바위에 걸터앉은 등산객 차림이었다. 또 다른 하나는 비스듬히 위를 쳐다보는 반신상으로, 어딘지 매우 당신이랑 닮았어요, 라는 설명이었다. 그녀는 두 개의 인형을 벽난로 선반 위에 늘어놓고 오랫동안 비교해보고 있었다.

그날 밤 그녀는 공기총 한 정을 샀다. 검고 가느다란 총신에 밤나무 개머리판이 달려서 한 줄기의 한기를 가진 공기총이었다. 그녀는 기뻐하면서 그의 가슴에 겨누었다.

"쏴 보세요. 당신의 심장을 쏴 봐요. 어차피 쓸모없는 심장이니까 파괴된다한들 큰일은 없으니까요."

"농담은 그만두세요. 저는 꼭 당신에게 해두고 싶은 말이 있습니다."

"정색하시는군요. 뭔데요?"

"당신은 앞으로 언제까지 이런 추억만으로 생활해 갈 생각입니까?"

"그런 걸 물어서 어쩌시려구요? 신경 쓰여요?"

"당신은 정말 제정신이 아닙니다. 당신은 전혀 인간다운 생활을 하지 않아요."

"어머머, 엄격하시네요. 사냥꾼의 생활이라면 갖고 있겠죠?"

"진심으로 대답하지 않으시군요. 저는 오늘밤 이야기를 완전히 매듭짓고 싶거든요. 당신은 무엇 때문에 공기총을 산 겁니까?"

"내일부터 때까치랑 제주직박구리를 사냥하러 갈 거예요. 잡히면 대접할 거예요."

"당신은 이미 진지하게 생각할 수 없는 거군요."

"제 자신의 생활을 퍽 진지하게 생각하고 있다구요."

"그것이 진지한 태도입니까?"

"네, 그렇죠. 새 사냥을 가는 것은요, 제가 매우 흥미 있어 하는 동시에 건강에도 매우 좋은 거라구요. 그렇잖아요? 어때요? 진지하지 않나요?"

"그런 게 아니죠. 제가 하는 말은 그런 게 아닙니다. 당신은 대체 내가 당신에게 무엇을 바라고 있다고 알고 있는 겁니까?"

"네, 대체로요."

"좋아요, 그럼 말해보세요. 분명히 말해보세요."

"어머, 비겁하네요. 저한테 말해보라구요? 비밀의 답안인 셈이네요. 그럼 말할게요. 제가 사냥 가는 것을 그만두면 되는 거죠?"

"……."

"철포를 다른 데다 줘버리면 되는 거죠?"

"…… 으흠."

"네, 그건 쉬운 분부시네요. 기다리세요."

여자는 침실에 들어가자 베갯머리의 철포 유품을 주머니에 넣어 창고 안에 던져놓고 돌아왔다.

"자, 이제 됐죠?" 그녀는 기묘한 물고기 배처럼 하얀 두 손을 먼지를 털 듯 털었다. 그리고 무섭게 눈을 치켜뜨고 그녀를 바라보고 있는 남자를 향해 웃음을 띠었다.

"어때요? 이제 맘에 드세요? 저, 용감하죠?"

"다음날이 되면 또 철포를 꺼내 올 거예요."

"아뇨, 꺼내지 않을 거예요. 그 대신 이 공기총이 있으니까."

"그것도 버리세요!"

"그렇게는 안돼요. 이거 산 지 얼마 안 되는걸요. 쏴보지 않으면 만족할 수 없는걸요."

"쓸모없는 제 심장을 쏘는 건 어때요?"

"한방에 떨어질까요? 작은 새랑 달라서 안 될걸요. 하하하."

여자는 웃으면서 총신을 꺾어 탄환을 채웠다.

"뭔가 쏘고 싶은데. 밤에는 새도 없고, 탁상시계도 아깝고…… 뭔가 좋은 표적을 찾아줘요."

남자는 느릿느릿 일어나 옆방에서 예전 그와 닮았다고 한 석고인형을 갖고 와서 방구석의 선반에 놓았다.

"쏠 수 있으면 쏴 봐요."

"쏠 수 있어요. 개똥지빠귀 정도겠네요."

여자는 테이블에 한쪽 팔을 괴고 총을 겨눴다. 남자는 여자의 표정을 응시했다. 여자의 울대뼈 주변에는 옅게 붉은 칠을 했지만, 가늘고 긴 턱에서 입술까지 빈정대는 웃음을 띠었다. 갑자기 격렬한 소리, 메아리, 깨지는 소리. 석고상은 조각조각 깨져 떨어졌다. 그 하얀 파편에서 다시 시선을 여자 쪽으로 돌아보자,

"어때요? 실력은 확실하죠?"

라고 말하고서 일어섰다. 남자는 이 방안에 나부끼는 마녀의 숨소리를, 저 질식성의, 심장을 압박하는 숨결을 느꼈다. 여자는 석고 파편을 내려 보면서 밝게 말했다.

"호호, 제법 와장창 깨져버렸네요. 그 사람의 것이라 튀지 않을까 했는데…… 좋아, 내일 다시 사 오죠."

그는 무두질 한 가죽 수렵복을 입고 가을바람이 세차게 부는 수풀 속으로 프라 디아볼로처럼 용감하게 들어갔다. 그녀에게서 예전 남자의 환상을 몰아내는 것이 절망적이라고 알고부터는, 그 자신이 그녀의 환상의 재현이 되는 것 외에 다른 방법이 없는 것이다. 그는 사냥과 사격술에 관한 세 권의 책을 암기하고, 그녀보다도 더 좋은 공기총을 사고, 옆집 포인터 사냥개를 빌려 그녀에게 사냥하러 가자고 했던 것이다.

"포인터는 셋터보다 용감하군요. 그리고 저는 이미 두 해 동안 이 개를 수렵견으로 훈련했거든요. 제법 잘 달리네요."

여자는 공기총을 겨드랑이에 끼고 환상을 쫓아 미소 지었다. 숲은 가을이어서 쇠무릎지기, 들국화, 만주사화 등이 무성해져 있었다. 밤이 익어갔다. 균사의 냄새와 썩은 낙엽 냄새가 났다.

"저는 공기총을 쏜 적이 없습니다. 철포보다 어렵겠죠. 탄환이 하나니까요."

그는 드높은 파란 하늘을 배경으로 노랗게 변한 떫은 감을 쏘았다. 감은 단거리 선수처럼 갑자기 높은 허공에서 출발하자 돌멩이처럼 수직으로 떨어졌다. 포인터 사냥개가 달려 나갔다.

그는 이미 완전히 여자의 마음을 사로잡은 듯한 기분이 들어 돌아보았다. 그러자 여자는 새빨간 만주사화가 흐드러지게 핀 가운데 앉아 손수건으로 얼굴을 덮고 울고 있었다.

그는 사냥개가 물고 온 감을 손바닥에서 굴리면서, 자신은 어떻게 해야 좋을지를 생각했다. 예전의 그와 닮은 시늉을 해도, 그 흉내가 성공하면 할수록 여자는 멀어지듯이 생각되었다. 그렇다고 반대되는 모습을 보이면 그녀는 결코 만족하지 않았다. 그는 떫은 감꼭지를 뜯으면서 울고 있는 여자의 등이 흔들리는 리듬에 괴로워했다. 새빨간 만주사화 꽃 더미 속에서 새까만 수렵복을 입은 여자는 타락한 이브처럼 아름답게 보였다. 바람이 수풀 속을 지나가자 새빨간 꽃 더미는 그녀의 허리부근에서 욕정으로 물결쳤다.

"그만 울어요. 당신이 싫다면 저는 이제 사냥하지 않을래요"라고 말하며 그도 꽃 더미 속에 앉아 여자의 어깨를 안았다.

"아뇨, 괜찮아요. 저 정말 기뻐요. 미안해요."

"저는 이제 이 옷 입는 거 그만두죠."

"아뇨, 입고 있어 주세요. 그대로 좋으니까. 그렇지만 어쩌면 저 당신을 저주하게 될지도 몰라요."

여자는 옅게 붉은 칠을 한 울대뼈만으로 소녀처럼 부끄러운 듯이 웃었다.

"그렇지만 상관없겠죠? 당신에게 저주해도 되죠?"

그는 알 수 없게 되어, 만주사화의 파란 줄기를 똑똑 꺾어서 꽃다발을 만들었다. 사냥개는 참을 수 없게 되어 수풀 속으로 지렁이 냄새를 찾아 나섰다.

그날 밤 그는 그녀의 집에서 함께 만찬을 했다. 여자는 락교 세 개를 오도독 씹으면서 말했다.

"저 부탁이 있는데, 들어줄래요?"

"네, 뭐든지."

"그럼, 말할게요. 저기, 저요, 매일 아침 눈뜨면 맨 먼저 침실의 공기를 바꿔요. 그래서 언제나 스스로 창을 열어요."

"네……."

"그런데요, 내일 아침만은 저, 제가 창을 열고 싶지 않아요."

여자는 그의 목에 양손을 두르고, 그의 귓전에서 작은 소리로 속삭였다.

"당신, 열어줄래요?"

그때 여자의 숨결에서 락교 냄새가 났다.

그리고 여자는 페퍼민트 한 잔을 마시고 담배 한 개비를 천천히 흔들면서 황금색 열쇠를 비틀어 그녀의 침실 문을 여덟팔자로 밀어서 열었다.

남자는 여자의 순백의 침대 머리맡에 예전 애인이 아니었던 남자의 유품인 철포가 없는 것을 확인했다. 또한, 화장거울 앞 선반에 그와 어딘가 닮아 있는 석고 반신상이 하나만 있는 것을 확인했다.

여자는 파란색 차양을 한 램프를 켜고 웃옷 단추를 톡톡 풀었다. 남자는 내일 아침 자신이 열어야 하는 창이 녹색 커튼으로 무겁게 닫혀있는 것을 보았다. 창 밖에서 코스모스가 밤바람에 옆으로 흔들리는 소리를 들었다.

"어머" 여자가 갑자기 낮게 외쳤다. "큰일 났어요, 엄청난 걸 잊어버렸어요. 그렇지만 괜찮아요, 어쩔 수 없죠."

"뭐예요?"

"하필 오늘 그 아이 사진을 보면서 우는 걸 깜빡했거든요."

다음날 그가 침실 문을 열자, 무서운 기세로 바람이 들어왔다. 흐린 하늘 아래 정원의 코스모스는 익사한 소녀들처럼 쓰러져 있었다. 침대에서 그녀의 단발이 흩어지기 시작했다. 근처 숲에서 상수리나무 잎이 참새 떼처럼 날아왔다. 이 바람 아래서 가을 여자의 피부가 차갑게 맑아지기 시작했다.

"당신, 어떻게 된 거예요?"

"……."

"이봐요, 어떻게 된 거냐구요?"

"가만히 있어줘요."

남자가 새파랗게 질려 옷을 입자, 창가에 서서 익사한 소녀들이 바람에 흔들리면서 여전히 옅은 붉은색으로 피어 있는 것을 보고 마음 아파했다.

그는 그녀를 위해 이 침실 창문을 연 것을 후회하기 시작했다. 그녀는 역시 예전에 저주하여 죽인 남자의 경쾌한 모습을 그리면서 스스로 창문을 여는 것이 제일 좋았을 거라고 말한 것을 깨달았다. 그가 아무리 노력해도 이 여자를 완전히 자신의 것으로 하는 것이 불가능하다는 것을 알았다. 그는 원래대로 단조로운 자신의 독신생활로 돌아가는 것이 가장 좋은 것이다.

"당신은 나를 저주하기 시작했죠?"

라고 그는 말했다. 그녀는 대답하지 않고, 꽃무늬의 덮개를 젖히고,

가을의 차가운 아침 햇살 속에 하얗게 얼음처럼 차가워진 거울을 향해 정성껏 화장을 하기 시작했다. 물고기 배처럼 이상하게 하얀 손가락으로 하얗고 가느다란 아름다운 턱 주변에도 화장 퍼프를 두드렸다. 특히 정성껏 울대뼈 위에 옅게 붉은 칠을 했다.

남자는 또각또각 구두소리를 내며 창고에 들어가, 예전 남자의 유품인 철포를 가지고 나와서, 그녀의 침대 머리맡에 두고 모자를 들고 방을 나섰다.

화장을 마치자 그녀는 머리맡의 철포를 들었다. 쌍발총에는 탄환이 장전된 채로 있었다.

그녀는 개머리판을 오른쪽 어깨에 대고 방아쇠에 손가락을 걸었다. 나란한 두 개의 총구가 수평이 될 때까지 올렸다. 한차례 바람이 그녀의 단발을 흐트러뜨렸다. 방아쇠가 한 발 한 발 당겨졌다. 그리고 갑자기 폭발이 일어났다. 엄청난 소리에 이어서 뭔가 깨지는 소리가 났다. 어딘지 그와 닮은 석고 반신상이 오십 발의 산탄散彈을 맞고 연기처럼 흩어졌다. 그 하얀 석고 연기 속에서, 그녀는 철포를 멘 채로 눈물을 흘리며 울기 시작했다.

《新早稲田文學》(1931. 8)

(이승신 옮김)

봉청화

鳳青華

이시카와 다쓰조 지음

봉청화는 조선의 아가씨였다. 새빨간 루즈를 칠한 그녀의 입술에서는 독약 같은 마늘 냄새가 났다. 나는 그녀의 기교 많은 화장을 좋아하지 않았지만, 이전에 영화배우를 했다는 경력의 흔적이 여기에 나타나고 있다고 생각하여 오히려 짙은 화장 그늘에 그녀의 외로움이 숨어 있는 거라고 생각되었다. 그녀는 늘 마쓰우라 유리松浦百合라는 일본 이름을 사용하고 있었지만, 어설픈 말투는 숨길 수 없었다. 나는 종종 그것을 도호쿠東北 지방 사투리라고 잘못 여기고, 유리 씨는 도호쿠 출신이시죠, 라고 물어보았다. 그러자 그녀는 블라디보스토크 출신이라고 하여 나를 놀라게 하였다. 어느 날 우리는 전철역에서 만났다. 그녀가 이사를 하고 싶다고 했기 때문에 함께 아파트를 구해볼 생각이었다. 마침 가을비가 많은 계절이었다. 구름은 띄엄띄엄 보였지만, 비는 옅은 햇살 사이로 드문드문 그러나 언제까지고 그칠 것 같지 않았다. 북쪽 하늘에 멋진 무지개가 생기자, 그녀는 어깨를 적시면서, 아! 하고 기쁨의 탄성을 지르고, 기도하듯이 그것을 올려다보았다.

우리는 비가 그치기를 기다리기 위해 근처 다방에 들어갔지만, 비는 좀처럼 그치지 않고 이야기도 끊어져 두 사람은 지루해지기 시작했다. 그때 나는 또 말하고 말았다.

"당신은 도호쿠 사람이 아닌가?"

그녀는 가만히 고개를 저었다.

"그럼 당신의 아버지나 어머니가 도호쿠 출신인가?"

그녀는 가만히 창백한 눈을 들어 나를 바라보았다. 왜 그런 기분이 들었는지 모르지만, 그때 그녀는 확실히 출신지를 말해버려야겠다는 기분이 들었던 모양이다. 그리고 핸드백 안에서 종이쪽지와 연필을 꺼내고는, 잠시 주저하더니 단번에 썼다. 조, 선, 인! 다 쓰자 그 종이 위에 눈물을 뚝뚝 떨구고, 그녀는 흐느껴 울었다. 분명히 나는 큰일이라고 생각했다. 그렇지만 그와 동시에 울면서 그것을 쓴 그녀의 비통한 마음에 큰 놀라움과 동정을 느꼈다. 나는 거칠게 그 종이쪽지를 빼앗아 내 주머니에 쑤셔 넣고, 돈을 치르고 가게를 나왔다.

그녀는 집으로 돌아가겠다고 주장했지만, 나는 화가 나서 아니, 돌아가면 안 돼!라고 소리 지르고 걷기 시작했다. 거리 건너편 하늘에 무지개는 한층 더 또렷이 반원을 그리고 있었다.

나는 모자챙을 내리고 그녀와 나란히 걸으면서, 지금까지 일본인은 조선인*을 부당하게 경멸**해 왔다고 한다, 그러나 나는 다르다, 당신이 어디 사람이든 나는 결코 구별하지 않는다, 그런 것을 힘주

---

* 잡지 발표 시에는 ×××(복자) 처리된 부분을 작품집 수록 시에 이시카와가 넣은 부분.
** 복자 부분.

어 계속 이야기했다. 나는 그녀를 위해 전 일본인의 반성을 촉구하고 싶은 분노를 느끼면서, 그렇지만 나 자신은 주저하고 머뭇거리는 기분에 바르르 떨고 있었다.

봉청화는 출신지를 말해버리고 나서 도리어 편한 기분으로 나를 대하게 되었다. 그렇지만 그 편한 기분이란 것도, 혹은 애정이 깊어지는 것을 단념해버렸기 때문에 편해진 것인지도 모른다. 분명히 그녀는 확연한 구별과 질서를 세워서, 그 범위에서만 나를 접근시키려고 한 것 같았다. 가끔 찾아가면 내 팔 안에서 새빨간 입술을 젖히고 나를 맞으면서, 그렇지만 그 위치에서는 조금도 가까이하지 않겠다는 필사적인 노력이 있었다.

"제 몸은 결코 누구에게도 만지게 하지 않아요. 당신이 폭력을 쓰면 저는 지겠죠. 그렇지만 그러고 나서 언제까지나 평생을 살면서 저주할 거예요. 저 그렇게 되기 싫거든요, 당신을 존경하고 싶어요. 그러니까……."

그것은 내지인에 대한 뿌리 깊은 반항심을 지키려고 하는 태도였다.

"그렇게 말하는 것이 당연한지도 모르겠군." 나는 조심스런 기분으로 말했다. "그러나 당신의 그런 생각은 결코 당신 자신을 행복하게 하지 않을 것 같군."

"그래요, 잘 알고 있어요. 나 불행해도 좋아요."

이런 굳건한 성벽 바깥으로 쫓겨나서 어쩔 수 없이 팔짱을 끼고,

나는 점점 그 여자에게 이끌리게 되었다.

여성과 결혼하는 것에 대해 나는, 그 무렵 청년다운 회의에 찬 생각을 갖고 있었다. 결혼은 남성의 일생을 뒤틀리게 하는 것이고, 기울어버린 전신주처럼 항상 위태롭게 자신을 지탱해 가야하는 것이라고 생각했다. 실로 청년답게 미소 지으며 허세부리는 감정이었지만, 그 때문에 나는 평생 결혼은 하지 않겠다고 생각했다. 따라서 봉청화에 대해서도 결혼하려는 생각까지는 좀처럼 들지 않았다. 결국 그녀에 대한 두려운 기분과 동시에 이향異鄕에서 태어난 아가씨와의 교제를 즐겼는지도 모르겠다.

봉청화에 대해서 나는 몇 번이나 망설여야만 했다. 그녀의 가치관, 감정의 변화, 생활의 방법. 그런 것들은 내가 다 이해하지 못하는 것이 많았다. 그것은 생활상의 전혀 다른 습관에서 비롯된 것도 있고, 또한 현재의 환경을 모르는 탓도 있었다. 그녀는 동향의 청년들과의 그룹을 갖고 있는 것 같았지만, 거기서는 어떤 대화를 나누고 어떤 감정이 흐르는지 알 수가 없었다.

그녀는 때로 돈이 십전도 없을 정도로 가난했지만, 때로는 번화한 거리의 레스토랑에서 값비싼 저녁을 먹는 경우도 있었다. 그 생계에 대해 나에게 말하지는 않았지만, 부모로부터 돈을 받는 듯했다.

그녀는 나에게 알리지 않고 거처를 옮겼다. 내가 그 이사한 곳을 알기까지 한 달이 걸렸다. 그곳은 시가지의 오층 건물의 리놀륨을 깐 넓은 방에 그녀는 혼자서 조용히 지내고 있었다. 두꺼운 벽, 작은 창. 그 창에서는 가로막는 것도 없이 넓은 하늘이 보였다. 그녀는 창가에 누워서, 안으로 들어오는 허공의 바람에 단발을 흐트러트리면서 날카롭고 우울한 표정으로 지긋이 바깥을 향해 있었다. 왠지 몸을 숨기고 있는 듯한 그늘이 많은 생활이었다.

"파란 매실 있잖아요? 그거 정말 좋아해요. 아버지 과수원에 나무가 있어서 잔뜩 달렸어요. 그걸 혼자서 이백 개 정도 먹어버렸죠. 한번에. 그래서 죽을 뻔했어요. 한 달 정도 누워 있었어요. 저 터무니없는 짓 하거든요. 끄떡없어요."

"운동하고 있을 때에도, 지도자였던 박이라는 놈이 블라디보스토크에서 오라고 하는 거예요. 내가 아니면 안 되는 일이 있다고. 그리고 저 밤중에 국경을 건너갔어요. 두 명의 동지가 있었지만, 두 명다 붙잡혀서 저 혼자서, 산중을 부스럭부스럭 기어 다니고, 한밤중에요! 캄캄한 가운데 말예요. 상처투성이가 되었다니까요."

"그리고 드디어 박이 있는 곳으로 갔다고 생각하자마자 감금당하고 말았죠. 이상하다고 생각했어요. 그러자 오일째에 박이 들어와서 나를 자유롭게 해주려 했어요. 저도 박을 존경했기 때문에, 설마하고 생각했지만…… 저 저항했어요. 그러자 권총을 꺼내어 위협했어요. 분하고 억울해서 울었어요. 그러고 나서……."

"저 임신한 걸 알았어요. 그러자 병원에 강제로 입원시켜 낙태시켰어요. 한 달 정도 입원해서 나은 다음에 송환되어 돌아왔답니다."

"저 박 씨 같은 놈을 저주하고 또 저주해서 죽여버렸어요. 폐병과 신장병이 생기고 게다가 미쳐버렸죠. 저한테 나쁜 짓을 하는 놈은 모두 저주한답니다. 제가 저주한 남자는 모두 죽는다구요. 정말요!
반드시 죽어요…… 세 명 모두 죽었어요."

어느 날 밤, 봉청화는 편히 창가에 앉아, 양손 위에 턱을 괸 채로
가만히 울고 있었다. 눈물은 볼을 타고 차갑게 방울져서 턱으로 전
해지고, 손바닥에 충분히 동그랗게 고여 있었다. 벽에 붙은 여배우
시절 거만한 태도의 그녀의 사진과 비교해서 같은 여자라고 생각되
지 않는 모습이었다.

"어머니에 대해 생각해요"라고 말했다.

"어머니는 매우 친절하세요. 아버지는 완고하고 횡포를 휘둘러
정말 싫어요. 저한테 꼭 결혼하라고 말해요. 그래서 저는 일본으로
도망쳐 왔어요. 그렇지만 어머니가 지금의 저를 본다면 얼마나 슬
퍼하실지."

창 건너편에는 시가지의 등불이 무수히 반짝이고 있었고, 늦가을
바람이 거세게 불고 있었다. 그녀는 가만히 한곳에 눈동자를 고정
시킨 채 언제까지나 울고 있었다. 잠시 시간이 지나고 갑자기 저 빌
딩 아세요, 라고 말했다.

나는 그녀의 뒤에 다가가서, 뾰족한 어깨를 감싸주면서 그 머리
에 볼을 대고 말했다.

"알지."

"아까 거기 갔어요."

"으흠, 뭐 하러?"

"어떤 사람을 만나러 갔죠. 이미 제법 할아버지죠. 오십 일고여

덟, 사업가예요. 그 사람이 말이죠, 저를 돌봐준다고 해요. 첩으로요. 저, 첩이 되러 간 거예요. 그러고 나서 긴자銀座에서 저녁을 먹고 돌아왔어요. 내일 밤, 다시 만날 약속을 했죠."

그녀는 전혀 감동이 없는 어조로 그렇게 말했다. 나는 숨도 쉴 수 없이 몹시 놀란 가운데 뭔가 이상한, 매우 갑작스러운 느낌이 들며 이해되지 않는 기분이었다.

"내일, 정말 갈 건가?"

"가죠."

"왜 내게 상의도 없이 그런 일을 하는 거지?"

"어쩔 수 없잖아요."

"돈이 없는 건가?"

"없어요."

"돈이라면 어떻게든 된다구. 내일 가는 것은 관두라구."

"당신에게 그럴 권리가 있나요?"

"있지!"라고 나는 강하게 말했다. "있고 말구. 누구라도 타인의 부정을 막을 권리는 있지. 권리가 아니라, 의무지."

"그만둬요. 저는 제 맘대로 할 거니까."

그녀는 그 이상은 어떻게든 나를 가까이 하지 않고, 내가 권하는 대로 따르려고 하지 않았다. 나는 청년다운 흥분을 느껴 열을 올리며 말하고, 결국 그녀는 문을 열어 돌아가라고 말했다.

"그럼, 오늘밤은 돌아가지. 내일 오후에 다시 올 테니까. 그때까지 당신도 좀 생각해보라구."

그녀는 아무 대답도 하지 않고 문을 닫고, 내가 멀어지기 전에 열쇠를 걸어 잠그는 소리가 고요한 복도에 차갑게 울렸다.

내게는 믿기 어려울 때가 많았다. 블라디보스토크에서의 사건도 꾸며낸 것처럼 들렸고, 오늘 첩이 된다는 이야기도 사실이라고 받아들이기 어려운 기분이 들었다. 그러나 그것이 실감으로 내게 전달되지 않는 것은 그녀의 표현이 일본식이 아니고, 그녀에게는 필연적인 언동도 내게는 갑작스럽게 보이는 것이라고 생각하여, 역시 진실이라고 믿는 수밖에 없었다.

나는 결혼하려고 생각했다. 그것은 매우 위험한 것이기도 하고, 내 육친 사이에 반대가 많을 것도 짐작되었지만, 청년적인 정열을 자신에게 강제하여 어떻게든 결혼해야 한다고 스스로 굳게 믿고 있었다. 그때 나의 절박함에 예리하게 닿은 가시는 블라디보스토크 사건이었다. 그녀를 나체로 만들어 보면, 분명 그 허리부근에 거무스름하게 깊은 상처가 추하게 남아 있을 것이라는 생각이 들지 않을 수 없었다. 그것은 분명히 눈을 돌리게 할 정도로 참혹한 것이고, 그녀는 그 상처를 보이고 싶지 않기 때문에, 그 육체에 닿으려고 하는 남자들을 저주하는 것이다. 그런 식의 짐작이 선연한 육체의 환상을 낳고, 통렬한 뱀파이어의 피가 봉청화의 육체에 들끓고 있는 듯한 기분이 들었고, 자칫하면 그런 무시무시한 여자의 모습을 포기하기 어렵게 매혹적으로조차 느껴지는 것이었다.

그 다음날 나는 바쁜 일에 얽매여 봉청화의 방을 방문한 것은 오후 8시를 훨씬 지나서였다. 그녀는 이미 간 것이 아닐까 조바심 내며 긴 계단을 올라간 내 불안을 뒤엎고, 봉청화는 길게 침대에 드러누워, 조선어 신문을 읽고 있었다.

"늦었네요. 오후부터 기다리고 있었는데."

의외로 침착하게 그녀는 이렇게 말했다.

"어제 만난 사람 보는 것은 그만둔 거지?"

그러자 그녀는 얼굴을 돌리고 대답했다.

"저 아파요. 어제 밤새 창가에 앉아 있어서요."

나는 몹시 피곤해져서, 침대 아래쪽에 앉은 채 머리를 감싸 쥐었다. 피곤한 원인은 그녀의 계속해서 바뀌는 마음의 그늘로 위협을 받은 탓도 있지만, 또 하나는 내 자신에 의한 것, 즉 내 태도는 어느 쪽으로도 분명히 결정할 수 없어서 우왕좌왕한 피로감이기도 했다. 다소 자포자기적인 기분이 되어 나는 작은 책상 위의 열쇠를 집어서 안에서 문에 열쇠를 채웠다. 돌아보자 침대에 있던 봉청화의 얼굴은, 번쩍번쩍 눈을 번득이며 입술을 심하게 젖히고 적의에 가득 차서 나를 노려보고 있었다. 나는 베갯맡에 앉아서 반항적으로 그 얼굴을 들여다보며 그 감정의 복잡함을 읽어내려고 했다.

"나를 어쩔 거예요?"

"나와 결혼하지 않겠어? 나는 이미 분명히 마음을 굳혔거든."

그녀의 눈은 갈피를 못 잡고 내 얼굴 위를 마구 움직여, 내게 해칠 의사가 없음을 확인하고 비로소 침착한 목소리로 말했다.

"거절할래요. 저는 자신을 잘 알아요. 당신이 후회할 뿐이에요."

"아니, 후회하지 않아."

"당신은 아무것도 몰라요. 그러니 그런 말은 하지 마시길. 저는 당신이 생각하는 것 같은 선량한 여자가 아니에요."

나는 한숨을 돌리며, 그럭저럭 이 사건도 무사히 평화롭게 수습될 것 같다는 기분이 들었다. 완전히 타인의 마음이었다. 나는 호흡을 가다듬고 드러누운 여인의 자태를 내려다보며, 마늘 썩은 냄새와 체온으로 덥혀진 분 냄새를 맡고, 이러한 자리에 있는 자신을 이상하다고 생각하지 않을 수 없었다.

평소의 내 생활의 궤도에서 너무나 벗어난 요즘의 사건이 있었고, 지금은 절절히 익숙해지지 않는 감정의 격동에 지쳐 자신을 쓸쓸히 관찰하는 기분이 들었다.

보름 동안 나는 그녀를 방문하지 않고 지냈다. 고독이란 감정이 없지는 않았으나, 원래 생활로 돌아온 자신이 왠지 상쾌하고 산뜻한 기분이 들었다. 즉 연애나 결혼이란 것에 대한 부정적인 생각, 자신을 올곧게 두고자 하는 청년적인 결벽성이 은밀히 만족스러웠고, 그것에 자부심을 느꼈다.

이윽고 봉청화로부터 편지가 와서, 병으로 누워 있으니 와 달라고, 거친 글씨에 잘못된 표기법으로 쓰여 있었다. 나는 과일 꾸러미를 들고 찾아갔다. 그녀는 막 공중목욕탕에서 돌아와 머리카락은 검고 촉촉하게 젖어 있었고, 얼굴은 번쩍번쩍 기분 나쁜 누런색으로 빛나고 있었다.

"겨우 오늘부터 좋아졌어요."

그녀는 왠지 우울한 모습으로 무뚝뚝한 대답을 하고, 나를 아랑

곳 않고 머리를 빗거나 화장을 하거나 하기 시작했다. 나는 지루해져 리놀륨 바닥에 슬리퍼 소리를 내면서 걸어 다녔고, 벽에 핀으로 꽂아둔 한 장의 원고용지를 발견했다.

> 어제 바람, 오늘 비.
> 높은 창밖은 회색 하늘뿐으로
> 차가운 도쿄의 지붕, 지붕!
> 모든 지붕 아래서 만찬은 시작되었지만,
> 배가 고프니 나는 움직이지 말자.
> (기다리는 이는 오지 아니하고……)
> 초조하여 나는 하얀 벽에 손톱을 세운다*

빗을 갖다 대자 흐트러진 머리는 한번 빗을 때마다 멋진 웨이브가 정돈되어 그녀의 목덜미를 뒤덮었다. 다 빗고 나자 창가 밝은 쪽에서 손거울로 옆얼굴을 비추면서, 우울한 목소리로 말했다.

"부탁인데 나와 결혼해주지 않을래요?"

언뜻 지나가는 섬광처럼 나는 불끈 화가 났다. 그러나 긴 시간은 아니었다. 나는 미소 지으며 걸어 다니면서 대답했다.

"나를 저주하고 싶어졌군."

"아뇨, 구원을 바라는 거예요."

---

* 화를 낸다 — 역자 주.

"조금 늦었는걸. 나는 이미 결혼할 생각은 없어."

"이유를 말할게요."

그녀는 나를 앉히고 나서 새로 화장한 얼굴을 정면으로 대담하게 돌리고 말했다.

"제 오빠가 왔어요. 아버지 명령으로 나를 데리고 가서 결혼시킬 작정이에요. 그래서 저, 이미 결혼했다고 당신의 이름을 말했어요. 오빠는 그것만으로는 믿을 수 없으니 당신을 만나겠다고 해요. 그러니……."

그런 제멋대로인 생각에 대해 새로 화를 내기에는 이미 봉청화라는 여자에게 익숙해져 있었다. 나는 쓴웃음을 짓고 상냥하게 말해줄 뿐이었다.

"당신은 고향으로 돌아가는 편이 좋다고 나는 생각하는데. 도쿄에 있어도 좋은 일은 없지."

그녀는 가만히 옆을 향한 채로 한마디도 하지 않았다. 내 입장에서 보자면 도쿄에 오빠가 와 있으면서, 여동생 방에 없는 것도 의심스러웠고, 오빠가 온 어떤 증거도 방안에 없는 것이 부자연스럽게 여겨졌다. 대체 이 여자는 무슨 일을 꾸미고 있는지 알 길이 없다는 경계심이 지금의 내 감정을 움직이지 않게 만들었다. 이해할 수 없는 것은 내게 강한 흥미를 불러일으키는 것이었지만, 그것이 애정의 형태로 변화되는 시기는 이미 지나가버렸다.

나는 흥미를 잃고 일어나서 모자와 외투를 집어 들었다. 그러자 여자는 갑자기 홱 돌아보았다.

"돌아가는 거예요?"

"돌아가요. 당신이 화를 내고 있으니 재미없어요."

그녀는 서서 내 어깨에 손을 얹었다.

"저, 결혼해주지 않을래요?"

갑자기 봉청화는 내 어깨에 얼굴을 대고 울기 시작했다. 목을 울리면서 훌쩍거리며 양손으로 어깨에 손톱을 세울 정도로 꽉 잡고 있었다. 그러자 훨씬 이전에 다방에서 그녀가 자신의 출신지를 알려주었던 그날의 일을 나는 떠올렸다. 다음으로 내가 그렸던 그녀의 허리나 허벅지의 무시무시한 흔적을 다시 상상했다. 그 순간 나는 다시 뭐라 말할 수 없는 피로감을 느끼기 시작했다.

그녀는 울음을 딱 멈추고, 조용한 목소리로 자신을 떠나지 말라라든가 자신을 괴롭히지 말라라고 말했다. 그리고 모레 오후에라도 다시 와달라고 간곡히 당부하면서 악수를 청하고 나를 문밖으로 내보냈다.

희롱당하고 있다는 느낌이 강했고, 게다가 어중간하게 피곤해지기를 바라는 것이 바보같이 생각되어 나는 매우 망설이고 있었지만, 삼 일째 오후에 역시 빌딩을 찾아가서 복도를 울리며 문을 노크했다. 두세 번 두드려도 안에서 대답이 없었다.

시험 삼아 손잡이를 돌려보자 문은 이유 없이 안으로 열렸다. 나는 다만 갈색의 잘 닦여진 리놀륨 바닥과 두꺼운 하얀 벽의 네모난 정면의 차가움을 보고 있을 뿐이었다. 그녀의 침대가 있던 장소에는 창에서 햇살이 밝은 마름모꼴을 만들며 드리워지고, 그녀의 책상이 놓여 있던 장소에는 더러운 물을 머금은 걸레통이 조용히 앉아 있었다.

나는 긴 계단을 천천히 밟아 내려오면서, 심장이 두근거렸다. 가장 아래층 사무실의 작은 창을 두드리자 중년 여자가 얼굴을 엿보였고, 나는 그 얼굴을 향해 마쓰우라 유리는 어딘가로 이사한 건가요, 라고 물었다. 여자는 내 이름을 묻고 나서 한 통의 봉투를 내밀었다. 확실히 봉청화의 필적이었다.

이미 거리에는 초겨울이 와서, 저녁 무렵 어스름 햇살이 비치거나 흐리거나 했다. 나는 근처 공원에 들어갔다. 한번 그녀와 함께 걸었던 적이 있는 이 공원은 지금 완전히 낙엽이 떨어져 수풀 아래 벤치는 작은 가지 그늘을 비추며 밝아져 있었다. 테니스코트에서 공을 치는 소리가 둔탁하지만 좋은 울림으로 들려왔다. 나는 벤치에 앉아 봉투를 잘랐다.

편지에는 급하게 어떤 남자와 결혼하게 되어서 이제 더 이상 사귈 수 없다 라든가, 더 이상 만나고 싶지 않다는 가시 돋친 언어가 즐비하였고, 형식적으로 행복을 기원한다고 간단히 마무리하였다.

이것도 거짓이라고 나는 곧 생각했다. 그러나 그 거짓을 결국은 진실로 취급하는 것 외에 다른 길은 없었다. 그녀의 소재는 알지 못하고, 교제는 거절당한 것이었다. 나는 봉투를 주머니에 넣고 무료함에 먼 테니스코트를 바라보고 있었다.

그날 이후 나는 냉정해져서 봉청화라는 여자가 가지고 있었던 여러 가지 수수께끼를 해석하려고 했다. 요컨대 그녀는 피해망상에 사로잡혀 있었던 것은 아닐까. 블라디보스토크의 사건도 세 명의 남자를 저주하여 죽였다는 이야기도 모두 그녀의 망상에서 나온 것이어서, 허벅지 상흔이 내 망상이었던 것처럼 그저 그런 기분이 든 것이리라. 그것을 널리 퍼뜨려 나를 육체적으로 거부하고, 나중에는 아버지와 오빠의 박해를 망상하여 그로부터 도망가기 위해 나를 선택했다. 그러나 내가 결혼을 수락했다고 해도 아마도 실현되지 않았을 것이다. 어느 사업가의 첩이 되려던 이야기도 아무 근거가 없는 이야기였다고 생각되지만, 그것도 또 하나의 피해망상이지 않았을까?

그것은 불완전한 해석이었지만, 나는 억지로 그 해석에 의지하고, 그것으로 희롱 당했던 내 어리석음을 자신에게 변명해야만 했다. 그렇지만 한번 내 쪽에서 결혼을 요구했을 때에는, 나는 분명히 스스로 그녀에게 빠져보려고 생각했었다. 연애라든가 결혼이라든가 하는 문제를 백안시하던 것을 왠지 진실이 아닌 점을 느끼고, 무리해서 이해할 수 없는 그녀와의 통상적이지 않은 결혼에 빠져보려고 했다. 그것만은 뭐라 해도 변명할 수 없는 나의 패배로, 자신을 향한 부끄러움에 얼굴을 붉히는 수밖에 없었다.

반년 정도 후에 나는 새빨간 봉투를 받았다. 그것은 잊고 있었던 봉청화의 필적으로, 주소는 조선의 경상북도였다. 그녀는 언제부턴지 부모님 집으로 돌아가 그 과수원에서 생활하고 있었다.

그것은 아름답고 우아한 감정으로 쓰인 편지로, 도쿄에 있을 때의 가시 돋친 봉청화의 모습과는 전혀 다른 태도였다.

"지금 과수원은 배꽃이 한창이며 보이는 곳은 온통 새하얗답니다. 매일 아침 일찍부터 이 과수원 꽃 속을 걸어 다니고 있습니다. 작은 새랑 꿀벌이 잔뜩 있어서 무척 활기차답니다. 아버지는 여전히 결혼을 강제하고 계십니다만, 저는 여전히 견디며 버티고 있습니다. 아버지도 요즘은 자주 병치레하셔서 아버지 기분을 거스르는 것도 힘들답니다. 선생님은 잘 계시는지요. 도쿄는 저에게 무엇 하나 좋은 인상을 남기지 않았습니다. 모두 다가와서 저를 괴롭히고, 결국엔 저를 내몰고 말았습니다. 그렇지만 3년간의 도쿄생활에서 오직 한 가지 그리운 기억은 선생님에 관한 것입니다. 선생님은 성인聖人이셨습니다. 정말 선생님과 같은 사람은 없습니다. 다시 한번 뵙고 싶습니다. 조선에 여행하러 오지 않으시겠습니까?"

그런데 나는 성인이었을까? 정말 당시에는 성인이었는지도 모른다. 그러나 지금 와서 나 혼자 그녀에게 친절하고 온화했었지만, 다른 남자들은 그녀를 괴롭히고 노리개로 삼았던 것 같은 상황을 알게 되자, 왠지 매우 아쉬운 생각이 들지 않는 것도 아니었다. 나 또한 무정한 남자들의 무리 중 한 명이 되어 그녀의 위엄 있는 듯한 생활의 겉껍데기를 부수고, 저주로 죽게 되는 것도 알면서 그 육체를 만져보고 싶었다. 육체관계를 배제한 내 교제는 실로 성인이었겠지만, 덕분에 마지막까지 그녀의 실제 성격을 알 수 없게 되었다.

성인으로 칭찬받는 것이 도리어 패기 없다고 조롱받는 심정이었다. 나는 분명히 가짜 성인으로 타락했다.

당시의 나는 결코 성인인 척하려고 노력하지는 않았지만, 이번에는 의식적으로 성인을 가장하고, 애정 어린 답장을 써서 보냈다.

《文藝》(1938. 1)

(이승신 옮김)

월희와 나

月姫と僕

장혁주 지음

암벽에서 아래를 내려다보니 계곡은 동굴처럼 바닥 깊이 움푹 파였고 전나무며 해송이며 느티나무며 밤나무 같은 나무들이 절벽 옆으로, 바위 사이에 우뚝 튀어나와 높이 늘어서 있었다. 계곡은 점점 더 섬뜩해 보였다. 지옥의 바위라는, 작은 언덕처럼 커다란 바위가 종으로 횡으로 겹쳐져 있는, 그 사이를 기어올라 바위와 바위 사이에 머리만을 내놓고 계곡 아래를 내려다보았을 때,

　　"어머, 바위가 무너지네."

라고 월희가 내 어깨를 탁 치며 소녀같이 외쳤다. 머리 위의 바위들이 지금이라도 와르르 무너져 바위와 함께 나락의 바닥으로 떨어질 것같이 느껴졌다. 뭉개져서 한순간에 사라져 버릴 우리의 육신과 영혼을 머리에 떠올리자 약간 몸서리가 쳐졌다.

　　"여기서 죽으면 정말 지옥에 떨어질 것 같은 생각이 들어."

　　나는 잠깐 아내와 아이들 얼굴을 떠올리며 이렇게 말했지만, 작게 불타는 도깨비불 같은 월희의 눈동자에 부딪혀 곧 잊어버렸다.

　　"지옥 같은 말 하지 말아요."

　　월희는 샐쭉하여 나를 보고는

　　"사는 게 곧 지옥이라구. 우리는 불생불멸의 경지로 들어가려는

중이잖아……."

소녀처럼 장단을 맞추면서 어리광부리듯 나에게 논쟁을 거는 것이다. 나는 그것을 피하며

"어쨌든 여기를 나가자구. 열반의 경지도 좋지만 기분 나쁜 곳이야."

내가 바위동굴로부터 나가자

"그건 그러네. 자칫하면 와르르 무너질 수도 있고……."

월희는 하얗고 긴 치마를 한손에 말아 쥐고 바위에서 미끄러져 좁은 바위사이를 다람쥐처럼 재빠르게 빠져나가서 우거진 나무와 풀숲으로 숨었다.

둥그렇고 이끼가 낀 화강암이 근방 일대에 모여 있어 한층 불교적 색채가 더해지고 있었다. 좁고 긴 바위 사이 길을 지나 커다랗게 옆으로 퍼진 바위를 돌아가자, 월희는 손바닥처럼 허공에 불쑥 튀어나온 바위의 코 부근에 서 있었다.

"이쪽으로 와요. 여기 극락 바위, 다른 이름으로는 삼인암三印岩이라고 해."

한번 이 산에 온 적이 있다던가 해서, 월희는 산의 지세를 잘 알고 있었다.

바위는 세 개로 쪼개져 있었고, 바위와 바위는 한 걸음 정도 간격을 두고 떨어져 있었다. 그 간격에서 아래를 보면 계곡 바닥의 숲이 잡초처럼 조그맣고 무성하게 보였다. 신자들은 이 바위들을 백번인가 칠십 번인가, 확실한 횟수는 잊었지만, 염불을 외면서 뛰어넘는

다고 했다.

내가 위험하니까 이쪽으로 오라고 하자, 월희는 뭐가, 괜찮아, 여기에 와서 아래를 내려다 봐, 암자의 지붕이 보여, 라고 답하는 것이었다. 그녀의 날씬한 흰 자태가 창공에 떠올랐다. 뒤쪽으로는 그저 푸른 하늘에 흰 구름이 가득 떠 있을 뿐이었다. 발아래로는 산과 언덕과 강과 마을이 내몰리고 있어서, 지도를 내려다보는 기분이 들었다.

"이 바위에서 뛰어내려 죽는 것도 좋은 방법일지 몰라."

월희는 내게 가까이 오기 위해 반대편에서 첫 번째 바위를 획 한 걸음에 뛰어넘어 와서 말했다. 폼을 잡는구나 하고 그녀의 천연덕스러운 어조를 경멸하면서도, 월희의 몸이 허공을 가르고 떨어지는 환영을 느꼈다. 나는 그 순간 우리가 죽음을 결심하는 것이 아무런 의미도 없다고 생각했다. 나는 어떻게든 그것을 월희에게 고백하고 싶다고 생각했다. 월희도 저렇게 말하고는 있었지만 죽음의 공포는 컸다.

어젯밤의 일이었다. 밤중에 소변을 보러간다는 그녀와 함께 역시 바위굴 속 절벽 위에 있는 변소에 갔다. 도중에 주르륵 미끄러진 바위가 있었다. 그곳을 한 발짝 벗어나면 한순간에 계곡 밑으로 떨어질 것 같은 위험한 곳이었다. 캄캄한 어둠속을 별빛에 의지하여 길을 더듬고 있었는데, 어떻게 된 건지 우리는 길을 벗어나 바위 위로 나가고 있었다. 한 발짝만 더 내딛으면 절벽이라는 걸 그제야 깨닫고, 눈 깜짝할 사이에 앞서 가던 월희의 몸을 끌어안고 내 옆으로 밀어젖혔다. 거의 같은 순간에 그녀도 '어머' 하고 외치고는, 이미 몸은 안전한 곳에 있는데도 불구하고 2, 3보 옆으로 뛰어들어 오들오들 떠는 것이었다. 나는 내 다리가 바위 위에 서 있다는 것을 잊고 있었는데, 그녀는 자신의 공포에 휘말려 나 같은 것은 생각할 여유가 없었다. 죽을 수 없는 여자 아닌가 하고 나는 경멸하듯이 월희를 쳐다보았다.

지금도 월희는 바위 위를 7, 8보 걸어와서 두 번째의 갈라진 틈새를 뛰어넘으려고 틈을 바라보고 있었는데, 다소 공포의 기색을 보이면서 발밑이 후들거렸다. 이쪽 바위에 올라왔을 때는 비틀거리면서 바위의 끝 쪽으로 가는 것이었다. 그녀는 아, 아, 하며 양팔을 벌리고 '광우' 하며 내 이름을 부르고는 눈을 질끈 감았다. 나는 바위 사이를 뛰어넘어 월희 곁으로 달려갔다.

월희는 내 가슴에 얼굴을 묻고 숨을 죽였다.

"자, 이제 괜찮겠지. 흔들바위 쪽으로 가지 않을래? 나, 할 말이 있는데."

나는 그녀와 이렇게 있으면 늘 그렇듯이 환영에 말려들 것 같은 생각이 들어 이렇게 말했다.

"네, 가요."

그녀는 눈을 들어 내 얼굴에 지긋이 뜨거운 시선을 보내면서 덧붙였다.

"꼭 안아 주세요. 좀 더 강하게. 당신, 힘이 없군요. 다음엔 바위에서 떨어지게 해줘요."

나는 어쩔 수 없다 싶은 생각이 들어

"바보 같은 소리. 당신은 이포리타 정도로 미인이 아니오. 공교롭게도 아래에는 레일도 없고, 하하하."

라고 웃었다. 우리는 자주 「죽음의 승리」* 이야기를 하곤 했다. 월희는 내가 그녀를 속여서 그녀만을 바위에서 떨어지게 하고 도망갈 것이 틀림없다고 말한 것이다.

그녀는 내게 안긴 채로 걸었다. 마지막 틈새의 가장자리에 왔을 때 둘이서 아래를 내려다보았다. 좁고 끝이 없는 푸른 구멍이 나무와 잡목 사이를 흘러내려가고 있었다. 우리의 바위는 마치 허공에서 생겨나 있는 것 같았다. 하나, 둘, 셋. 몇 번이고 구령을 바꿔 붙이면서 겨우 거기를 뛰어넘었다.

산대추며 흑싸리나무 가지를 헤치고, 잡초를 밟고 흔들바위 옆의 넓은 암반 위로 올라갔다. 코끼리같이 큰 바위였지만, 조금 움직이는 것만으로 흔들흔들거리는 바위였다. 그 바위 아래 푸른 이끼가 낀 암반에 누워서 우리는 반대편 산과 계곡과 하늘을 바라보았다. 눈앞을 방해하는 것 없이, 광활하게 펼쳐져 한눈에 내다보였다. 산비둘기가 듣기 싫은 소리를 내자, 왼쪽 계곡에서는 두견이 반주를 하듯이 단조로운 소리를 냈다. 새소리가 멈추자, 구름 사이에서 새어나온 광선이 찬란하게 내리비쳤다. 수정처럼 푸르고 맑은 대기가

---

* 이탈리아의 작가 단눈치오가 1894년 발표한 소설. 쾌락주의자 조르지오 아우리파스가 이포리타와 사랑에 빠졌으나 육욕을 이기지 못해 그녀를 안고 절벽에서 떨어져 죽음을 맞는 내용.

광선을 희롱하듯 하였다.

*

　나는 슬쩍 월희 쪽을 훔쳐보았다. 양손을 뒤로 잡고 그것을 베고서 하늘을 보고 있었다. 나는 그 사이에 나 자신을 생각해보려 했다. 아내와 아이들 얼굴이 차례차례 머리를 스쳐 갔다.

　나는 지난봄 월희와 함께 해안의 온천에 갔다가 와서, 아내를 속였던 것 등을 두루 생각했다. 아내의 동그스름한 얼굴이 나를 맞이했다. 나는 자못 유쾌하게 "지금, 돌아왔어"라고 말하면서 그러나 멋쩍음을 감추며 "정말 조용한 절이라서, 완전히 몸 상태가 좋아졌어"라고 말했다. 나는 아내가 내 안색을 읽으면서 "당신, 안색이 아주 나빠요. 어쩐 일이야?"라고 물으면 뭐라고 할까 내심 움찔거리면서 계속해서 내 편에서 먼저 말을 걸어 아내에게 그런 기회를 주지 않으려고 했다. "편지 오지 않았어?" "아이는?" "아, 그래, 자, 나에게 꿀물을 타 줘. 그리고 신문을 가져다 줘." 아내가 나가고 나는 타월을 꺼내 얼굴을 닦았다. 내 얼굴은 파랗게 핏기를 잃고 있음에 틀림없다. 아내는 내 안색 하나로 내가 여자와 함께 있었다는 것을 금새 알아내버리기 때문이다.

　아내가 나타났다. 나는 깜짝 놀라 누워 있던 몸을 일으켜 책상에 기댔다. 자못 상쾌하기라도 하다는 듯이.

　"학교에서 사환이 왔었어요. 몸이 아픈지 어떤지 물어보러 왔다고."

아내는 내가 꿀물을 마시는 사이, 정숙한 목소리로 이렇게 말했다. 나는 어째서 이런 여자를 싫어할까. 월희에게 아내 험담을 했던 것은 나의 거짓말 아니었을까, 나를 의심했다.

"아, 절에 간다고 말하지 않아서 그렇군."

나는 들키지 않으려 조심하며 말했다.

"게다가 학생들이 많이 문병을 왔었어요⋯⋯."

"그거 곤란했겠군."

나는 학교의 녀석들이 나의 이번 도피행을 눈치 챘을까 걱정하면서

"당신, 뭐라고 잘 말했어? 절에 약을 가지고 요양을 갔다든가, 뭐 그런 말을⋯⋯."

"그런 거짓말, 누가 할 수 있겠어요."

아내는 샐쭉해서 나를 노려봤다. 나는 아내가 노려보자 견딜 수 없는 고통을 느꼈다.

"아주 조용하고 청정한 곳이라 좋았는데, 밤에 잘 수 없어서 피곤해."

"어째서?"

"벼룩이 있어서⋯⋯."

"벼룩?"

"응, 그게 당신⋯⋯."

"당신 옷에서 이상한 냄새가 난다고 생각했는데, 그게 벼룩약 냄

새였네."

"그래."

나는 흠칫하며 말했다. 그 냄새는 월희의 냄새였다. 여자란 얼마나 민감한 후각을 가졌는가 하고 반쯤 감탄했다.

그때 원이와 순이가 뛰어 들어왔다. 사내아이는 나에게 돈을 달라고 해서는 곧 밖으로 나갔다. 아내도 나갔다. 계집아이는 내 무릎에 기대어 "아빠, 어디 갔었어?" "어디?" 등을 계속해서 묻다가 그대로 새근새근 잠이 들었다. 내가 혹시 죽으면 이 어린 것들은 어떻게 될까하고 생각하니 마음은 슬픔으로 가득차서 흐느낌을 참을 수가 없었다. 내가 이 4, 5년 사이 몇 번이나 죽음을 단행하려 하였으나 할 수 없었던 것은 이 아이들을 생각했기 때문이었다. 초기 운동을 하던 청년동맹시대에, 사회주의로 나아가던 시대, 그리고 그 후의 ⦁⦁⦁⦁⦁⦁* 시대──월희는 청년동맹시대부터 동지였다──를 통해 우리는 몇 번이나 부자유스런 몸이 되고, 경제적으로 쪼들린 일도 있었지만 우리는 명랑한 희망을 잃어버리려고는 하지 않았다.

그러나 만보산사건 이후 사회정세는 알지 못하는 사이에 나를 비굴하고 무기력하게 만들어버렸다. 나는 어쩌다 그것을 깨달으면 대개 참을 수 없는 고뇌에 빠졌다.

---

* 원문은 ⦁⦁⦁⦁⦁⦁로 표기되어 있다. 여기에서는 말없음을 표하는 문장부호가 아니라 출판물에 적시하기 곤란한 단어를 표현한 것이다. 문장부호로서의 말줄임표와 구분하기 위해 이하 적시 곤란한 단어를 표현한 것은 ⦁⦁⦁⦁⦁⦁로 표시한다.

지금, 나는 동료인 최 등과 지위를 놓고 싸우지 않으면 안 되게 되었다. 이런 것들이 내 혼을 뿌리부터 속악한 것으로 만들어버리는 것이었다.

그렇다 해도 최는 얄밉다. 그는 교장에게 환심을 사서 윗자리에 있던 교원을 쫓아내거나, 혹은 뛰어넘어서 결국 수석의 자리에 올라 있다. 내가 겨우 교원자리를 얻어서 가족의 생활비를 벌게 되었다고 생각하고, 작은 움막에 숨은 듯한 안도로 가슴을 쓸어내리고 있을 때, 최는 벌써 내 지위를 위협하기 시작했던 것이었다.

어느 날의 일이 떠오른다.

"어이, 이 군李君."

나는 학교를 마치고 힘이 빠진 발걸음으로 집으로 가는 길을 향하고 있었는데, 이렇게 소리쳐 말을 걸었다.

"지금 저쪽 길에 들어서고 있는 것은 박 노인과 김 선생 아닌가?"

이는 어두워지는 대로에 눈을 들어 보면서, 어디, 라며 벌써 가볍게 달려 나갔다.

나는 그들 최반대당을 불러들여 그날 직원회의에 관한 평가를 해보려고 했다. 박도 김도 최에게 추월당한 사람들이었다. 길 입구에서 이가 "박 선생, 김 선생"라며 소리를 높이고 있었는데, 오른손으로 오라고 손짓을 하면서 "중대 안건이 있으니 모이지요"라고 소리를 질렀다. 두 명의 나이든 교원이 이쪽으로 되돌아오고 이는 검게 탄 날카로운 얼굴로 이쪽을 보며 웃었다. 갸름한 얼굴은 흐트러지고 대모테 안경이 번쩍 빛났다. 오는가? 라고 나는 그 순간 우월감을 즐기면서 이의 웃는 얼굴에 답했다. 나는 이 정구선수를 좋아했다. 그는 운동부 주임이었다. 최가 이전 운동부 주임이었던 때에 비해 성적이 못하다는 험담을 듣고 분개하고 있다. 그는 한번 나에게 이렇게 고백한 적이 있다. "내가 말야, 이 학교에 취직이 결정되고서, 최 씨 놈이 곧 나에게 축하한다고 말하러 왔었어. 그와 나는 먼 친척이니까. 곧장 최가 말하기를 "백 씨 놈을 경계해야만 해. 놈처럼 교활한 놈도 없어. 놈은 몹시 수석이 되고 싶어서, 항상 나를 쫓아낼 기회를 보고 있지. 놈은 어떻게든 성적을 올리려고 말야……." 이렇게 말하면서 나에게 너의 악선전을 시작했지. 그래서 나는 처음에는 네가 무척 싫었어. 최가 말하는 것처럼, 여자 좋아하고, 거짓말쟁이에, 교활한 놈이라고 생각했지. 게다가 최가 언젠가는 학무과에 너의 내력을 폭로하겠다고 말했을 때 나도 대찬성이었어. 하, 하, 그러나 친해지고 보니 완전 반대 아니야? 나는 최가 놈이 여자 졸업생(그것은 놈의 제자일 테지)과 교실에서 끌어안고 있는 것을 보았어." 등을 말하며 최를 싫어하는 편에 가담한 것이다.

이가 말하는 것에 과장은 없었다. 취직이 결정되었을 때에도 먼저 나를 방문한 것이 최였다. 그는 나에게 매우 친절하게 충고하여 말하기를 학교가 기독교 교회 경영이므로 목사며 장로들의 마음에 들도록, 일요일 예배에 항상 참석하라고 했다. 그리고 교회의 신임을 얻어 뭔가 임원이라도 되면 좋은 거요——그건 백 선생, 어려운 일이 아니에요. 교회의 신자라는 놈들은 바보들뿐이라 속이는 것은 어려운 일이 아니지, 라고 최는 말했다——라는 말을 하면서, 부교장인 문은 아직 교원자격을 얻지 못해서 일본어도 변변치 않고, 수업시찰이 있을 때는 항상 최가 대신 교안을 만들어서 수업시찰에 들어간다는 말도 했다. 박 노인과 김과 그 밖의 2, 3명이 얼마나 최의 의견에 번번이 반대를 하는지 손을 흔들고 고개를 갸웃거리면서 말했다. 그러면서 "내가 수석이 된 것은 내 실력으로 된 것 아닙니까. 놈들이 얼마나 나를 싫어하고 박해를 하는지 생각하면 나는 정말이지 하염없이 울기까지 한답니다"라고 말해서 나는 처음에는 최를 신용하기도 했다.

이는 박과 김을 붙잡고 청년답게 장난을 걸고 있었다.

나는 세 명에게 가까이 가서,

"오늘 교원회의에서는 엉망으로 졌네요. 박 선생도 김 선생도 완전히 잘못한 것 아닙니까."

따지듯이 말했다.

"아니, 그게, 나는 아무것도, 최 씨 놈을 무서워 할 리 없지만, 나는 많이……."

박 노인은 눈이 움푹 들어가서 미숙한 일본어로 열심히 변명을 하려고 했다.

"여기는 길가예요."

나는 박의 탁한 소리를 나무라면서 말했다.

"어디라도 들어가는 것이 어떻겠습니까. 이런 곳에서 이야기가 되지 않으니."

"자, 우리 집으로 갑시다. 아무것도 없지만 막걸리 정도라면 내놓

지요."

"막걸리는 안 되지. 스키야키와 정종이 아니면 안 된다고."

라고 이가 장난치듯이 호통을 치자 박은 곤란한 듯한 눈으로 웃었
다. 이는 박의 장남과 나이차가 얼마 나지 않는 젊은이였으나 동료
이므로, 이렇게 버릇없는 말을 들어도 어쩔 수 없었다. 김은 5척 1
치밖에 되지 않는 작은 키로 우리들을 따라오면서 양과 같은 목소
리로 이에게 아첨하며 웃었다.

나는 이렇게 우둔하고 겁 많은 무리들과 함께 최의 험담을 하고
뒷담화를 한다고 해서 무슨 도움이 될까 싶어, 도중에 그만두고 돌
아갈까 생각했다.

박의 집은 지독하게 요철이 심하고 꼬불꼬불한 길의 구석에 있는
초가집이었다. 세 개밖에 없는 온돌에서 여섯 명의 아이들과 그의
부부가 생활을 해야만 했고, 우리를 들이기 위해서 아이들을 방 하
나에 몰아넣어야만 했다. 박은 한 달에 겨우 50원의 봉급으로 이만
큼의 대가족을 꾸려나가야만 했다. 넥타이 하나를 5년도 더 쓰는 것
도 무리가 아니었다.

오늘 직원회의의 안건 중 하나로 매월 1회 동화회童話會 시행여부
에 대한 것이 있었다. 이것은 최가 교장을 기쁘게 하기 위해 발안한
것이 틀림없다. 최가 그것을 말하면 박이 반대를 하기로 우리는 의
논을 했던 것이다.

이는 술을 마시면서 박이 그 자리에서 침묵한 것이 당치않다고
하면서 고함을 치자

"그, 그건 뭐야, 이 선생, 거기는 그거 뭐야."

박이 대답을 잘 못하며 무언가 단어를 찾았다.

"뭔가, 그거, 뭐냐니, 도대체 박 선생은 우리가 의논한 것을 하나라도 실행한 것이 있습니까."

"그건 아니야. 나도 가끔은……."

"하하하."

박이 매우 곤란해하는 얼굴을 보고 김과 나는 동시에 웃음을 터뜨렸다. 박은 계속 조용히 있지는 않았지만, 논쟁에서 최에게 이긴 적은 없었다.

우리가 최와 교장의 험담을 하는 중에 시간은 점점 흘러갔다. 이는 밥을 가져오라고 부엌을 향해 호통을 쳤지만 나는 박의 부인이 곤란할 것을 생각하여 모두에게 눈짓을 해서 나왔다. 떠드는 동안에는 얼마간 기분이 가벼워지고 좋아지긴 했으나, 모두와 헤어져 혼자가 되자 나는 다시 상념에 사로잡혀 어둡고 공허한 세계에 빠져들었다. 아무리 최의 사람됨과 하는 짓이 틀렸다고 생각하여 증오해본들, 언제 잘릴지 모르는 건 내 쪽 아닌가. 게다가 나는 이 군처럼, 뭐 그만두면 되지, 하고 단순한 호기를 부릴 수도 없다. 박처럼 아이들이 많아서 그 양육의 어려움을 생각하면 어둠 속으로 꺼져버릴 것 같았다.

나는 결국 내 집에 와버렸다. 썩어 비틀어진 대문은 내 마음에 검은 베일을 덮어씌웠다. 원래는 호화로운 집이었을 이 낡은 집도 지금은 그저 잔해를 비바람에 드러내고 있을 뿐이었다. 팔려고 해도 쉽게 팔수도 없지만, 외출도 하기 힘들 정도의 늙은 아버지는 완고하게 팔려고 하지 않는 것이다. 나무 한 그루 심어져 있지 않은 정원을 가로질러 어머니 방에 들어갔다. 안방에 들어가자 또 술을 마셨구나, 하며 어머니가 못마땅한 눈으로 내 불쾌한 얼굴을 쳐다보았다. 요즘은 술집 출입이 심해요, 라며 아내가 고자질처럼 혼잣말을 했다. 나는 밥상으로 향하면서 쓴웃음을 지을 수밖에 없었다. 아무 애정을 갖고 있지 않다고는 해도, 내 집에 시집와서 10년 고된 시간을 보내면서 나이를 먹어버린 것을 생각하면 그저 연민의 정을 느낄 뿐이다. 아직 한 번도 공원에 나간 적조차 없다는 등의, 푸념을 할 정도로 그녀는 내 부모에게 희생한 사람이었다. 나는 자기본위의 욕망이 아니라 그녀를 낡은 도덕의 끈으로부터 해방시켜주고 싶어서 이혼을 말해본 적도 있었다. 그러나 양쪽의 부모가 피를 토할 것처럼 반대하는 것을 이길 수 없었다.

나는 이미 애정은 생각하지 않게 되었다. 빚을 갚고 아이들 생활을 보장할 만큼의 재산을 갖고 싶다는 것만 생각하게 되었다.

그러나 그러한 공상이 싹 사라지고 나면, 이번 달도 월급에서 공제될 돈의 액수를 이리저리 계산하며 마음이 어두워진다. 나는 언젠가 값싼 요릿집에서 친구에게 떠들다가, 다음은 어떻게 되겠지 하며 마셔버린 적이 있다. 1인의 부담이 10여 원이나 되었는데 그것을 3개월로 나누어도 이번 달에 4원은 갚아야 한다는 것을 생각하며 어떻게 아내를 속일 수 있을까 계속 궁리했다. 내일이 되면 어차피 들키게 될 것이다.

"이번 달은 10원 정도 공제될 거야."

라고 나는 아무렇지도 않게 이렇게 말해보았다. 그렇게 말하고는 바쁜 듯이 밥을 급히 퍼 먹었다.

"어째서 10원이냐요?"

라고 아내가 놀라고, 실망하여 되물었다.

"그건, 이런저런 회비를 떼여서……."

나는 당연하다는 투로 말했다. 그러나 아내는 그렇게 되면 40원으로 어떻게 살림을 살 수 있겠어요. 나는 몰라요. 그놈의 교회에, 목사님 오신다고 돈써야지, 라고 어머니에게 빈정대는 것이었다.

"무슨 말을 하는 거니. 그렇게 된 건 어쩔 수가 없잖니."

어머니가 내 안색을 살피면서 가만히 끼어들었다. 며느리를 학대한다는 소리를 가끔 내게 들으면서, 이런 집에서는 살 수가 없으니 죽어버리겠다고 호통을 치기도 했으므로 어머니도 내 분노를 두려워하게 된 것이다.

내 방으로 돌아왔을 때는 벌써 몸도 마음도 기진맥진해 있었다. 종일 서 있었기 때문에 무릎이 푹푹 쑤셨다. 최와 교장의 일을 떠올리고, 아내와의 일 등을 차례차례 생각하면서 나는 완전히 힘이 빠져버렸다. 이런 생활을 언제까지라도 계속해야 한다면 교원 같은 의욕 없는 직업은 그만두고 돈을 실컷 벌 수 있는 일이라도 찾아볼까 하는 생각도 했다. 상업이나 어업, 광산 같은 일확천금이 가능한 일을 공상해보았다. 공상에서 깨어났을 때의 울적한 기분은 달리 비할 데가 없는 것이었다.

*

어느 밤, 나는 빈 도시락을 겨드랑이에 끼고 어두워진 거리를 터벅터벅 걸어가고 있었다.

"광우!"

하고 누군가의 귀에 익은 목소리가 뒤에서 들렸다.

돌아보았을 때 나는 깜짝 놀랐다.

"아"

하고 나는 다음 말을 잇지 못할 정도였다.

"월희 아닌가."

나는 기생처럼 현란한 긴 치마를 입은 여자 옆으로 다가가며 말했다. 나는 이 여자의 일 같은 것은 완전히 잊어버리고 있었다.

"그래요. 나, 월희야. 역시 광우 씨였군."

그녀는 눈과 입만으로 웃으며 내 얼굴을 지그시 바라보았다.

"결혼했다더군."

나는 다소 반감을 담아 물었다.

"그래요. 당신은 지금 어쩌고 있어?"

"나 말이야? 나는 교원."

"교원? 어쩐지 선생 같은 차림을 하고 있다고 생각했어."

나는 그 말을 듣자 더 이상 가망이 없는 것 같다는 생각이 들었다.

"여기서는 이야기할 수 없으니, 어딘가 같이 가지 않을래요?"

74

"어디를?"

월희는 옛날 그대로구나 싶어 그때를 그리워하며 물었다.

"어디라도 좋아."

"요릿집이라도 괜찮을까?"

"상관없어."

두 사람은 자기도 모르게 소리를 내어 웃었다.

"싫은 소리를 듣는 거 아냐."

"누구에게?…… 뭘, 그런 놈이…….”

"그런 놈이라니, 당신…….”

우리는 걸어가면서 이야기했다. 나는 사실 이 갑작스런 만남에 적지 않게 놀랐다. 그녀도 어느 정도 흥분해 있는 것 같았다. 일견 유한마담 같은 차림은 하고 있었지만 그녀의 언어와 빛나는 눈, 주눅 들지 않는 행동 등, 이전의 우리가 함께 했던 운동시대의 옛 모습이 숨겨져 있었다.

그러나 그녀는 지금 내 생활의 명백한 침입자였다. 나는 내 낡은 외투와 빈 도시락을 쓸쓸하게 바라보았다. 그때와는 무언가 달라진 모습이겠지 하고 나 스스로도 그렇게 여겨졌다. 그녀에게 보이는 것이 부끄러울 정도였다.

청년동맹시대부터의 그녀의 이런저런 모습이 눈에 선하다. 봉건 도덕에 도전하기 위해서라 말하며 머리를 싹둑 잘랐던 그녀. 아버지와의 싸움. 연단 위에서의 웅변. 겨우 18세였던 소녀의 모습.

그 투쟁시대의 여러 추억 중에 특히 분명하게 내 뇌리에 각인된

다음과 같은 사건이 있다.

우리는 •••••••••••••••••••••• 하지 않으면 안 되는 곤경에 빠졌다. 눈 오는 밤, 웅기雄基의 항구 밖에 •••••••••••••••• 로 가는 화물선에 잠입한 적이 있다. 그녀는 어부를 속여 낮부터, 우리들 남자 두 사람은 밤에 잠입하여 배의 바닥으로 들어간 것이었다. 화물 사이를 조용히 움직여 우리는 월희를 찾으러 돌아다녔다. 생쥐처럼 기어서, 화물 사이에 숨어가며 찾았지만 월희는 쉽게 찾을 수 없었다. 그러나 선미 쪽에서 우리가 움직이고 있을 때, 인기척이 느껴졌다. 사람이었다. 양쪽에서 깜짝 놀랐지만

"동지?"

내가 나도 모르게 손을 내밀자

"동지!"

하고 월희의 소리가 들리고 부드러운 손이 잡혔다.

배가 움직였으므로 우리는 겨우 숨을 돌렸다. 그러나 이틀 동안 우리는 굶었다. 배의 입항이 예정보다 늦었기 때문이었다. 우리는 상륙하기 위해 밤이 되기를 기다려야 했다. 밤, 우리는 부근의 작은 배에 숨었다가, 범선으로 옮겨 탔다가 하며 겨우 상륙한 것이었다. 처음 본 블라디보스토크의 야경은 우리에게 기쁨과 동경을 가져다주었다.

그러나 우리가 방문했던 동지들은 모두 실각하고, 한 명도 남아 있지 않다는 것을 알았을 때 실망은 컸다. 이미 •••••• 파가 세력을 얻은 후였으므로, 우리를 맞이해줄 자는 없어진 것이었다. 우리들

……파와 ……파와는 견원지간이었다. 우리는 게베우*에 체포되었다. 한 달 동안 우리는 조사받았다. 화를 내보았지만 어쩔 도리가 없었다.

"우리는 총살당할지도 몰라."

동지가 속삭였다.

"어째서?

월희가 노기를 품고 물었다.

"지금, 변소에 갔다 올 때, 사무소에서 하는 말을 들었어. 어쩐지 그런 것 같아."

동지는 빈약한 어학에 기대어 그렇게 말했다. 우리는 암담해졌다.

일주일 정도 지난 후, 우리는 황야를 걸어 서쪽으로 서쪽으로 끌려갔다. 기마병 세 명이 우리 뒤를 따라왔다. 그들은 때때로 월희를 희롱했다. 월희도 더듬거리는 말이었으나 대답했다.

"역시 총살이야."

라고 동지가 절망적으로 중얼거렸다.

"괜찮아. 총살이 아니라 추방이야."

월희는 자신 있게 그렇게 말했다.

얇게 쌓인 눈이 우리의 발을 적셨다. 낮은 구릉이 멀리서 넘실거리고, ……싸리숲이 곳곳에 빡빡하게 자라 있는 것 외에 우리의

---

* 러시아 비밀경찰.

눈을 가리는 것은 없었다.

갑자기 기마병이 뭐라고 시끄럽게 외쳤다. 우리는 부르르 몸서리를 치며 그 자리에 서서 움직이지 못했다.

"도망가라고 하는데, 도망치자."

월희는 우리를 재촉했다.

"아니야. 강가의 집이 있는 곳에서 기다리라고 말하는 거야. 괜한 일을 했다가는 이 자리에서 총을 맞을 거야. 좋은 기회를 봐서 도망치는 것이 나아."

동지가 반대했다.

그와 동시에 먼젓번과 똑같은 말을 외치는 것이 들렸다. 그들은 우리로부터 꽤 떨어진 거리에 서 있었다.

"봐, 도망치자. 지금 도망가지 않으면 기회가 없어. 너희들 정말 바보야. 저 사람들의 호의를 모르겠어? 체르나미까지 가 버리면 우리는 도리 없이 죽임을 당할 거야. 자, 나 혼자 도망간다."

"좋아, 도망치자."

우리는 찬성했다. 그리고 바로 우리는 맹렬히 달려 나갔다.

3미터 정도 달렸다고 생각한 순간, 3발의 총성이 우리 뒤를 쫓아왔다. 맞았구나 하고 우리는 깜짝 놀랐지만, 탄환이 빗나갔는지 우리는 계속 달릴 수 있었다. 그 순간만큼 살고 싶다는 욕망을 격하게 느낀 적은 없었다. 우리는 이미 자신을 잊어버리고 계속 달리고 있었다. 눈앞에 있다고 생각했던 싸리숲이 심술궂게도 점점 멀어져가는 듯 느껴졌다. 덤불을 뛰어넘고 돌에 걸려 넘어지며 우리는 겨우 숲속으로 들어갈 수 있었다. 숲 한가운데에 뛰어들 때까지 우리는 계속 달렸다. 뒤돌아보며 기마병이 있는지 확인하려고 했다. 있을 리가 없었다. 그저 보이는 것은 싸리나무뿐, 우리는 어두워가는 숲 그늘에 몸을 숨겼다. 숨을 돌렸을 때 우리는 월희가 없다는 것을 처음으로 깨달았다. "월희는!" 하고 두 사람은 얼굴을 마주보았다. 월희는 죽었다, 라고 생각했다. 어쨌거나 약한 여자의 걸음이다. 우리를 따라왔을 리가 없었다. 우리는 비겁했다.

우리는 숲 바깥으로 되돌아갔다.

"월희!"

"동지!"라고 우리는 계속 불렀다. 검은 그림자를 보면 월희인가 하고 깜짝 놀랐다. 월희는 남자용 검은 루바슈카*를 입고 있었다.

숲을 완전히 벗어났을 때, 우리는 흰 눈 벌판을 터벅터벅 다리를 끌고 더듬어오는 월희의 검은 모습을 발견했다.

"아! 동지!"

두 사람은 가까이 달려갔다. 그녀는 흘낏 우리에게 눈을 흘기고 경멸하듯이 입을 삐쭉했다. 가는 눈썹이 새하얀 이마에서 따끔하게 움직이는 듯 했다.

"동지! 괜찮은가?"

내가 그렇게 말하자

"홍, 동지? 뭐가 동지야?"

---

* 러시아 전통의상.

월희는 응대하지 않았다.

"그래서 스스로에게 부끄럽지 않아? 꽤나 낯짝이 두껍네. 비겁한, 그 도망가는 꼴이 뭐야! 저건 허공에 쏘는 소리라는 것 정도는 들어보면 알 텐데 너희들도……."

"그럼, 동지는 뛰지 않았던 거야."

"무슨 바보 같은 소릴 하는 거야."

그녀는 그런 식으로 우리를 상대해주지 않았다. 그로부터 3일 간, 민가에 묵으면서 겨우 체르나미까지 다다랐다. 체르나미에서 그녀는 우리와 헤어져서 단신으로 ××방향으로 뛰어든 것이었다. 쑹칭링* 여사가 우리의 동지 니콜라이 이李와 함께 온다는 정보를 들었기 때문이었다.

그러나 그 후 우리는 내지에 돌아가 다시 함께 일을 했지만, 점점 운동으로부터 멀어져갔고 그녀도 지주의 후처로 들어갔던 것이다.

손님의 출입이 적은 요정에 들어가면서 나는 돈이 없어, 라고 사실대로 말했다. 내가 갖고 있으니 괜찮아, 라며 그녀는 꺼리는 기색도 없이 먼저 2층으로 총총 올라갔다. 나는 그녀의 늘씬하게 걸친 비단옷에 예민한 적개심을 느끼며 나이 들면서 얼마간 광택을 잃은 뒷목 부근을 쳐다보았다. 가난한 탓에 날이 갈수록 속악한 감정에

---

* 송경령(宋慶齡). 중국 국민당의 창립자인 쑨원의 부인. 1925년 쑨원이 사망하고 공산당원들이 국민당으로부터 제명당하자 1927년부터 1931년까지 망명생활을 하였다. 여기에서 송경령 여사의 언급은 이러한 사실을 취합한 허구인 듯하다.

서 살아야만 하는 내가 실로 한심하게 여겨졌다.

월희와 나는 잠시 옛날 동지들 이야기를 했다. 마馬는 항구에서 짐 싣는 인부가 되었다든가, 안安은 사방공사 감독, 이李는 기생권번의 서기, 하며 한 명 한 명 짚어갔다.

"모두가 완전히 패잔병이 되어버렸군."
라고 월희는 쓸쓸하게 말했다.

"그러나 약삭빠른 놈들은 역시 잘 되었지. M은 주조회사 사장, K는 ×××을 받아 고등 스파이가 되어버렸고……."

"그리고 너는 부르주아 유한마담이 되었고……."

내가 빈정거림을 섞어 말하자,

"내가 그런 놈과 결혼한 것을 듣고 정말로 경멸할 수 있는 자는 당신, 한 사람뿐이라고 생각하고 있었어. 그런데 당신마저 그런 차림으로, 노인네 같은 걸음걸이로 가는 것을 보니……."

"어쩔 수가 없었어."

"그러나 나 같은 것도 역시 패배하고 말았어. 나도 부모 속을 꽤나 썩이기만 했고. 아버지가 죽었어. 임종하실 때에도 용서하지 않았어. 지금 남자와 결혼을 한다면 용서한다고 하는 거야. 그때의 착잡했던 기분, 말하면 당신이 알려나. 여자란 역시 누군가에게 기대지 않고는 살 수 없는 것일까."

"그래서 그 사람과 결혼했다는 거로군."

"그렇게 빨리 결론을 내지 말고 좀 더 천천히 들어봐요. 그런데 내가 잘 말할 수 있으려나. 내가 언젠가 그걸 글로 써본 적이 있었어. 그런데, 되지 않았어. 거짓말이 되어버리기 때문이에요. 어떤 거장이라 하더라도 쓸 수 없을 거라 생각해. 우리들, 사상이라는 배경이 없어져 버렸잖아요. 운동에서 발을 빼고 나자, 글쎄, 큰일이었어. 내 마음을 둘 곳이 없어지고, 의지할 곳도 없이, 공허한 마음이야. 정말이지 견딜 수 없었어요. 실연해서 자살하는 사람의 심리와 비슷하다고 할까. 비틀거리며 거리를 걷고, 잡지의 화보를 펄럭펄럭 펼쳐보고. 그런 쓸쓸함, 지루한 생활이 또 있을까. 회의는 회의를 낳고 마침내 종교적이 되고 영적이기까지 되어버려요. 아버지 임종의 순간, 내 신경은 완전히 영혼에 갇혀버린 것 같아. 아버지에게 심려만 끼친 것이 엄청난 죄처럼 느껴지고, 죽으면 정말 지옥에 떨어질 것 같은 기분이 들었어요. 그러면 여자는 역시 여자가 되고 마는 거야. 점점 나이가 들면 정말 남자가 그리워지는 모양이에요. 웃어도 좋아요. 여자가 남자를 꽉 끌어안는다든가 무릎 위에 앉는다든가 하면 정말 우스운 모양새가 되죠? 그것과 마찬가지로 여자란 것은 역시 남자 힘에 의지하고 싶어지는 것 같아요. 이건 스스로도 정말로 끔찍한 느낌이 드는 일이지만, 이게 사실이니까 어쩔 수가 없어. 마침 그런 기분에 괴로워하고 있을 때, 아버지가 돌아가셨어. 정말 어쩔 수 없었어요. 나는 말야, 사실을 말하면 이 3년간, 그 인간 때문에 괴롭힘을 당할 때, 당신과의 일을 추억하며 나를 위로했어. 자만하진 말아요. 나는 그저 나의 이상이라고 할까, 꿈이라고 할까, 그런 나의 더럽혀진 몸과 마음을 잊기 위해서는 무언가 대조할 것이 있어야만 했었어요. 그걸 당신으로 삼았을 뿐이니까."

월희는 쓸쓸하게 웃었다.

"역시 당신도 괴로웠던 건가."

나는 혼잣말처럼 말했다.

"괴로워."

"네 남편은 너를 사랑하지 않아?"

"사랑한다고 하지만, 그의 사랑은 동물에 가까운 사랑이었지. 내 괴로움은 실은 그것이에요. 내가 편지를 받든가 쓰든가 하잖아요. 그는 그것을 일일이 검열하는 거예요. 그리고 일일이 그는 무슨 일을 하는 자인지, 이전에 나와 어떤 관계였는지, 이런 것을 집요하게 캐물어요. 나는 소위 처녀도 아니고, 과거에 연애관계에 있던 남자도 둘인가 셋인가 있고, 내 쪽에서 연모한 남자도 한두 명 있었는데, 그래도 좋다면 결혼을 하자고, 처음부터 그에게 제대로 내 과거를 고백했어요. 그러나 그의 추궁이 정말 성가셨어. 처음에는 나도, 아이 사람은 이런 사람이야, 그는 전에 내 애인이었던 사람이야, 라고 확실히 말해주었어요. 그런데 혹시 관계가 있었다고 하기만 하면, 그는 언제 어디서 어떤 방식으로 알았는지, 몇 시까지 그 관계를 계속했는지, 어떤 방에서 •••••••••••••••••••••••••••••••• •••••••••••••••••••• 했느냐, 키스의 •••••••••••••••••••••• ••••••• 이냐, 그건 정말이지 입에 담을 수 없는 것까지 물었어요. 만약 거짓말이라도 해서 어떤 관계도 없었다고 하면 이건 또 큰일이야. 나중에 안 것이지만 그가 그런 투로 나를 곤란하게 하는 것은 단지 질투가 아니라 일종의 흥분을 느끼는 것 같아요. 그러니까 기가 막히는 거야. 유한계급의 인간이란 결국 그런 변태가 되는 것 인가 봐요. 그런 둔한 놈의 어디에 그런 섬세한 감정이 만들어지는지 이상할 정도야."

"그런 걸까."

나는 신기한 세계를 엿보는 듯한 기분으로 월희의 이야기에 귀를 기울였다.

"사실을 말하자면, 그런 취급을 당하는 것은 물론 싫어요. 그렇지만 나도 모르는 사이에 이전과는 완전히 다른 감정적인 여자가 되어가는 거야. 그가 그런 방식으로 나를 괴롭히면 다음은 분명히 나를 때린다거나 질책한다거나, 그럴 수 있다고 생각해서 눈물을 흘리며 빌고는 ••••••••••••••••, •••••••••••••••••••••••• 하는 거야. 그러나 이런 것보다도 내 자신이 어느샌가 그런 여자가 되어버린 것 아닌가 하는, 문득 자신을 비판하는 때가 그렇게 싫을 수 없어요. 그런 환경에서 탈출하려고, 탈출하려고 생각하고 강렬하게 바라지만, 그러나 어디에도 갈 데가 없잖아요. 그래서 나는 내 밖에 있는 큰 힘이 나를 지금 있는 데서 끌어내줄까, 내가 도망갈 만큼의 용기를 낼 수 있도록 해주면 좋겠다고 얼마나 바라는지 몰라요. 이전 같은 움직임이 있거나, 혹은 누군가가 엄청나게 큰 저력으로 •••••••••••••••••••••••• 해주면 나는 언제나 뛰쳐나갈 수 있을까, 라는 생각을 해요. 그런 때, 나는 자주 당신을 생각했어요. 당신이 아직 전향하지 않고 있을 사람이라고만 믿고 있었으니까. 그러나 만나고 보니 당신도 마찬가지네요. 나는 오늘 당신을 만나지 않은 것이 훨씬 나았을 것이라고 생각해요. 최소한 이전의 당신 모습이라도 그리며 위로받는 것이 더 좋았을 거야. 당신을 만나고 완전히 환멸을 느꼈어. 어때요? 그렇게 생각하지 않아요?"

"그렇게 말해도 어쩔 수가 없지."

나는 뭐라고 말할 수 없는 괴로움을 느꼈다. 내 비열함을 똑똑히 보여주고 말았다는 기분이 들어서 견딜 수 없었기 때문이다.

나는 그러나 내 괴로움을 뭐라고 잘 말해서, 내가 맛보고 있는 그대로를 월희에게 알게 해주고 싶어 조바심이 났다. 그러나 역시 제대로 말할 수 없었다. 나는 술을 마시면서, 월희는 내 잔에 술을 따르며 이야기를 계속했다.

나는 특히 학교 직원 간의 반목을, 가능한 한 많이 알려주고 싶다고 생각하며 이야기했다.

"그 최라는 사람이 그렇게 고약해?"

"그래, 자신이 하는 일, 타인이 하는 말을 비판하지 못하는 인간이야. 본능적으로 자기 존재와 권세를 주장하고 싶어 하는 인종 같아. 언젠가 이런 일이 있었어. 수업시찰이 있을 때, 내 산술지도가 매우 훌륭해서 칭찬을 들었던 적이 있었는데, 교장도 아주 기뻐하고 그랬어. 그런데 최가 그것을 질투해서, 그렇게 질투하지 않아도 괜찮았고, 그의 지위가 어떻게 될 리도 없고, 그도 역시 칭찬받은 반이었어. 나를 미워하지 않아도 괜찮았을 텐데, 그는 그저 자기 혼자만 칭찬받고 다른 사람은 모두 질책을 받았으면 하는 인간이라서 말야. 그걸 알았을 때는 세상에 어떻게 이런 이기주의자가 있을까

하고 질릴 정도였어. 그런 인종이 운동에 섞이면 분명 배신을 하는 거겠지. 거기서 최는 무언가 내 결점을 찾으려고 애를 썼어. 마침내 최는 좋은 구실을 찾았어. 내 교탁 옆에 아동들 눈에 잘 띄게 시간표가 붙어 있었는데 그 배경에 하트 모양이 그려져 있었어. 그것을 최는 직원회의에 가져와서는 아동들에게 연애를 암시하는 것 같은 짓을 해도 좋습니까, 하는 거였지."

"호호호, 재미있네, 그래서?"

"그냥 그것뿐이야. 하트의 해석이 여러 가지 나오고, 결국 하트라도 상관없다는 걸로 결론이 났어. 그러고 나서, 우리 반 학생이 최의 교실 창을 훔쳐봤다든가, 길에서 교원을 만났는데도 인사를 안했다든가, 우리들의 분쟁이라는 것은 언제나 이렇게 시시한 것이야. 그런 일을 당하면 곧 화가 치밀고, 되돌려 주고 싶고, 나도 모르게 당파를 만들고 싶고, 정말이지 소심하게 전전긍긍하며 살지 않으면 안 되는 거야. 집으로 돌아갔을 때는, 아아, 얼마나 하찮은 생활인가, 이런 생각을 하면서 내일부터는 절대로 이런 소용돌이에 빠지지 않고 초연하게 보내겠다고, 결심은 하지. 그러나 학교에 나가잖아. 역시 엉망이야. 그러니까 언제까지 이런 생활이 계속될지 모른다는 것, 그것도 잘릴 것을 걱정하면서 끙끙대며 살아야만 한다는 것, 그런가 하면 달리 갈 곳도 없고, 가정에 돌아가면 기울어가는 가계와 부모와 마누라…… 아, 나는 말하기도 싫어서 우울해져. 정말이지 죽어버릴까, 라고까지 생각할 때가 자주 있어."

"그건 나도 그래요. 그렇지만 그렇게 쉽게 죽을 수 있는 것도 아니고……."

"죽어지지 않지."

나는 아이들과, 미워하면서도 역시 걱정을 끼치지 않으려 노력하고 있는 부모와, 도의적으로 매달려오는 아내를 생각했다.

"죽을 수 없는 여러 환경, 죽은 다음에도 내가 편해지지 않을 거라는 것──물론 죽어버리면 아무것도 모르겠지만, 그런 것들이 아주 괴로워."

"알지. 나도 그런 걸."

월희는 완전히 내 기분에 동감하여 말했다.

"자, 가끔 둘이만 만나서 그때마다의 일을 뭐든지 털어놓고 말하지 않을래? 얼마간은 위로가 될 거야."

"자기비판이 되어 좋을지도 모르겠군."

나는 흔쾌히 거기에 찬성했다. 그러나 나는 때때로 월희를 만날 때 또 다른 불안을 느끼는 것이었다.

*

우리는 그 후 반년간, 단 세 번밖에 만나지 못했다. 서로의 사정이 그리 좋지 못했기 때문이다. 우리는 가끔 다음과 같은 보고를 전화로 나누었다.

해가 지나 3학기가 시작되었을 무렵, 나는 다음과 같은 내용을 알렸다.

"…… 학교 설립자의 아들이 회계담당으로 왔는데, 정말이지 대단한 기세야. 교원 개인 행동을 감시한다고. 내게도 그랬어. 그놈은 이와 학교가 같아서 말야. 그래서 나와도 좋은 사이가 되었지. 이의 감언이설에 넘어가서 맹렬하게 최를 몰아붙여. 어제 교원회의에서도 교장에게 물었어. 어떤 교원이 여학생이나 여자 졸업생이 오면 자기 교실에 불러들여 오랫동안 붙어 있는데, 그래도 괜찮습니까? 라고. 하하하, 이는 나중에 유쾌하다고 떠들었지. 최는 얼굴이 새빨개졌어."

"그래, 재밌어지게 된 거 아냐? 당신은 가만히 그것을 보고 있으면 되잖아. 나도 별로 다르지 않아요. 요즈음 그는 어디선가 술을 마시고 항상 밤에 돌아와. 기생 애인이라도 생겼겠지. 그래서 나는 무척 평온한 기분이야. 오늘 낮에, 시어머니와 소소한 언쟁이 있었어. 할머니 말이, 나에게 자기 머리를 빗으라는 거야. 먼젓번 며느리는——그의 전처 말이야, 구여성이어서 이혼해버리고 나를 받아들인 거야——자주 그렇게 해주었는데, 그러는 거야. 시어미 파쇼야. 내가 기분이 상해서 방으로 나와 버리면, 그건 또 그것대로 엄청난 소란이야. 하녀랑 침모들이 큰일이 나는 거야. 저것 봐, 지금도 울어대고 있어. 큰소리로 통곡하고 있어요. 나를 창녀라고 해요. 상민 자식은 어쩔 수가 없다고 하면서. 뭐야, 자기들도 벼락부자인 주제에."

"최는 완전히 비참한 꼴을 당하고 있어. 이런 일이 있었어. 지금까지는 말야, 조회가 끝나면 상급아동부터 먼저 교실에 들어가게 되어 있었어. 그건 최의 주장이었어. 그랬던 것은 교실 입구가 남녀 모두 각각 하나밖에 없어서, 상급을 뒤에 들어가게 하면 수업시간이 10분이나 줄어들 수밖에 없다는 이유였어. 최는 매년 6학년 담임이었기 때문에 그걸 매우 완고하게 주장했지. 그런데 설립자의 아들——그 녀석이라고 해 두자구. 나는 어쩐지 그 녀석이 마음에 안 들어——이 말하기를 이렇게 추운 날, 어린아이들을 운동장에 남겨두는 것은 몸에 좋지 않다는 거야. 맞는 말이지. 모두 찬성했어. 최의 우거지상을 보여주고 싶어. 박과 김과 이 등이 매일 그놈을 끌고 나가 술집에 가는 것 같아. 내가 그놈을 멀리하고 있어서 이가 나를 미워하고 있지."

"비열한 근성이군."

"자연히 그렇게 되지. 그들에게 가령 돈을 듬뿍 주어서 생활하게 해봐, 분명 의젓한 인간이 될 테니."

"그건 그렇지. 나는 지금부터 제사 준비. 선조의 제사야. 한 달에 한 번 있어. 옛날식 요리 만드는 법을 모른다고 하면 시어머니 년이 하녀들에게 내 험담을 하는 것 같아. 그래서 나는 일부러 더 애써서 책만 읽고 있었어. 그래도 지금부터 조금은 나가서 해보려 해요."

*

"꽤 오랜만이야."

"응, 두세 번 전화를 했는데, 너의 •••••가 나와서, 깜짝 놀랐어.

생명보험 외판원이라고 말했더니 그쪽에서 바로 전화를 끊어서 다행이야."

"그래, 나도 그래, •••••••• 가 전혀 나가주지 않아서 말야. 뭐 별일 있었어?"

"응, 잔뜩 있지. 상황역전이야. 최가 그놈을 매수했어. 매수라고 하면 이상하지만 영화와 중국요리와 여자를 가지고 말야. 박과 김은 겨우 중국술집과 작부 정도였지. 최의 수완이 한수 위였어. 확실히. 그래서 어디로 데려간 것 같아? 유곽이야. 진짜 그런 것 같아. 여기에서는 나도 깜짝 놀랐어. 지금부터가 볼 만해."

"그래. 내 쪽도 난리가 났어. 이번 몇 개월간 ••••••••••••• 의 사업도 점점 잘 안 되어서 결국 정미회사를 팔았어. •••••••••••• 수중에 남은 것은 겨우 5만원, 6만 원 정도인 것 같아. •••••••• 가 매일밤 횟술을 마시고 나를 괴롭혀. 시끄러워서 내치면, 면도칼을 갖고 와서 자기 손가락을 자른다느니 심장에 꽂는다느니 그래. 그리고 '나는 너 때문에 힘을 너무 써서 사업에 실패했어. 같이 죽자고.'라는 둥. 아, 나는 더 이상 못 참겠어. 어서 꼭 만나 줘요. 만나서 무슨 말이라도 하고 싶어요."

*

"지금, 시간 괜찮아? 아, 그래, 내가 먼저 말하게 해줘. 지금 10분 정도 짬이 있어. 교원실에 아무도 없어. 교장이 내 반에 잠깐 볼일이 있어 내 대신 갔어. 요전에, 내가 책상자에서 책을 꺼냈는데, 곧 돌아올 작정이어서 창문을 닫지 않은 일이 있었어. 그랬더니 그놈이 곧, 백 선생님! 벌금 5전, 이라고 하는 거야. 그건 그놈이 말해서 결정된 일이야. 문을 닫지 않고 출입하거나 책상 위에 걸레를 두고 간다거나 하면 벌금을 내기로 했어. 나는 할 수 없이 잠자코 5전을 냈지. 그런데 그놈이 벌칙에 걸릴 경우에는 아무도 두려워서 말을 하지 않는 거야. 결국 내가 발견해서 말했지. '김 군, 그 문을 닫지 않았지. 자, 벌금.' 그러자 모두 와르르 웃어버렸어. 하하하, 모두 웃는 것에 어지간히 화가 치밀었는지 파랗게 질려 입술을 부들부들 떨며 '남의 잘못을 기다렸다가 그렇게 말해도 됩니까'라고 나에게 말했어. 나는 처음에는 히죽히죽 웃으면서 입씨름을 반복했어. 그러나 마침내 나도 화가 나서 그의 길다란 몸을 넘어뜨리려고 일어섰어. 그랬더니 놈은 내 기세가 두려운지 바로 앞에 다가드는 내게 애원하는 듯이 눈을 껌뻑이며 용서를 빌었어. 그 모습이 아무리 봐도 '모두의 앞에서 맞는 것은 부끄러우니 모쪼록 용서해 달라'는 기색이 역력했지. 마침 그때 이가 두 사람 사이에 끼어들어서 다툼은 그것으로 끝났어. 하하하, 그러나 여기에 자극받았는지, 다음날 결국 이가 최에게 알코올 병을 던지고, 등사판으로 때리고 하는 대단한 소란이 벌어졌어. 아마 이는 7월 학기말에 해고되지 않을까 싶어. 최가 매일 밤 같이 교장과 설립자를 찾아가고, 목사들을 설득하러 다니고 있어. 최는 내가 이에게 시켜서 그런 일이 일어났다고 말하고 있는 모양이야. 아, 이제 정말이지 견딜 수가 없어."

나는 (혹시 나도 해고되지 않을까)라는 생각에 심각한 불안을 느끼고 있었다. 이런 불안을 느끼는 그 자체가 꽤나 비열하고 겁쟁이 같아서 바늘방석이라도 뒤집어 쓴 것 같은 기분이었다.

"그런 몹쓸 생각은 안 해도 좋아. 그래서 끝이야? 자, 내일 토요일이죠. 네 시 기차에 맞추어서 학교 마치거든 바로 역으로 와요."

월희는 이 말만 하고 전화를 끊었다. 나는 마침내 올 데까지 왔구나 하는 생각이 들었다.

*

남해 온천장에서 우리는 하룻밤을 지냈다.

파도는 고요했다. 멀리 수평선에 흰 돛단배가 아른거리고, 가끔 검은 증기선이 지나갔다. 우리 왼쪽에 있는 언덕 너머로 마을이 보였다.

바위에 철썩이는 흰 파도를 보며 나는 어젯밤 일을 생각했다.

"광우!"

라고 월희는 깊은 울림을 담아 나에게 말했다.

"나를 음란한 여자라고 생각하지 않아?"

심야에, 월희는 일어나서 잠시 가만히 명상을 하는 것 같더니 이렇게 말했다. 그 울적하고, 허무하고 비난하는 것 같은 음성은 지금도 바위와 모래를 깨무는 파도소리를 내 귀에서 완전히 지워버리는 것 같다.

"나 같은 것, 확실히 못난 여자야. 그러나 나 역시 살아 있는 이상, 뭐라도 해서 자기를 긍정하고 싶어. 나는 정열이 없는 곳에서는 살아갈 수 없는 여자일지도 몰라. 옛날 나는 우리들의 운동에서 나의 정열의 배출구를 찾았던 것이 틀림없어. 이런 식의 말이 틀리지 않은 건지. 아, 나는 말야, 이런 썩어문드러진 생활을 계속하느니 아예 스님이 되어버릴까 하는 생각도 있어. 허무한 생활을 하면 혹시 자기의 정열로부터 구원받을 수 있을지도 모른다고 생각했어. 그러나 아직 나는 못할 것 같아. 그러나 나만을 위해서 너를 불러낸 것은 아니니 나쁘게 생각하지는 말아. 둘이 뭐라고 할까, 공통의 괴로움을 갖고 있는 것 같다고 생각했으니까…… 그러나, 괜찮은 것일까. 뭐랄까, 몹시 문란한 짓인 것같이 느껴지는 게 어쩔 수가 없어……."

우리가 가는 길에 돛대를 접은 세척의 어선이 선체에 물을 잔뜩 머금고 가로누워 있었다.

선체에 기대었을 때

"월희"

나는 불타는 것 같은 눈동자로 월희 얼굴을 쳐다보며 말했다.

"만약 내가 어떻게 된다면, 책임져 줄 거야?"

"책임이라니, 어떤?"

"나는 될 수 있는 한 나를 억제하면서 살아 왔어. 부모에, 아내에, 자식에게. 낡은 가문에. 내 욕망을 누름으로써 살아남을 수 있었지. 내가 내 마누라에게 어떻게 해도 애정을 가질 수 없었던 것, 알 거야."

"알아"

"나도 너만큼이나, 아니 너보다 더 정열적인 남자일지도 몰라. 나는 너를 알고 나서는 더 이상 지금까지와 같이 자기를 억제할 수가 없을 것 같아. 혹시 그렇게 된다면, 내가 할 수 있는 것은 한 가지뿐이라는 걸 알았어."

"그것은, 뭐지?"

"죽음!"

"……."

월희는 놀라서 내 눈동자를 가만히 들여다보았으나, 상쾌하게 말을 꺼냈다.

"그래, 그렇게 하는 것 말고 다른 방법이 없을지도 모르겠네. 지금처럼 비열하고, 의욕 없는 생존을 계속하느니 차라리 죽어버리는 편이 자기를 더 사랑하는 일일지도 모르겠어. 광우! 바다를 계속 바라본 적이 있어! 파도가 넘실거리고 있었죠. 저렇게 넘실거리고 있는 파도는 과거 몇 만 년도 전부터 저렇게 흔들거렸을 거고, 앞으로도 계속 저럴 테죠. 그 속으로 내가 내 몸을 던진다고 하자. 잠깐의 순간 바다는 크게 출렁일지 모르죠. 겨우 2분, 아니면 3분. 그 다음은 가만히, 아무 일도 없었다는 듯이, 원래대로 일렁일 것이 분명해. 나 같은 게 살아 있다고 해서 무슨 일이 있겠어요. 파도 속에 몸을 던진다고 해도, 바람이 불면 성난 파도가 역시 휘몰아치겠죠. 죽는 것과 사는 것이 큰 차이가 있는 것 같아도, 사실은 아무것도 아닌 거야. 이런 생각, 틀린 걸까요. 그러나 지금 나에게는 진리야. 죽는 건

하나도 두렵지 않아. 언제라도 죽을 수 있어. 만약, 그런 결심이 서 거든, 내가 옆에 있어야만 한다면, 언제든 나에게 청해도 좋아요."

*

"나는, 언제든 그 준비를 하고 기다릴게."

나는 월희의 그 말을 잊으려고 잊으려고 애를 썼다. 나는 죽어서 는 안 된다고 자신을 꾸짖었다. 그러나 내 몸 안에는 어느 구석에도 월희가 숨어 있지 않은 곳이 없었다.

나는 취한 것같이 흥분하는 나의 뇌를 어떻게 할 수가 없었다. 나 는 2, 3일 월희를 만나지 못한 채 애를 태우며 지냈다. 이미 내 마음 에는 집도 부모도 없었다. 최며 이 등이 어떻게 되든 그런 것은 전혀 마음에 들어오지 않았다.

나는 월희 집의 높은 담 주위를 3일이나 서성이며 빙빙 돌았다.

4일째 나는 꿈을 꾸는 듯한 기분으로 벨을 눌렀다. 중년의 하녀 가 나왔다. 하녀는 괴이하다는 듯 내 몸을 훑어보더니, 여주인은 손 님을 맞지 않는다고 말했다. 나는 신문사 사람으로 만날 약속을 했 다고 거짓말을 했다. 응접실에서 월희가 나오기를 기다렸다.

문이 열렸다. 깜짝 놀라 보았더니 월희였다. 그녀는 깜짝 놀라서 그 자리에 서서 움직이지 못했다.

"대담하군."

라고 잠시 후 그녀가 속삭였다.

"이렇게 큰 집인 줄 몰랐어. 대체 몇 겹으로 된 거야."

나는 어쩐지 붕붕 떠서 유쾌한 기분이 들어, 그런 것을 물어보기도 했다.

"왜 온 거야."

월희는 결심이 안 된 것 같았다. 순간 나는 깊은 의혹의 늪에 빠졌다.

"나와 약속한 것, 잊었어?"

"잊지 않았어."

나는 월희의 눈동자를 바라보았다. 거짓인지 아닌지 찾아내기라도 하겠다는 듯이.

"해버릴까?"

"……"

"날 속인 것은 아니겠지?"

"무슨 말을 하는 거야. 의심 많은 남자네, 정말."

"그럼, 나와 그걸 결행해 줘. 나는 네가 옆에 없으면 죽어도 죽을 수 없으니까."

"……"

내 얼굴을 지긋이 바라보더니

"그래, 좋아."

월희는 굳은 결심의 빛을 보였다.

내가 곧 일어서려고 하자,

"조금 더 있어도 괜찮아. 그렇게 결심했다면 아무것도 걱정할 필요가 없으니까. 그와 시어머니는 시골에 갔어."

그러면서 나를 멈추게 하고 말했다.

"후원에 가자. 내가 만든 딸기밭과 연못이 있어. 심난할 때 산보
를 하지. 딸기를 따와서 시럽을 만들어 줄게."

일하는 여자들이 많은 정원을 피해서 우리는 창고 뒤를 돌아 딸
기밭에 갔다. 작고 동그란 연못 주위에는 딸기넝쿨이 무성했다.

"좀 너무 무성한 것 같네. 딸기 넝쿨은 정말 잘 뻗는구나."

같은 말을 하며,

"아, 바구니 가져오는 걸 잊었네. 아무래도 나 흥분했어."

그렇게 말하고 내 손수건에 딸기를 따서 담는 것이었다. 손수건
은 점점이 피처럼 붉은색으로 물들었다.

*

절에 온 지 3일이 되었다. 우리는 하루하루 날짜를 미뤘다. 막상
날이 되면, 지금 한번 더 진중하게 생각하는 것이 좋다고, 둘 다 생
각하는 것이었다. 아이처럼 천진난만하게 뛰어오르고 달리고 하던
월희도 가끔은 깊은 침묵에 빠져들었다.

나는 지난날의 일을 돌이켜 생각하다가 흘낏 월희 쪽으로 눈을
돌렸다. 월희는 팔을 베고 창공을 바라보고 있었다. 조용한 얼굴을
하고 가만히 무언가를 생각하고 있었다.

나는 일어나 앉아서 흔들바위 옆에 바싹 붙어 섰다. 어깨로 누르

자 바위는 흔들흔들 움직였다.

"월희?"

하고 나는 그녀 쪽으로 돌아보면서 말했다.

"자살이란 건 결국 인생의 패배 아닐까."

월희는 의외라는 듯이 놀라며

"그런가?"

라며 일어나 앉았다.

"패배야."

"예전에 우리는 자주 그렇게 말했지."

"지금이라도 그렇지. 나는 지금 그것을 확실히 느꼈어. 도피야."

"그러나 우리는 죽지 않으면 안 돼. 죽는 편이 비열해지지 않는 거라는 결론을 내린 거 아니었나?"

"거기까지는 옳았다고 생각해. 이론적인 이야기가 아니야. 오히려 생리적인 이야기야. 나는 특히 그렇다고. 감정뿐이야. 운동의 배경을 잃고 이상도 희망도 없어져 버린 오늘의 사회정세에 우리는 최후의 이성마저 상실해버렸어. 이런 세상일수록 바르게 살아남아야 한다고 생각하지 않아? 수난기에 신음하는 사람들은 우리들만이 아니잖아."

"그럼 수난을 살아가자, 이런 말? 조금이라도 자의식을 가진 인간들은 견디기 힘든 고통이야. 파도에 되는 대로 흔들리는 물풀같이 생존하는 자만이 괴롭지 않을지도 몰라."

월희는 내 곁으로 왔다.

"예를 들면 저런 인간들이 그렇지."

우리는 산간을 내려다보았다. 계곡의 중턱에 두 칸의 오두막이 보였다. 세상으로부터 잊혀진 듯한 생존이었다. 화전민이었다.

"도회의 인간이라도 마찬가지야. 그저 되는 대로 움직이는 괴로움, 살아 있는 것에 지나지 않아. 그들에게 사상이 있다고 생각해?"

"그런 사회에 있으면서 오히려 하나의 신념을 강하게 가진 인간이야말로 훌륭한 인간이야. 그러나 우리에게도 무언가 구원받을 길이 없다고만은 할 수 없다고 생각하는데, 어때?"

"글쎄, 나는 아직 모르겠어. 좀 더 생각하게 해 줘요. 너의 결심이 그런 식으로 변했다면 도리가 없지."

우리는 동쪽으로 동쪽으로 종주하고 있는 산들의 고개, 산맥과 산맥 사이의 좁은 평원, 자그맣고 혼잡하게 모여 있는 촌락을 바라보았다.

"어젯밤은 정말이지 놀랐어. 나는 하마터면 계곡으로 떨어질 뻔했어."

"나를 경멸했지. 어째서 그렇게 무서웠는지 나도 모르겠어."

우리는 방향을 바꿔서 저물어가는 석양을 바라보았다. 금새 병풍을 펼친 것처럼 뚜렷하게 치솟아 있는 삼각형의 기묘한 봉우리가 붉게 빛났다.

발밑에서 목탁소리가 솟아올랐다.

"어머, 저녁공양을 시작하네."

월희는 벌써 걷고 있었다.

"거기 멈춰."

나는 그녀 뒤를 따라 걸으면서 말했다. 월희는 잠자코 경사면을 내려가고 있었다. 사리탑이 있는 부근에서 암자 쪽으로 달려갔다. 암자는 불당이 두 칸밖에 없었다. 한 쪽에 불화가 걸려 있는 방에서 스님의 독경소리와 목탁소리가 흘러나왔다.

월희가 마루 위로 올라가 양손을 합장하고 눈을 감는 것이었다. 잠시 서서 불화에 예를 표하고 깊은 한숨을 쉬었다. 나는 독경소리를 알아들을 수가 없었다. 그저 나반존자, 나반존자라는 부처의 이름밖에 들리지 않았다. 나는 불당의 측면에 앉아 노을에 물들어가는 허공을 배경으로 사색에 잠긴 듯한 월희의 옆얼굴을 바라보았다. 정말로 스님이 되려는 것인가 하고 생각했다. 순간 나는 우리와 같은 인간은 영원히 구원받지 못할 계급의 인간이 아닐까 하고 생각했다. 어떻게든 그것을 부정하고 구원받고 싶은 욕망을 강렬하게 느끼며, 그로 인해 나는 아찔하기까지 했다.

《改造》(1936. 11)

(서영인 옮김)

어떤 고백담

ある打明話

장혁주 지음

백숙희가 막 베이징으로 떠났다는 답장에 그는 어쩐지 맥이 빠지는 기분이었다. 특별히 백숙희를 꼭 만나야 한다거나, 만나지 않으면 안 되는 사정이 있는 것도 아니었지만, 백숙희가 조선에 없다니 역시 좀 섭섭했다.

그는 이번 여행에서 꼭 백숙희를 만나게 될 거라고 무척 기대하고 있었다. 그의 이번 여행은 그가 대본을 쓴 연극으로 인해 그가 초대를 받아 이루어진 것이었다. 그 연극은 도쿄와 오사카에서 성공을 거두었고, 그의 고향인 조선의 유명한 고전이기도 해서 경성의 신문사와 그 밖의 유력한 단체에서 연극을 상연한 극단을 초청했고, 식전행사를 겸해 작자와 연출가들의 강연회를 열기로 했기 때문이다. 연극은 경성뿐만 아니라 조선의 6대 도시를 순회하며 공연하게 되었고, 그는 소속작가라는 모양새로 극단과 함께 여러 도시를 방문하게 된 것이었다. 그러므로 그의 방문이 각지의 신문에 다소 과장되게 소개되었고, 백숙희가 그 소식을 못 들었을 리는 없다. 게다가 백숙희가 살고 있는 T시가 순회공연의 마지막 지역이고 보면, 백숙희와 만나는 것은 거의 틀림없을 터였다.

그가 백숙희와 그 사건을 일으키고 나서 햇수로 3년이 지났지만,

백숙희와의 그 사건이 동기가 되어 그가 도쿄로 이주하기로 결심한 것이기도 해서, 그간 쌓이고 쌓인 이야기를 풀어놓고 싶은 것도 당연했다.

백숙희가 그의 서울 행을 알고는, 어쩌면 몰래 그를 만나러 올지도 모른다고 생각하기도 하고, 또는 어딘가에서 우연히 만나기라도 하면 어떻게 대하는 것이 좋을지 생각하면서, 그는 즐거운 기분에 빠져 있기까지 했다.

그가 만일 그의 심정을 숨김없이, 백숙희에 대해 마음먹은 대로 할 용기를 낸다면, 만나자마자 뺨이라도 한대 올려붙일 거라고 생각한 것도 사실이다. 그러나 그때 그 사건의 와중에는 사람들에게 말해도 알 수 없을 달콤하고, 낭만적인, 그보다는 퇴폐적인 동시에 몽환적인 매력이 숨어 있었다고 믿었기에 그의 감정은 아무래도 누그러질 수밖에 없었다.

그래서 그는 경성에 도착한 다음날쯤 겨우 백숙희의 소식을 들을 기회를 얻어서 슬그머니 탐문해보았다. 그러나 백숙희는 사변 후 베이징으로 가서 일하고 있던 그녀의 오빠가 병이 나서 며칠 전에 경성을 막 떠났다고 하고, 베이징에 간 김에 상하이 부근까지 여행할지도 모른다는 것이었다.

그녀는 반도문단의 여류작가 중 한 명이기도 해서, 그런 여행의 계획을 소재 찾기로 생각하지 못할 것도 없지만, 그는 그녀가 이전에 만주나 시베리아를 방랑했던 일을 생각하며 무언가 또 퇴폐적인 느낌을 감지하기도 했다. 어쨌든 여행 중 그녀와 만날 수 없게 된 것만은 확실하다는 생각에 실망한 것이었다.

그러나 혹시라도 베이징에서 날아올지도 모른다는 식으로 기대하기도 하면서 겨우 그 실망감을 이겨내고 있었다.

4일째에 경성을 출발하고, 평양에서 2일을 지내는 식으로 순회는 시작되었다. 말이 나온 김에 덧붙이자면, 연극은 경성에서는 대성공을 거둔 것에 비해 지방에서는 부산과 T시를 제외하고는 그다지 재미를 보지 못했다.

그는 경성에서도 평양에서도, 공식적인 연회며 지인들의 초대에 억지로 끌려 다녔고, 일행이 조선의 서쪽에 있는 G항구에 도착했을 때는 완전히 지쳐버렸다. 몸 상태가 나빠 강연도 할 수 없는 지경이 되었다.

그래서 그는 거기서 강연을 거절하고 싶다고 생각할 정도였다.

그러나 어쨌든 5분만이라도 해달라고 해서 어쩔 수 없이 연단에 서게 되었다. 두세 마디 하자마자 그는 놀라서 다음 말을 이을 수 없게 되었다.

청중석 한가운데 머리를 숙이고 앉아 있는 여자가 바로 그녀, 백숙희였기 때문이었다.

그는 강연을 서둘러 끝내고 연단을 내려왔다. 그리고 대기실로 돌아왔지만, 거기에는 다음 강연자인 S극단 매니저 일을 하는 미키三木와 강연을 마쳤다고 인사를 하러 온 배우들이 떠들고 있었다. 그는 어쩐 일인지 심하게 열이 나서 현기증마저 느끼게 되었으므로, 백숙희에게 미련이 남은 채로 여관으로 돌아갔다.

그는 물론 백숙희가 곧 뒤따라 올 것이 틀림없다고 생각하고 있었으므로 완전히 안심하고 있기도 했다.

그는 누워서 쉬면서 백숙희가 오는 것을 이제나 저제나 기다리고 있었다.

그는 백숙희가 베이징에서 일부러 저렇게 온 것이 온전히 그를 만나기 위한 것이라고만 생각했으므로, 지금까지 백숙희를 원망하고 미워했던 것도 반쯤은 잊어버리고 어쩐지 가슴이 미어지는 기분에 빠져 있었다.

그 가슴이 미어지는 감정이라는 것이 3년 전의 사건 당시 느꼈던 격렬함은 물론 아니었지만, 그래도 3년 전 그 당시를 생생하게 떠올리기에는 충분했다.

그 무렵 그는 어떤 연애로 고민하고 있었다. S라는 사람이 그의 상대였는데, S는 여류작가 S·T의 여동생이었고 어떤 잡지의 미스 조선에 당선될 정도로 미모의 소유자였다. 그녀를 경성에서 데리고 온 문학평론가 R의 소개로 그는 S를 만나게 되었다. 물론 R은 S와 자신의 집에서 동거하며 장차 정식으로 결혼할 예정이었다. 그러나 R은 3월쯤에 어떤 사건에 연루되어 수감되었고 2년이 지나 돌아왔다. 그 사이 S는 R의 어머니와의 사이가 나빠서 가끔 그에게 그녀의 신변을 상담하러 왔고, 그의 추천으로 S의 처녀작이 S를 미스 조선으로 당선시킨 잡지에 화려하게 발표되기도 했다. 그 작품은 반도 문단의 당시까지의 수준으로는 보기드문 역작으로 상당한 호평을 받았다. 경성을 중심으로 문학을 입에 올리는 사람들 사이에 S와 그가 수상하다는 소문이 퍼져나갔다.

그러나 그는 그런 뜬금없는 소문을 냉소했다. 그는 당시 도쿄문단에서 4, 5년간 꽤 다수의 역작을 발표하여 장래성을 쌓아가고 있었고, 경성문단과는 상당히 거리를 두고 있었으므로 비난이나 공공연한 공격도, 날조된 소문들도, 실제로 상관할 수 없을 정도로 많았다.

그와 S가 수상하다는 소문은 완전히 근거 없는 것은 아니었다. 그는 무언가 핑계가 있을 때 S를 방문하고, S에게 영화를 보러 가자고 하기도 하고, 어떤 때는 요릿집으로 초대하기도 했다. 그리고 이러한 현장을 자주 사람들에게 들켜도 그는 동요하지 않았다. S도 역시 그런 것에 연연해하지 않았다. 무엇도 거리낄 것이 없다는 사실이 두 사람에게 어떤 신념을 심어주었다.

그러나 그가 S때문에 조금도 마음에 동요가 없었다고는 말할 수 없다. 그는 할 수만 있다면 S와 사랑하고 싶었다. 만약 S가 그의 친구의 애인만 아니었더라면 그는 대담하게 S에게 그의 사랑을 바쳤을지도 모르겠다. 그러한 것을 그는 자주 상상했다. 그러나 그 당시 그는 친구를 배신하고 싶지 않았으므로 엄청난 노력으로 그것을 자제했다.

그래서 R이 돌아오자 그는 저도 모르게 안심했다. 그리고 S와도 소원해졌다.

그러나 R이, 이전에도 다소 난폭하기는 했지만, 출옥한 이후에 눈에 띄게 성격이 난폭해져서, S를 괴롭히고 구타한다며 S가 그에게 호소했다. 그리고 결국 S는 R로부터 도망치지 않으면 그에게 죽을 수도 있고, 그렇지 않더라도 자살할 수밖에 없다면서 어딘가에 숨겨달라고 애원했다. 그는 처음에는 어쩐지 실감이 나지 않아 그때마다 달래서 돌려보냈지만, 거듭될수록 차츰 R의 난폭함을 증오하며 S를 감싸주게 되었다. 그러면서 그는 정성껏 그녀의 호소에 귀를 기울이며, S를 위해 힘을 다하겠다고 약속했다. R이 경성으로 여행을 가면 S의 도피를 결행하자는 이야기를 어떤 때는 멀리 강변으로 나가서, 어떤 때는 계곡으로 들어가서 나누었다. 그러나 드디어 결행하는 날을 하루 앞두고, S에게 한번 더 냉정하게 자신을 돌이켜보라고, 만약 그만두고 싶다면 그만두자고 권하며 그는 조금 더 날짜를 미루었다. (그래서 S의 결심이 흔들리지 않는다면 어쩔 수가 없다)고, 그도 다시금 최후의 결심을 했다. 그때까지는 S와 결백한 교제를 할 수 있었지만, 그의 계획대로 S를 그의 지인이 주지로 있는 남쪽 지방 산사에 반년쯤 두었다가 도쿄로 데려가 살길을 찾아주게 된다면, S와 언제까지나 결백한 우정을 유지할 수는 없을 것이며, 그래도 할 수 없다고 그도 각오를 해 둘 수밖에 없었기 때문이다.

그 다음날, 최승희 일행의 공연이 있어서 그는 아침부터 무희와 계속 동행하여 신문사를 돌기도 하고 초대장을 돌리기도 했는데, 그중 한 장을 S에게 보내면서 거기에 S의 최종 결심을 오늘밤 듣고 싶다고 썼다. 그날 밤 공연 프로그램이 끝날 무렵, 대기실에 있다가 그를 위해 제공한 관람석의 자리로 갔더니 S가 그를 기다리고 있었다. "어쩌시렵니까, 무슨 일이 있어도 가시겠습니까?" 하고 그가 물었더니 "네, 반드시" S가 결의를 담은 어조로 대답했다. "그럼, 내일"이라고 기차의 시간을 말하고 그는 대기실로 돌아왔다.

그런데 다음날 그 시간에 그는 역에서 2시간이나 기다렸지만 결국 S는 나타나지 않았다. 그는 이상하다 생각하며 집으로 돌아와 있었는데, 다음날 아침 S로부터 엽서가 왔다. "지난밤 집으로 돌아와 보니 R이 여행에서 돌아와 있었는데 지금 또 괴롭힘을 당하고 있습니다. 조만간, 다시—"라는 내용이 겨우 읽을 수 있을 정도로 어지럽게 적혀 있었다.

그는 그 일이 있은 후 누구도 만나지 않고 서재에 틀어박혀 있었던 것이다.

그러던 어느 날 백숙희가 집에 찾아 왔다.

그는 백숙희와 한 번, 어느 부인 잡지의 지방순회 좌담회에서 두세 마디를 나눈 적이 있을 뿐이었고, 그때 말고는 전에도 후에도 만난 적이 없었다. 그러나 경성의 잡지에 수필을 발표했을 때 등, 자주 백숙희와 같은 지면에 실리기도 하고, 사진이 사이좋게 실린 적도 있어서 백숙희의 이름은 인상에 남아 있었다. 그리고 그녀가 같은 마을의 교외에 살고 있기도 해서 우연이라도 만나보면 좋겠구나 정도의 생각을 하기는 했다.

"오늘 몹시 힘들었답니다. 먼지는 많고 다리는 아프고, 도중에 그만둘까도 생각했지만 어쨌든 마음먹은 일이라 억지로라도 찾아서 선생을 만나고 가야겠다고 생각했답니다. 꼬박 한 시간은 걸었나

봐요"라며 그녀는 눈을 크게 뜨고 도쿄 말씨로 말했다.

그리고는 그의 작품을 애독하고 있다는 것, 한번 만나보고 싶었다는 것, 언젠가의 좌담회에서 나눈 이야기가 재미있었다는 것 등을 말한 후에 종종 만나서 지도를 받고 싶다는 이야기를 하고 그녀는 돌아갔다.

그는 백숙희가 돌아간 후 다시 S가 생각나서 마음이 어지러웠다. 이틀 정도 후에 백숙희가 다시 찾아왔다.

"선생, 서재에만 틀어박혀 있으면 좋지 않아요. 기분전환으로 하이킹이라도 가지 않으실래요?"라고 말했다.

"그거 좋군요. 저도 산은 좋아합니다. 같이 갈 사람이 있으면 이 봄에 어딘가 가고 싶다고 생각하고 있었어요." 숙희의 말에 그도 마음이 움직였다.

"그럼 선생, 빨리 나가 보시지 않으실래요. 어떠세요. 모레쯤. 이렇게 따뜻한 날씨에, 마침 꽃이 필 때이기도 하고."

"같이 갈 사람이 있습니까?"

"음, 제 친구가 있으니까 그녀하고, 또 다른 남자 친구들도 데리고 올게요."

백숙희는 벌써 서른에 가까운 나이로 S처럼 가냘프지는 않았지만, 도쿄에 4, 5년 있었던 이야기며 문학자인 오카다 산시로岡田三四郎* 씨

---

* 이 작품에서 인명은 실존 인물의 인명을 기반으로 작가가 임의로 지은 것이다. 대개 일본어 인명은 읽는 법이 따로 정해져 있으나 작가가 발음을 밝히지 않았으므로 통상의 읽기법을 적용

가 영화를 찍고 있을 당시 시나리오 작가 겸 감독으로 일했다는 것을 자랑스럽게 이야기했다. 마치 소녀로 돌아간 듯 어리광을 부리는 말투였다.

약속한 날, 그는 택시를 대절해서 백숙희와 그의 친구들이 기다리고 있을 그녀의 집으로 달려갔다. 그녀는 오빠들과 교외——라고 해도 20리* 정도 떨어진 곳이었지만——에 사과밭을 경영하고 있었다.

그런데 그녀 혼자 사과밭 입구에서 차를 기다리고 있었다. 그는 이상하다고 생각하며 그녀가 차에 탈 때 물었다.

"혼자?"

그러자 그녀는 "네, 모두들 볼일이 있다고 해서"라며 아무 거리낌없이 정말이지 아무렇지 않게 대답하고는 한숨 돌린 듯이 자리에 눌러 앉았다.

이것 참 이상한 꼴이 되었다고, 그는 움찔 놀라면서 생각했다.

남녀칠세부동석이라는 옛날 도덕이 지금도 대부분의 조선인에게 절대적인 성윤리로 힘을 갖고 있다는 것을 생각하면, 그가 이렇게 서른 가까운 여인네와 단 둘이서 어딘지도 알 수 없는 산으로 하이킹을 간다는 것은 있을 수 없는 일이었다.

그러나 그도 그랬지만, 특히 그녀는 구도덕에 반항하여 싸운 적

하고 한자 원음을 밝히는 방식으로 표기한다.
* 원문에는 2리. 일반적으로 일본에서 1리는 한국의 10리, 즉 4킬로미터임.

도 있었거니와 그런 전통적 윤리관 때문에 모처럼의 계획을 중지하자는 말을 어느 쪽도 꺼내지 않았고, 그만두자고 말하는 것이 어떤 불륜을 전제로 하는 것 같아서 오히려 부끄러운 기분이 들었다. 그는 문득 S와의 오랜 기간 결벽한 관계도 생각하면서, 상관없다, 아무 일도 없이 갔다 오면 그걸로 되는 거 아닌가 하고 잠시 스스로 대답하고는,

"그럼, 어디로 갈까요?" 거기에서 금방 갈 수 있는 D절이나 H산을 생각하며 그는 그녀에게 물었다.

그러자 백숙희는 "은해사銀海寺에 갈까요?" 하고 천연덕스럽게 답했다.

"은해사요?" 그는 놀라서 물었다.

"네, 별로인가요? 은해사 안에 정말 경치가 좋은 암자가 있어요. 저는, 거기서 빌고 싶은 소원이 있거든요. 하이킹에는 좀 힘들지 몰라도 H산줄기에서는 가장 높은 봉우리 중 하나이기도 하고, 정말이지 절경이에요."

"아니, 어디든 좋지만" 하며 그는 당황해서 둘러대기 위해 말했다.

"그래도 오늘 안에 돌아오기 힘들지 않나요?"

"네에, 하루 이틀 머물고 싶어요. 안 되려나."

그는 대개의 대본산*에는 가 본 적이 있어서 알고 있었는데, 절에는 손님이 묵을 수 있는 시설이 있기도 하고, 은해사의 절경은 여러

---

* 大本山. 불교의 종파를 관할하는 본부의 절, 가장 큰 절.

차례 사람들에게 듣기도 해서 한번은 가보고 싶다고 생각하고 있었다.

은해사까지는 백숙희의 집에서 60리* 정도 떨어져 있었다. 작은 마을을 세 개 정도 통과하고, 농촌의 여기저기를 보다가 어떤 장소에서 두 사람은 내렸다. 거기서부터 산길을 20리** 정도 걸어가야만 했다. 그는 등산용 지팡이만 가진 가벼운 차림이었지만 그녀는 커다란 보따리에 뭔가를 가득 넣어 들고 있었다. 무거워 보여서 그것을 지팡이에 끼워 두 사람이 들었지만 곧 팔이 아파 올 정도로 무게는 상당했다. 보따리가 그에게로 기울자 백숙희는 몇 번이나 자기 쪽으로 보따리를 끌어당겼다. 그가 괜찮다고 말해도 아니에요, 선생님, 지치시면 안 되잖아요. 하고 살뜰히 챙겨가며 걸었다.

계곡에 가까운 좁은 개울을 건너고, 부락을 통과하며 두 시간 남짓, 은해사가 보이는 곳까지 왔다. 소나무 숲이 있고, 울창한 삼림이 있고, 비석이 있고, 산문山門이 있었다. 그리고 대웅전을 중심으로 하여 수많은 절집과 누각 등등 어떤 절에든지 있는 대로여서 특별히 신기할 것도 없었다. 백숙희가 해 떨어지기 전에 암자에 닿으려면 본당에 들르지 않고 곧바로 오르는 것이 좋다고 하여 멀리서 절집을 바라보면서 점점 험난해지는 산길로 접어들었다. 계곡도 깊어지고 산줄기도 점점 험준하게 모여들었다. 무언가 신비한 기분을

---

* 원문은 6리.
** 원문은 2리.

느끼면서 물방아집이 있는 산간의 부락을 통과하자 점점 길도 외나무다리처럼 좁아졌고 그 후에는 산등성이를 겨우 헤쳐 나갈 수 있을 정도가 되었다. 그리고 깎아지른 절벽에 몇 줄기 실처럼 가늘고 길게 흐르는 폭포가 있었다. 그 옆을 타고 올라 마지막으로 절벽을 오르자마자 한 개의 거대한 바위 위에 간신히 세워진 암자에 다다랐다. 그리고 암자에 들어가서도 겨우 한 사람이 통과할 만한 좁은 구멍을 기어서 빠져나갔는데, 암자 지붕 위에는 또 차양같이 큰 바위가 불쑥 나와 있고 해서 아래를 보아도 위를 보아도 마치 나락에 빠진 것 같은 기분이 되었다. 그의 몸이 마치 허공에 있는 것 같다고 생각하자 그는 저도 모르게 갑자기 부들부들 떨리는 것 같기도 했다.

그 근처에는 삼인암三印岩이라든가, 지옥의 바위라든가, 흔들바위라든가 하는 거대한 기암이 모여 있어서, 절경이라면 절경이라 할 수도 있지만 실로 기분이 섬뜩해지는 곳이었다.

"암자에서는 술도 담배도, 안 되니까—"라고 말하며 백숙희는 그를 산 정상으로 데리고 갔다. 그리고 보따리 안에서 네다섯 병의 맥주를 꺼내 따라주었다.

그는 이렇게 산 정상에서 맥주를 마실 수 있는 것을 무척 즐거워하며 두세 병을 연속해서 마시고 백숙희에게도 권했다. 두 사람 모두 새빨개졌으므로 두 사람은 그 평평한 바위 위에서 술이 깨기를 기다리기로 했다. 그리고 그는 3일을 그 암자에서 묵었다. 그는 그래서는 안 된다고 생각하면서도 그녀가 내려가자고 말했을 때, 이번에는 그가 더 있고 싶다고 고집을 부릴 정도였다.

그녀의 기원이란 아이를 낳고 싶다는 것이었다. 암자의 주인이 여기 여래님께 빌면 반드시 아이가 생긴다고 했다면서 백숙희가 무척 진지하게 불상 앞에서 절하는 것을 신기하게 바라보면서 그는 그녀의 강요로 두 번 정도 제례에 참가하기도 했다.

"저, 서른 살이 되기 전에 아이를 낳고 싶어요. 어차피 낳을 거라면 머리가 좋은 사람의 아이를 낳고 싶잖아요."

그런 말을 해놓고는, 이번에는 그녀를 사랑했는데 그녀가 거절하자 폐병에 걸려 죽은 소년이며, 그녀의 첫 남자인 테러리스트며, 그녀가 시베리아를 방랑했을 때 그녀를 총살하러 왔던 '게베우'가 그녀의 포로가 되었다는 이야기를 하는 것이었다.

그녀가 연해주의 친구에게서 배웠다는 러시아어 노래를 듣고 첫 남자—그 테러리스트 이야기는 그녀의 소설에도 있으므로 잘 알고 있었지만—같은 이야기를 들으면서 그는 자기도 모르게 그 남자들이 느꼈을 것 같은 정열을 자신도 백숙희로부터 느끼게 되었다. 그는 하산하고 날이 지날수록 그녀에게 끌리는 감정을 어떻게 할 수 없었다. 마치 꿈을 꾸는 기분이라고 할 수밖에 없는 상태로 그는 다시 그녀의 집을 방문했다. 그리고 마침내 한 남자에게 고소당하는 처지가 되었다. 그녀에게는 남편이 있었던 것이다.

도쿄로 가고 싶다고 전부터 생각해 왔던 그에게 최후로 박차를 가한 것이 그 사건이었다. 그녀 오빠가 그녀 남편을 달래면서 그에게 하루라도 빨리 멀리 떠나라고 했기 때문이었다.

그는 도쿄로 옮겼지만 백숙희로부터 받은 타격은 좀처럼 가시지 않아서, 지금까지 그렇게 자신만만하게 글을 써왔던 창작력이 일거에 시들어버렸다. 그는 그녀로부터 받은 모든 감정 그것을 한번 소설로 쓰지 않고는 다음의 작품에 손을 댈 수 없다고 생각하고, 유명 잡지인 K지에서 의뢰받은 것을 구실로 그녀를 모델로 한 소설을 발표한 것이었다. 그러나 그 소설이 엄청난 악평을 받은데다가 문학 정신 그 자체를 완전히 상실해버려서 그 이후 실로 3년간 고뇌의 구렁텅이에 떨어지고 말았다.

그는 이러한 상태 속에서 문학을 찾으려 허덕이고 있었다. 그 무렵 3, 4인의 신인 작가가 나타나 순식간에 약진을 거듭하여 그를 추월해버렸다. 그중 한 사람으로 이가와 다케조伊川剛三라는 아쿠타가와상 출신의 작가가 있었다. 이 이가와도 백숙희를 연모한 한 사람인 것을 알고 있었으므로 그는 이가와의 이름이 잡지와 신문에 나올 때마다 백숙희를 떠올렸다. 백숙희는 어느 날 그가 방문하자 낡은 궤짝 바닥에서 이가와가 그녀의 이야기를 쓴 「사격하는 여자射擊する女」의 스크랩을 보여준 일이 있었다. 그 소설만으로도 작자인 이가와가 얼마나 백숙희에게 빠져 있었는지, 적어도 그는 알 수 있었다. 이가와는 그리고도 어떤 해에 「봉선화鳳仙華」라는 제목의 소설을 발표했는데, 어라 싶어서 읽어보니 역시 백숙희에 대해 쓴 것이었다. 약간 각도는 변해 있었지만, 엄청난 매력을 가졌으나 알 수 없는 여자라는 식으로 쓰여 있었다. 이가와도 그와 완전히 같은 감정에 빠져 있구나 하고 생각하며, 한번 이가와를 만나 이야기해보고

싶다고 생각하면서 그대로 시간을 보내고 말았다.

이가와 등이 왕성히 활동하는 것을 보면서 그는 여전히 쓰지 못하고 괴로워하며, 그리고 백숙희를 원망하고 증오하였다.

백숙희를 만나면 그런 일만으로도 할 이야기가 매우 많았다. 약을 주문해 먹고, 졸다 깨다 하는 중에 저녁식사 때가 되었다. 그러나 백숙희는 오지 않았다. 그는 무언가 배신당한 기분이었지만, 저녁을 먹고 극장에 사람이 들까 어쩔까를 걱정하며 막 개막한 극장 복도에 서 있었다. 반응은 의외로 좋아서 1막이 끝날 무렵까지 관객은 끊이지 않고 들어왔다. 거기에 백숙희가 언젠가 은해사에 갔을 때의 옷차림 그대로 순백의 비단 저고리에 기생들이 입는 긴 치마를 끌며 갑자기 나타났다. 그리고 이목을 꺼리는 듯이 "내일 아침 10시 제가 묵는 여관으로 와 줘요, 네? 알겠죠?"라고 자기의 숙소 이름을 말하고 바로 안으로 사라졌다. 그는 백숙희가 남기고 간 변함없이 응석부리는 것 같은 그리고 동시에 어딘지 활달한 음성을 언제까지나 마음속으로 되뇌었다. 금방 눈앞에 나타났다 사라져 간 백숙희의 크게 떴다가 지긋이 바라보는 눈과 그 눈의 매력을 더 분명하게 해주는 얇고 큰 입술, 상대를 덮칠 듯한, 그리고 선정적인 뺨에, 자칫하면 또 가슴이 격렬하게 뛸 것 같았다. 피차 사랑하지도 사랑받지도 않는 사이라는 것을 알고 있으면서 마치 몽유병자처럼 멍청한 감정이 되어 그녀에게 오갔던 3년 전 바로 그때와 같은 상태가 되었다.

그러나 그는 곧 그것을 그만두었다. 그녀의 그러한 용모와 분위기, 그리고 어딘지 매우 신비부인인 척하는 제스처를 꿰뚫어보고, 진실 없는 가식에 더는 넘어가지 않을 준비가 되어 있었다. 다시 백숙희의 마성에 걸려들어 끌려가고 있다는 것을 여관에 돌아와서 비로소 깨닫고는, 그는 자신의 순진함, 위약한 의지를 꾸짖었다가 조롱했다가 하며 하룻밤을 보냈다. 그리고 그녀를 면전에서 비난하려고 마음을 단단히 먹고 다음날 아침 그녀를 방문했다. 그런데 그녀는 자못 진지한 표정으로 그의 손을 꼭 잡고 깊은 한숨을 쉬면서 벽쪽으로 눈을 돌린 채 꼼짝도 않는 것이었다. 그는 백숙희의 그런 제스처가 가짜라는 것을 느끼면서도 지난 3년간 그가 그녀 때문에 문학적으로 생활적으로 입은 곤란과 고통을 위로받을 수 있기를 바랐다. 그러나 백숙희는 그런 제스처를 끝내자 어떻게든 해야만 했던 의무를 끝냈다는 듯이 평안해져서 "축하해요. 연극은 성공했어요. 어떤 걸까 꽤 걱정했는데 말이죠"라고 말했다.

그는 이건 뭐지, 라고 생각했다. 3년간, 그토록 그녀 때문에 고민했던 것도 그리고 그런 사건이 있었다는 것도 전혀 염두에 없는 것 같았다. 그래서 그는 화가 나서 그녀의 신용없음을 따졌다. 백숙희가 후에 도쿄로 오리라 생각했다는 것을, 사실은 그가 그 사건과 그녀로 인해 생긴 감정 때문에 문학정신까지 상실할 정도로 고민하면서 백숙희가 뒤따라오면 좋겠다고 생각한 만큼이나 오지 않았으면 했던 일 등을 제쳐두고 정면으로 따져보려고 했다. 그러나 그의 목소리도 태도도 형편없어서 마치 푸념을 늘어놓는 꼴이 되었다.

"무슨 말씀이세요. 저야말로 얼마나 괴로웠는지, 남 사정도 모르면서 그렇게 자기 입장만 말하지 말아주세요. 그이(남편)가 당신에게 복수하러 간다고 나갈 때, 어떤 심정으로 말렸는지 모르면서…… 그래서 결국 한달 전에 겨우 이혼했지만서도……"라고 냉담하게 일축했다. 마치 모든 책임과 그 원인이 그에게 있다는 듯한 태도였다. 그런 그녀에게 계속 따질 수도 없었다. 처음에 생각한 대로 뺨이나 한대 때리고 입을 열지 않는 편이 훨씬 남자다웠을 거라고 후회하면서도 그렇게 할 수 없는 자신이 싫어졌다.

대략 30분 정도 지났을 때쯤, 그녀에게 전화가 걸려왔다. 그러자 급히 그녀는 안절부절 하며 일어나서 마치 그를 쫓아 내듯이 하고는 밖으로 나갔다.

거리로 나왔을 때, 그는 "흠~" 하고 오히려 자조하듯이 비웃었다. 그렇게 해서 해안을 헤매면서 부글부글 끓어오르는 분노를 누르기 위해 애쓰고 있었다. 그러다가 어느 골목에서 젊은 배우들을 만났는데, 그 거리에 '잇페이ㅡ平'라는 오뎅집이 있으니 가자는 것이었다. 배우들과 함께 산뜻하게 꾸민 그 가게로 들어갔다. 거기는 오뎅집과 찻집이 나뉘어 있어서 그들은 찻집에 들어갔다. 그런데 어쩐 일인지 거기에 백숙회가 미키ㅡ木라는 극단의 경리부 남자와 함께 차를 마시고 있는 것 아닌가.

백숙회가 언제부터 미키와 알았는가 따위의 생각을 하면서 그는 이유 없이 마음이 어지러웠다. 게다가 그는 그 미키가 싫었다. 미키 외의 극단원은 좋아했지만, 그들 극단원도 그를 좋아했지만, 미키만은 어떻게 해도 좋아지지 않았다. 젊은 배우들의 뒷담화를 들어

봐도 극단에서 그를 싫어한다고 할 것까지는 아니더라도 적어도 꺼려지거나 경멸당하고 있는 것은 사실이었다. 미키는 처음에는 배우 1지망이었으나, 그의 체구가 너무 커서 다른 배우와의 조화가 맞지 않았다. 그래서 어쩌다가 외국인 같은 특수한 역 말고는 역을 맡을 수 없어서 스스로 경리부로 들어갔다. 경리부 일을 하게 되면서 그쪽에서는 꽤 성적을 올렸다. 마침 신극의 향상기이기도 했는데, 그것이 마치 객관적으로 미키의 수완 덕분이라는 듯한 상황이 만들어졌다. 그는 배우에 쏟지 못한 의욕을 경리 방면에 쏟았고 그래서 극단의 중요 간부가 되는 것으로 위로받고 있는 것 같기도 했다.

그가 미키를 싫어하는 이유는 물론 그런 것과는 관계가 없었다. 그는 공연료를 미키가 보내준다고 생각해서 도쿄 공연이 끝나고 몇 주가 지날 때까지 기다리고 있었다. 이 연극은 백숙희와 그 사건 이후 그가 맡은 최초의 일이라고 해도 좋을 정도라서, 얼마 안 되는 공연료라도 그는 그것을 무척 기다렸다. 그러나 작가라는 사람이 뻔뻔하게 극단에 그것을 받으러 가는 것도 꼴불견이라 생각했고, 우연히 얼굴을 마주치면 미키는 "아, 내일은 반드시 드릴 거예요…….바쁘신데 정말 죄송합니다"라고 정말이지 정중하게, 완곡하게 말하길래 일부러 받으러 가지 않고 있었다. 그러나 도쿄 공연이 끝나고 오사카, 교토를 순회하고 왔을 때에도 아무 소식이 없었다. 결국 기다림에 지쳐서 전화를 걸면, "네, 금방 가져가겠습니다"라고 답하여 안심하게 해놓고는 또 질질 끌면서 일주일이 지나곤 하는 식이었다. 그래서 결국 그는 극단 사무실로 갔다. 미키가 그의 얼굴을 보면

필시 사과를 하겠지, 그리고 금방 주겠지 하고 생각하며 기다렸는데, 미키는 불쑥 나타나서 "아, 어서 오세요"라고 말하고는 어딘가로 나가서 돌아오지 않는 것이었다. 그래서 다음날, 다시 가서 그가 먼저 말을 꺼냈다. 그러나 미키는 극단의 규정이라면서 정말이지 적은 금액을 말했다. 그것은 전속작가에게 적용되는 규정이며, 그는 예외의 경우일 터였다. 그래서 그는 그렇게 주장했다. 그러자 미키는 10원 20원 세세하게 끈덕지게 깎고 나서 겨우 일정 금액이 되자 "그럼, 간부회의에서 일단 물어보고 답을 드리겠습니다"라는 것이었다.

그러고 나서 이번 공연이었는데, 이것은 극단이 꽤 비싼 금액을 받고 온 것이므로 그에게도 상당한 할당이 있으리라고 생각하고 있었다. 그러나 이런 방면의 법규는 제대로 구비되지 않아 구멍투성이이기도 했고, 미키 쪽에서는 뭐라고도 말을 하지 않았다. 한때는 상연금지를 당할 수도 있다고 생각했을 정도였던 데다가, 연극으로 고향에 귀환했다는 기쁨도 있었기에, 그는 모두 되어가는 대로 두자고 생각했고, 미키가 제의하는 약간의 사례로 만족하기로 했다. 그리고 그 사례도 늘 그렇듯이 주기 꺼려하고 있었다.

이러저러해서 그는 미키의 거구와 그만큼이나 무신경한 태도에 벌써 화가 나 있었던 상태였다. 그런데 그 찻집에서 백숙희가 미키와 친근하게 마주앉아 있는 것에 얼마나 놀랐는지 몰랐다. 그는 미키가 이번 순회공연의 상담을 위해, 그리고 반년 정도 전의 도쿄 공연의 준비를 위해 2번 조선에 오면서 조선부인과 연애하고 있다는 소문이 돌았던 생각이 났다. 그러나 그것과 백숙희를 도무지 연결시키지 못했으나 그 후 부산, T도시를 순회공연 할 때, 백숙희가 함께 했다든가, 공연이 끝나고 일행이 백숙희의 과수원이 있는 역을 통과하여 경주를 경유하여 내지로 돌아갈 때, 그녀는 또 바구니 가득한 사과를 열차 안으로 가져왔다든가, 모두와 손을 맞잡고 이별하는 것을 봤다고 하는, 그런 소문들이 생각났다.

그로부터 얼마 뒤, 미키가 입원했고 곧 죽었다. 조선에서 무언가 무리를 해서 이질에 걸렸다는 것이다. 그 다음 달의 극단 기관지는 미키 추도를 위한 호였기에, 그도 미키와의 이런저런 일을 생각하면서 그 추도문을 읽어나갔다. 그러다가 우연히 극단의 원로인 하루타 우초春田雨鳥의 추도문 중에 백숙희의 편지가 공개된 것이 눈에 들어왔고 그는 당황한 기색으로 그것을 읽었다. 백숙희는 미키의 죽음을 신문을 통해 알았다는 것, 미키와 같은 훌륭한 사람이 죽은 것은 사회적으로 큰 손실이라는 것, 그리고 자신도 지금 위암으로 입원해 있지만 가망이 없는 듯 하다는 내용이었다. 백숙희 식의 흘려 쓴 필체로, 미키를 추모하여 매일 울고 있습니다, 라고 쓰여 있었다. 그 문장만으로는 백숙희와 미키가 어떻다고 하는 것은 알 수 없고, 하루타 씨도 조선부인까지 추모할 정도의 순정적인 미키, 라고 말한 제목에 주안점을 둔 것이었다. 그는 그것을 읽고 백숙희가 어쩐지 그 존경할 만한 노문학자의 동심과도 같은 순진한 기대를 가지고 놀고 있는 것 같아서 화가 났고, 백숙희의 성실하지 않은 추한 마음을 경멸하기도 했다. 그 무렵 경성문단에 활발히 수필을 쓰고 있는 것을 보며, 설령 수필이나 잡문은 재능만으로 쓴다 해도, 저렇게 허위 가득한 정신으로는 소설을 쓸 수 없으리라고 생각했다.

그리고 곧, 백숙희가 중태라는 기사가 그 잡지에 대대적으로 다루어졌는데, 예의 저널리즘의 과대선전이구나 하는 정도로 생각하고 있었다.

그러나 그로부터 1년밖에 안 되었을 때, 그가 척무성拓務省 관계의 문학단체 파견으로 만주로 가기 위해 경성에 들렀을 때, 백숙희의 상태는 지금 최악의 상태라서 의식이 회복되면 고통을 호소해서 어쩔 수 없이 주사로 잠들게 하고 있다는 것을 그의 친구로부터 들었다. 그리고 그 친구는 백숙희 오빠의 친구였으므로 매일같이 백숙희를 문병하고 의식이 회복되는 순간에는 그가 서울에 왔다고 알려주고 있으며, 그러면 그녀는 신문에서 보아서 전부터 알고 있다고 말하고 성공을 빈다는 뜻을 전해달라고 했다고 말했다. 백숙희의 얼굴이 뼈에 가죽을 붙여 놓은 듯이 되어 피부가 경련이 일고 입을 열지 못하여 두 눈으로 볼 수 없을 형상이라고 말했다.

그는 그것을 듣고 문득 그녀가 은해사의 암자에서 지옥이 정말 있는 것 같은 기분이 든다든가, 죽는 것이 두렵다든가 하고 말했던 것을 떠올리고 동시에 그녀에게 홀려서 죽음의 파멸에 이른 십여 명의 남성을 생각했고, 그러한 괴로운 병상이 벌써 한 달이나 계속되고 있었지만, 또 좀처럼 숨이 꺼지지 않으리라는 것을 생각하며 그것이야말로 지옥의 고뇌가 아닌가 하고 생각하기도 했다.

그가 백숙희의 죽음을 안 것은 만주에 가서 2주 정도 지난 후였다. 그리고 여행을 마치고 도쿄에 돌아왔을 때 경성에서 온 잡지에 그녀의 유일한 유서를 발견했다는 기사와 함께 그 유서가 발표되어 있었다. 그런데 그것이 무려 미키의 영혼을 향해 연정을 담은 편지가 아닌가.

그는 백숙희가 미키를 사랑하고 있었다는 것, 미키와 결혼을 약속했다는 것을 그 유언으로 확실히 알았고, 동시에 백숙희가 어째서 미키와 같은 우둔한 남자를 사랑했는지 이해할 수 없었다. 어떤 남자가 백숙희를 평하여 말하기를 그 여자는 유달리 체구가 크다든가, 상당히 명성이 있었다든가, 테러리스트라든가, 그런 강력한 힘에 홀린다고 했던 것을 문득 떠올렸다. 어느 날은 어쩌면 그것이 정곡을 찌른 것이 아닌가 하고 생각하기도 했다.

그리고 또 일 년 정도 지나, 그는 「결혼의 생리」로 확실히 유행작가가 되어버린 이가와 다케조와 어떤 술자리에서 만나 취한 적이 있었다. 이가와가 문득 "자네, 백숙희 아는가"라고 말을 걸길래 "알고 있지, 거기에 대해서 자네에게 말하고 싶은 것이 있어서 말야, 요 4, 5년간 근질근질했지"라고 말했다. "자, 말해보게"라고 하길래, 그는 은해사 사건을 말했다. 그러자 이가와는 "빌어먹을, 빌어먹을, 나는 안 되었는데, 너는 개새끼야"라며 시비를 걸며 그의 어깨를 팡팡 때리기도 했다. 그리고 "그러나 어쨌든 알 수 없는 여자야. 그래도 나는 그 여자보다 더 인상적인 여자는 없었어. 평생 잊지 못할 거야"라고 말하며 "어이, 정말로 내 작품을 갖고 있었던가"라며 몹시 기뻐하는 것이었다. 그는 이가와의 그런 모습에 남성 동지만이 알

수 있는 남자의 순정을 느꼈다. 이가와의 백숙희에게 향하는 아름
다운 꿈을 망가뜨리지 않기 위해, 일부러 미키의 사건은 비밀에 부
치기로 하였다.

『白日の路』(南方書院, 1941)

(서영인 옮김)

이민족 남편

異俗の夫

장혁주 지음

나는 이민족 남편이 되지 않을 작정이었다. 아내의 나라에 동화하려는 노력은 오랫동안 계속해 왔으므로 귀화를 허락받고 국적을 취득한 날에, 그 노력의 종지부를 일단 찍어도 좋을 것 같다고 생각했다. 마음 깊숙한 곳에서는 완전해지지 않은 무언가가 있기는 했지만, 그것은 매우 미약한 정도라서 타인이 그렇게 말하지 않는 한, 스스로 의식하지 않아도 좋다고, 그런 정도까지 왔다고 생각하고 싶었다. 이민족끼리 결혼한 경우, 어느 쪽이 한쪽으로 동화하는 것이지, 쌍방이 서로 양보해서 반반으로 동화하는 일은 실제로 잘 없었다. 그리고 대부분은 아내가 남편에게 동화하기가 쉽다. 그것은 남편이 아내의 모국에 거주하는 경우에도 그렇다고 할 수 있다. 그러나 내 경우는 남편 쪽에서 동화하려는 의식적인 노력을 계속해 온 예이다. 거기에는 이유가 있고 그것은 뒤에 서술하겠지만, 어느 가을 맑은 날 아침, 나는 아내와 다음과 같은 언쟁을 벌였다. 아내는 꽤 흥분해 있었고, 내가 아내에게 건넨 말은 거의 없는데도, 아내가 많은 말을 했다. 거의 혼자 지껄였다 할 수 있다. 그 모양을 묘사해 보자.

"그렇게 말씀하시면 나가겠어요. 저도 아직 일할 수 있어요. 새로 시작하려고 마음먹으면 못할 것도 없지요."

아내는 재빨리 머리를 다듬고 화장을 하고 옷장에서 옷을 꺼냈다. 명주로 된 옷은 재봉질한지 얼마 되지 않아 버석거렸지만 허리띠는 커다란 꽃무늬의 가장자리를 수놓은 금사가 풀어지고 보풀이 일어 상당히 낡아 있었다. 화학섬유로 된 윗옷도 색이 바래서 더러워진 회색이었다.

"작가의 마누라 같은 건 절대로 할 게 못 돼."
라고 말하고 허리띠를 매고 허리에 손을 올려서 허리띠의 매듭을 두드리고는 뒤쪽의 거울에 비추어보았다.

"상인의 안주인이 부러워요. 언니도 동생도 도매상의 초대로 안 가본 온천이 없다는데, 온통 그런 호화로운 이야기들이야."

현관으로 잔뜩 화난 발걸음을 옮기면서

"어려운 때에는 역시 형제가 의지가 되는데도, 예의 없는 짓만 하고. 형부의 7주기에도 가지 않았고, 여동생 때도 밤샘조문을 하지 않았잖아요. 당신이 싫어할 것 같아서였죠. 민족이 다르다고, 이런 것도 관례가 다르다니, 놀라워라." 한마디 건네고는 나가는 것을

"이봐?!" 나는 결국 참지 못하고

"그때는 그때의 사정이 있었던 것이고, 민족 문제가 아니었잖은가"라고 화를 냈다. 처형의 남편 7주기 때는 아내가 언니에게 화가 나 있어서 가지 않았다. 처제의 남편이 죽었을 때는 내가 마침 마감 전날의 원고로 철야작업을 하고 있어서 가지 못했던 것이 사실이었다. 밤샘조문 같은 건 아무래도 상관없다 싶기도 했고, 다음날 아침

장례식에는 맞춰 갈 거라고 편하게 생각하기도 했다.

그러나 그렇다고 해서 그것을 민족의 문제 탓으로 돌리는 것은 적절하지 않다고 생각했다. 관혼상제에 대한 의식은 내 본국이야말로 원산지로서, 그 있는 체하는 허례는 아나키적 성향을 가진 나로서는 반발을 금치 못할 정도였다. 그러므로 그것은 나라는 인간의 특수한 성격으로 인한 것이지 결코 민족을 운운할 문제가 아니다. 일개인의 이상성격을 그대로 민족의 특성이라고 밀어붙이고, 민족적 모욕을 주는 것에 점점 더 불만을 품고 있던 나는 그런 불만을 알고 있을 아내가 그렇게 간단히 민족을 끄집어냈다는 것에 더 화가 솟구치는 것을 느꼈다. 그리고 그 분노의 다음에는 아무리 동화했다고 자부해도, 그 분노 자체가 역시 민족의 잔재인가 하는 생각으로 기가 막혔다.

그러나 그것을 느끼면서도, 아내가 나에게 민족적 모욕을 주는 것에 새삼스럽게 더 분노가 쌓여서,

"역시 헤어지는 것이 좋겠다"라고 생각했다.

아내는 벼랑 위의 길을 걸어 다리가 있는 쪽으로 멀어졌고, 게다* 가 자갈을 밟는 소리도 들리지 않게 되었다.

내가 아내를 화나게 했던 말이라면

"너랑 살면서 되는 일이 없다. 작가의 길을 벗어나서 점점 내리막 길을 걷는 것도 너 때문이야. 헤어지고 싶어. 헤어질 수 있다면 헤어

---

* 일본식 나막신

지고 싶어." 이 말이었다.

이 말을 들었을 때 아내는 얼굴이 파랗게 질렸다. 질렸다가 정색을 하고는 화를 낸 것이다.

이 말을 이렇게 확실히 한 것은 이번이 처음이다. 그러나 지금까지, 이번 가을이 되고서 몇 번이나 에둘러 그 비슷한 말을 해서 조금씩 조금씩 아내를 괴롭혔던 것이다. 그때에는 단어에 기교를 부려서 말에 가시가 박히지 않게 신경을 쓰기는 했지만, 그렇다고 해도 아내의 마음이 느낀 슬픔, 절망의 심각함이야 마찬가지 아니었을까. 그때마다 아내는 그것을 참으며 마음 밑바닥에 그 슬픔을 눌러두었던 것이다.

나는 작가로 데뷔할 당시 꽤 요란했고 그 후 10년간은 어쨌든 상승세였다고 자부하고 있다. 그것은 작가로서 내 출신의 특수성, 쓰는 자의 민족성이 신기하니까 다소 덤이 붙어서 실력 이상으로 인정받았다는 것을 나도 알고 있다. 하지만 어쨌든 내가 그 특색을 지켰더라면 좋았을 것을, 그것을 덮어버리고 동화 쪽으로 방향을 틀었기 때문에 작가적 특색을 잃어버리고 내리막길을 걷게 되었다고 보아도 좋다. 동화한 끝에 특색을 잃어버리면 존재가치가 없어질 것이고, 일체의 유리함도 없어질 것이기 때문이다.

내가 어째서 초기에 내걸었던 민족의 간판을 내려버리고 스스로 무덤을 파는 듯한 흉내를 내었을까. 그 답은 아내라고 생각한다. 그래서 저런 난폭한 말이 입에서 쏟아져 나온 것이다.

그 사정은 이렇다. 우리가 처음 살림을 차린 곳은 스와諏訪 호수의 이층집이었다. 그보다 조금 전에 나는 혼고本鄕의 하숙에서 앓았고, 고독에 짓눌려 있었다. 그 하숙의 먼 친척으로 일을 하고 있었던 게이코가 내 간병을 맡았고, 나는 게이코의 섬세한 애정에 고독을 잊었다. 고독하게 태어난 나는 고독을 참지 못했던 것이다. 전처로부터 도망쳐 도쿄에 온 나는 문학을 아내로 삼아 일생을 독신으로 살리라고 결심했지만 나는 나도 모르게 게이코와 함께할 준비를 했다. 나는 도쿄을 떠나서, 어딘가 먼 지방에서 살고 싶다고 말했다. 그것은 긴 언덕길을 내려와 들어앉은, 습기가 스멀거리는 어둑어둑한 그 하숙의 어두운 골짜기와 같은 생활로부터 해방되고 싶다는 충동이었지만, 거기다 도쿄의 생활에 질려서 지방에서 언어공부를 해보고 싶다는 계산적 이유도 있었다. 게이코 어머니의 친정이 가인歌人인 시마키 아카히코島木赤彦를 낳은 다카키高木에 있고, 조부가 다카시마성高島城에서 일하던 사람으로 사족士族 출신이라는 것을 자랑하는 투였기에 그 연고로 스와에 집을 얻은 것이었다. 게이코가 모계의 혈통을 자랑하고 부계가 농사꾼인 것은 숨겼던 것처럼, 나도 아버지가 5대 양반 중 하나인 호족豪族 출신이라는 것은 이야기했지만 어머니가 기생출신이며 요릿집, 유곽의 주인이었다는 것은 숨겼다. 그러나 그것은 우리가 합치는 데는 방해가 되지 않았으며, 서로에게 아무래도 좋은 일이었다. 그보다 양쪽 부모의 반대를 거스르느냐 마느냐가 문제여서, 그 비합법의 내연관계가 언제까지 계속될지, 어두운 그림자가 마음에 새겨지는 것은 어쩔 수 없었다. 다만 그 당시 나는 북큐슈의 신문에 연재물을 쓰고 있어서 당장의 생활은 보증되어 있었으므로 흥청거리는 밤의 온천거리를 걸어 다니고, 쇼핑을 하며 즐거운 신혼생활을 누리는 것은 가능했다. 그리고 무엇보다도 게이코가 내 이민족의 피를 문제 삼지 않는 것이 편안하고 기쁜 일이었다.

어느 날, 환영할 수 없는 손님이 침입해 왔다. 사복경찰이었다. 20세 무렵 아나키스트였던 나는 그 당시 사복경찰의 감시 하에 있었다. 관부연락선에서부터 여기 도쿄에 올 때까지, 각지의 사복경찰이 릴레이식으로 나를 모토후지경찰서本富士署*에 인계했는데, 조용한 내 성품에 안심하여 그곳의 사복경찰이 잠시 감시를 소홀한 틈에 내가 사라진 것이었다. 그러나 내 소재는 신문의 소식란을 통해 확실히 알려져 있었다. 사복경찰은 내가 신고 없이 주소를 옮긴 것을 매우 험악하게 나무라고는 이렇게 말했다.

"당신들, 반도 놈들은 내지의 여자를 첩으로 삼았다가 돌아갈 때는 버리고 가지. 순정한 내지의 여자를 속이기나 하고 수상하단 말야."

이때, 나는 6첩** 방에 있었고, 옆의 8첩 방에는 게이코가 바느질을 하고 있었다. 사복경찰은 복도에 있었으므로 이 소리는 게이코의 귀에도 들어갔다. 나는 게이코를 첩으로 삼을 생각이 없었고, 사정은 미리 밝혀서 양해를 구했으므로 이 일은 문제가 되지 않았다.

---

* 혼고(本郷) 지역을 관할하는 경찰서.
** 첩(疊)은 일본의 바닥에 까는 다다미를 세는 단위. 1첩은 1.62제곱미터.

그러나 나는 '반도 놈'이라고 불리었고 '불령선인' 취급을 당한 것이 분해서 온몸이 떨릴 지경이었다. 만약 나에게 그럴 권력이 있다면 사복경찰의 입을 찢어버리고 싶은 분노로 눈앞이 아찔했다. 사복경찰이 "내일, 경찰서에 와"라고 거만하게 말하고 돌아간 뒤에 나는 호반으로 나갔다. 보트 승강장 옆의 원숭이 우리 앞에서 멈춰 섰다. 호수 가장자리의 오카야岡谷 시가지는 그림처럼 아름다웠고 산들은 다정하게 나에게 말을 걸었다. 나는 이 나라의 권력에 대해 적개심을 품은 적이 있었고, 그러지 않을 수 없는 입장이기도 했으므로 아름다운 호수에도 적의를 가지려 해보았지만 되지 않았다. '이런 아름다운 곳에서 즐거운 인생을 시작하려는 나에게 사복경찰이 진흙탕을 퍼붓는구나.' 나는 그것이 원통해서, 민족의 불행을 한탄했다. 나는 나를 불령선인 취급한 사복경찰이 미웠고, 사복경찰은 일본인이었고, 게이코도 일본인이었다. 게이코도 같은 족속이니 증오해야지. 내 심중에 있는 민족적 자존심이 나를 계속 부추겼다. 그러나 그것은 공염불이었고 게이코에게 쏟아 붓는 내 사랑은 민족적 자존심보다 몇 배나 강해서 민족을 생각하는 마음은 곧 흘러가버렸다. 사복 때문에 일본을 미워하게 된 마음과 게이코를 사랑하는 마음을 분리시켜 지켜내야만 했다. 나는 겨우 출구를 찾아 안심했다. 게이코가 옆으로 다가왔다. 걱정스러운 눈빛으로 이렇게 말했다.

"당신 기분 알아요. 나는 아무렇지도 않아요. 시모스와下諏訪에 사촌오빠가 살고 있는데, 그 사람에게도 늘 형사가 방문했다고 해요. 황족皇族인가 누군가가 올 때면 예비검속 되었어요. 나는 괜찮아요!

그까짓 것 뭐라고. 기운 내요. 영화 보러 갈까요? 당신이 좋아하는 가와사키 히로코川崎弘子*예요!"

나는 게이코의 이런 마음씀씀이에 깊이 감동했다. 호숫가를 돌아 가타쿠라관片倉館 쪽으로 걸었다. 호수에 여름빛이 아낌없이 쏟아지고 있었다. 광선의 난무를 펼치고 있는 호수에 가만히 마음을 두고 있는 나에게 홀연히 게이코 나라의 국적을 얻자는 생각이 번뜩 찾아왔다. 귀화의 생각은 그 일순간에 발아해서 17년의 세월을 거쳐 실현되었다.

가을에, 우리는 도쿄로 이사했다. 시골 사복경찰로부터 해방되기 위해서였다. 도쿄의 사복경찰도 마찬가지로 끈질기고 지독했으나, 역시 도시 경찰이라 너무 바빴다. 감시해야 하는 사람들이 너무 많은 것 같았다. 한 달에 한두 번, 그 감시의 재앙을 참는 것은 아무것도 아니었다. 게이코가 능숙하게 처리해주었기 때문이다. 그러나 재앙은 우리의 마음속에 뿌리를 내리고 있었다. 민족의식은 내 마음에서 사라져서 동족의 비난을 받을 정도였으나, 관습의 문제가 잃어버린 민족의식을 대변이라도 하는 듯이 나를 따라다녔다. 목욕탕이 달린 네 칸짜리 집을 목공이 끝나지도 않았을 때에 빌려서 들어갔다. 이사한 다음날 아침, 서둘러 장지문의 종이를 발라야만 했다. 게이코는 풀을 쒀 복도로 가져와서 나에게 바르라고 했다. 나는

---

* 일본의 여배우. 1920~1930년대 멜로드라마의 주인공으로 활약했으며 애수어린 미녀 스타로 인기가 높았다.

당황스러웠다. 장지문이며 그걸 바르는 당지, 천정과 벽, 그리고 온 돌에 깔린 기름먹인 종이까지를 벗겨내고 그것을 다시 바르는 일은 내 나라에서는 상류가정의 연례행사 중 하나였다. 그 번거로움, 경비는 가계에 영향을 줄 정도다. 그러므로 초보자는 할 수 없는 일이어서, 도배사를 부르는 것이다. 나는 손을 더럽히는 것이 싫었지만 풀칠 정도는 했다. 그러나 종이를 자르고 붙이는 일은 생각만 해도 진저리가 쳐졌다. 그러나 일본의 장지는 내 고향의 장지보다 창틀의 구조가 간단했고 장지 종이는 치수에 딱 맞았다. 폭에 맞추어 붙이기만 하면 되어서 생각한 것보다 간단했고, 순조로워서 다행이다 싶었다. 한 장 붙였을 즈음에 차를 끓여온 게이코가, 의외로 잘하는 데, 라고 말하며 장지의 옆으로 갔다.

"어머~" 하고 놀라면서 "앞뒤를 잘못 붙였잖아요. 아까워라, 빨리 떼어내요"라며 눈을 번쩍였다. 눈꼬리가 올라가서 새파랬다. 화난 것일까. 스와에 있는 동안 한 번도 이 사람이 화내는 것을 본 적이 없었으므로, 설마 싶었다.

나는 무의식중에 한 것이라고는 하지만, 항상 보아서 알고 있었을 텐데도, 이런 방식으로 붙이고 말았던 것이다. 그러나 방안에서 볼 때 창살이 노출되는 것은 좋지 않고, 밖에서 보는 사람을 위해서도 종이로 창살을 가리는 것이 불합리하다는 이유가 있었으므로

"우리 시골에서는 이렇게 하는걸. 이렇게 해도 좋지 않아?"라고 말했다. 게이코가 순순히 내 의견을 따를 거라고 생각했을 때

"바보 같은 소리! 사람들이 비웃어요! 얼른 떼어내 보세요." 얼

얼할 정도로 험악했다. 몹시 꺼리는 것, 더러운 것, 무언가 그런 종교적인 불길함이 게이코의 화난 얼굴에서 발산되었다. 답답하게 붙였던 종이를 손에 둘둘 감고 있는 내 서툰 솜씨에 한층 더 초조한 듯이

"아, 아까워. 그 종이 못 쓰겠네요. 얼간이 같은 솜씨네요! 좀 더 이렇게 빨리빨리 떼어낼 수 없어요?" 잽싸게 일어나서 쫙쫙 찢듯이 손을 빨리 놀려 떼 내자, 과연 원형이 유지되어 어떻게든 쓸 수 있을 것 같았다. 솔에 풀을 묻혀 장지를 뒤집고 덜거덕거리는 소리를 내가며 창살에 칠했다. 그리고 가장자리가 더러워진 종이를 불만 섞인 손놀림으로 붙이는 것이다.

"알았다구. 그 다음은 내가 할게." 나는 쭈뼛쭈뼛 게이코의 옆으로 다가갔다.

"됐어요. 내가 할 거예요." 솔을 잡으려는 내 손을 밀쳐내며 "그렇죠? 목수님, 장지의 안쪽에 종이를 붙이는 데는 없잖아요?"라고 대문에 판자를 붙이고 있는 목수에게 말을 걸었다. 목수는 히죽히죽 웃고 있었다. 그 웃음이 특별히 나를 비웃는 것은 아니었을 텐데 나는 '민족적인' 모멸을 느꼈다. 나는 내 손으로 지어 두고 온 일식 한식 절충의 커다란 집을, 그보다도 더 훌륭한 부호의 저택의 듬직한 창호를 이들에게 보여주고 싶은 기분이었다. 구갑龜甲이며 송학이며, 당초며 능라며, 손으로 짠 창틀과, 지금 게이코가 잡고 있는 저 조잡한 장지는 발끝에도 미치지 못할 화려함과 현란함을 갖춘 창호였다. 그리고 그 창호는 그처럼 화려한 틀을 보여주기 위해서 종이

를 안쪽에 붙이는 것이다.

"내가 붙여 둘게요. 당신은 산책이라도 다녀오세요."게이코는 불길한 것이라도 쫓아내는 듯한 말투로 말했다. 나는 웃고 있는 목수로부터 멀리 떨어져 있고 싶은 충동에 얼른 밖으로 나가서 공터 쪽으로 향했다.

나는 인가가 드문 곳을 골라서 씨족신을 모시는 사당이 있는 곳으로 걸어갔다. 마음에 울렁거리는 것을 없애보려 했다. 자칫하면 그것에 끌려들어갈 것 같아 혼란스러웠다. 기껏해야 장지문 같은 것으로 이렇게 마음이 동요하는 것은 아니라고 생각했다. 이성은 그렇게 가르치고 있는데도 감정이 혼자서 흔들리는 것이다. 히스테릭한 게이코의 말이 나에게서 떨어지지 않고, 목수의 웃음이 나를 뒤쫓고 있기 때문이다. 그리고 게이코가 자기 혼자로는 만족하지 않고 나를 향한 공격과 조소의 벗으로 목수를 불렀다는 뒤틀린 해석이 내 마음에 웅어리져 있는 까닭이다.

나는 여성의 히스테릭한 목소리에 본능적인 공포가 있다. 그것은 내 생모와 관련되어 있다. 나는 열네 살이 될 때까지 아버지를 몰랐다. 아버지가 없는 나에게는 어머니가 전부였고, 생명의 끈이었다. 그 어머니의 히스테리는 빈번했고 성홍열처럼 격렬하게 나를 습격했다. 날카롭게 외치는 소리에 나는 쪼그라들어 죽은 것 같은 모양이 되었다. 나는 자주 마당으로 내동댕이쳐졌고, 기절하여 며칠씩이나 혼수상태였다. 어머니는 구한말 사단장의 첩이면서 그 부하인 회계담당자 대위와 밀통하여 나를 임신했다. 사단장의 추격을 피해

도망쳐서 호남지방을 방랑한 끝에 신라고도인 경주에 정착했다. 그 조금 전에 한일합병이 있었고 사단장의 권력이 상실되었기에 목숨을 구한 것이었다. 그러므로 어머니는 나를 미워했던 것 같다. 하인들에 대한 분노도, 정부情夫에 대한 원망도, 그때마다 나에게로 쏟아졌다고밖에 생각할 수 없다. 여자가 화를 내면 그것이 상관없는 사람이라도 나는 부들부들 떤다. 게이코가 그와 같이 히스테릭하다는 것은 놀라움이었고, 공포였다.

그 다음, 관습의 차이가 그 정도로 집요했던 것인가, 놀라운 일이었다. 나는 노력하지 않아도 쉽게 일본인이 되리라고 생각했던 것이 배신당한 것 같아 울적했다. 이유야 어쨌든 내 손이 종이를 장지의 안쪽에 바르고 말았다는 것, 뿌리 깊은 습관. 그것이 민족성이며 인종민족의 분기점이다.

나는 신사의 뒤쪽 숲으로 들어가 나무 그늘에서 서성이며 문득 지바 카메오千葉亀雄* 씨를 생각했다. 그는 내 생애에 중대한 영향을 미친 사람이었다.

내 초기 작품이 신기했던 것은 소재의 이국성에도 원인이 있었겠지만, 혀 짧은 소박한 문장 때문이 아니었을까 하고 생각한다. 그 무렵 호의적인 비평 중에는 이국적인 문장이 재미있다고 쓴 사람이 있다. 그렇게 계속하라고 말한 사람이 이대로는 곤란하다고 충고한 사람보다 많을 정도였다. 나는 그 편이 안주하기 좋았으므로 그렇

---

* 일본의 평론가이자 언론인. 장혁주의 작품에 특별히 관심을 가졌다고 한다.

게 가자고 생각하고 있었다. 그 편이 대단한 공부도 필요하지 않았고, 마음이 편했기 때문이었다. 그러나 마음 한 쪽에서는 이대로는 안 된다는 경계심이 눈을 뜨고 있었다. 순수한 일본어를 쓰고 싶다는 의욕이 동경憧憬의 무지개를 만들고 있었던 것이다. 순수한 일본어를 쓰기 위해서는 그 언어를 상용하는 사람을 등장시켜야 하고, 표준어의 이면에 가로누워 끈질기게 펴져 있는 사투리를 몸에 익혀야만 했다. 이것은 대단한 일로써, 식민지의 일본어밖에 알지 못하는 나에게는 무척이나 이루기 힘든 일이었다. 그리고 그 일은 언어에 쏟아 붓는 비상한 애착이 있어야만 꽃필 수 있을 것이었다. 그 언어를 사랑하는 일은 나아가 그 언어를 말하는 사람들을 사랑하는 것으로 귀착한다. 그 언어를 낳은 토지를 사랑해야만 하는 일이다. 문단에 데뷔하고 아직 3년밖에 지나지 않았던 그 무렵 나에게는 민족의식이 상당히 강했고, 조국의 독립을 보지 못하고는 죽지 못한다는 비장한 마음가짐이 있었다. 내가 아나키스트 연맹에 가입했던 것도 그러한 동기가 있어서였다. 총독부의 여러 기관, 여러 건축물을 폭파하는 예비논의로 꽃을 피우고, 천지개벽의 장렬한 꿈을 그렸던 것이다. 그 민족심과 일본의 언어를 사랑하고 일본인들과 대지를 사랑하는 것은 그 당시로서는 서로 모순된 것이었다. 그래서 이국적인 문장에 만족하고 그 때문에 몰락한다 치더라도 그 다음에는 모국어로 쓰리라, 라는 생각을 갖고 거기에 기대고 있었다. 그러나 그것은 식민지인의 감정이었고, 개인으로서는 일본이 좋아질 것 같기까지 했다. 나는 내 앞에 나타난 난제를 해결하지 않으면 안 되리라는 예감에 쫓기고 있었다.

그런 찜찜함을 지바 카메오 씨의 편지가 없애주었던 것이다. 가장 장래를 촉망할 만한 신인이라는 내용의 글에서 나를 맨 앞으로 꼽아준 것에 감사편지를 드렸더니 긴 두루마리 편지로 답장을 보내주셨다. 편지를 뜯어 읽었을 때 내 마음을 두드렸던 울림은 가늘 수 없을 정도였다. 꼭 숨겨두었던 종기를 지바 씨가 예리하게 찌르고 있었다. 과장이 아니라 나는 현기증이 나서 책상 위에 엎드렸다.

고뇌의 몇 주일이 지났다. 나는 지바 씨의 충고를 따르기로 했다 ──자네는 현재 그 문장에 만족해서는 안 되네. 그대로는 언제까지든 '번역문학'의 성을 나가지 못할 걸세. 순수한 일본어를 구사할 수 있도록 노력할 수밖에 없지 않겠는가. 내가 마음 깊숙이 생각하고 있었던 것과 일치하는 충고였다. 나는 알고 있었다. 언젠가는 이 충고를 따르지 않으면 안 될 운명이라는 것을.

그 얼마 전에, 나는 남의 아내와 밀통하여 재판을 받아야 할 처지에 놓여 있었다. 여류작가인 그 여성은 자식이 없는 것을 한탄하고 있었고 그 원인이 남편에게 있다고 생각하고 있었다. 그래서 나를 속여서 산사로 데려가서는 이른바 종마로 삼은 것이었다. 관계 직전에 그것을 고백했지만 경망스러운 데가 있던 나는 그것이 오히려 유쾌해서 좋다고 응했던 것이다. 그러나 그 뒤 그 여자에게 홀려서 남편이 없는 틈을 노려 과수원 안에 있는 그 집에 드나들었다. 그리고 남편에게 발견되어 칼날의 끝이 내 뒷목을 찌를 뻔한 때에 도망쳤다. 그 여자가 남편의 다리를 잡아서 나를 구해주었던 것이다.

사이에 누군가 중재해서 재판을 걸지 않는 대신 국외로 나가라는 담판이 있었다. '국외'의 해석에 다툼이 있었으나 상대가 상하이로 가라는 것을 번복하고 도쿄로 정했다. 도쿄와 대구를 왕래하고 있던 나는 이때 도쿄이주를 결정하게 된 것이다. 지바 씨의 편지가 없었더라면 나는 상하이로 가서, 다른 운명을 겪었을 지도 모른다. 도쿄에 올 때, 나는 양친을 버리고 전처에게 이별을 선언했다. 그리고 연락선에서 검붉게 퇴색한 산이 저편 수평선으로 가라앉는 것을 보면서 조국이여 안녕, 하고 외쳤다. 물보라가 그 소리를 삼켰지만 한 방울의 눈물이 내 뺨을 따라 주르르 흘렀다.

나는 내 마음으로부터 조선을 쫓아내고 일본을 받아들였다. 일본은 아직 전부를 나에게 주지 않았지만 마침내는 내 것이 되겠지. 나는 일본을 그려내며 언어를 완성하기 위해서라면 어떤 것이라도 참으리라.

신사의 수풀 속에서 그것을 생각하며 나는 게이코로부터 받은 모욕을 잊기로 했다. 게이코가 지금부터 나에게 베풀어 줄 혜택을 생각하며 내 마음속에 서리려 했던 '뒤틀림'을 쫓아내기로 했다.

게이코의 뱃속에 새로운 생명이 깃들었다. 드디어 태어나려는 그 아이에게 나는 기대하는 것이 있었다. 그것은 아기가 어떤 순서로 언어를 배우고, 그 언어가 일본어가 되는가 하는 것이었다. 나는 여섯 살 무렵부터 일본어에 친숙해졌다. 어머니가 가까운 데 살고 있던 일본인 이민의 고아를 세 명, 상당한 기간 데려와 기른 적이 있었다. 그 아이들의 양친이 콜레라로 죽었기 때문이었다. 나는 외동이었기 때문에 그 세 명과 사이좋게 지냈다. 아래의 두 명이 여자애들이었으므로 우리는 친남매 형제처럼 지냈다. 일본어와 한국어가 뒤섞인 언어였지만 어쨌든 나는 학령 이전에 일본어를 알게 되었다. 초등학교에서는 오사카 출신의 교장 밑에, 오카야마岡山 출신, 마츠야마松山 출신의 교원이 있었고 그 두 사람이 하급과 상급을 담당하였기에 일본인 소학생과 다름없는 교육을 받았다. 중학교는 공립의 우수한 학교로 교원은 특히 일본에서 초빙해 온 실력자들뿐이었다. 외국어 학교에 진학하기 위해 오사카로 갔지만, 이미 아나키스트였으므로 특별고등경찰의 간섭이 심해서 일찍이 철수하여 귀국했다. 그러나 어느 정도 언어의 기초는 닦았다고 해도 좋다. 그런데 내가 쓰는 문장이 서툴고 이국적인 것은 왜 그런가.

내가 혼고의 하숙에 거처를 정했을 때의 일이다. 네즈신사根津神社*의 경내에 모인 많은 아이보개들을 보고서 퍼뜩 생각이 났다.(아기들의 언어를 모르기 때문이다. 그렇다.)

나는 아이보개들 곁으로 다가가서 아기에게 말을 걸었다. 어떻게 어르면 좋을지 모르겠다. 그 말은 사전에 없었다. 그렇게 여러 번 아이들 뒤만 쫓았더니 기분이 나빴는지 어떤 아이보개든 나를 보면 슬금슬금 도망가게 되었다. 나는 내 아이를 가질 필요를 그때 절실히 느꼈다.

---

* 원문은 네즈곤겐(根津權現 : ねづごんげん) 부처가 모습을 변해 나타났다고 하는 일본 신도(神道)의 형상. 현재의 네즈신사에 있으므로 네즈신사로 번역했다.

게이코가 아기를 낳아주었다. 어떤 얼굴의 아기가 태어날까보다 어떤 느낌의 발성을 가진 아기일까가 훨씬 더 기대되어서 아기가 태어나는 것이 기다려졌다.

태어난 아기는 남자아이였다. 게이코의 여동생이 도와주러 와서 물을 끓이고 기저귀를 갈고 사랑스러운 말로 얼렀다. 그 전부가 처음 경험하는 것이어서, 신기했다. 나는 뇌 속에 확실하게 노트를 썼다.

아기는 어머니와 주변의 말에 물들어 알 수 없는 말을 했다. 내가 영향을 주는 것이 두려워서, 되도록 말을 걸지 않기로 했다.

나는 아기와 아기에게 말을 거는 어른들의 언어에서 많은 것을 배웠다. 익숙해지려고 했다. 그것은 너무나 많은 양이어서 한번에 다 담아 둘 수 없었다. 전부 배우는 데 세 명의 아기가 태어나는 시간이 걸렸다. 그때에 나 자신의 동화작용은 꽤 진전되어 갔다.

그러나 전부를 원활하게 받아들였을 리는 없었다.

"우리 고장 수호신에게 참배하러 가요. 처음 참배이니까 액막이를 할까 해요."

"그래?" 나는 멈칫했으나 얼굴에는 드러내지 않으려 했다. 그러나 놀라움이 내 마음에 엄습해 왔다. 나는 크리스천이었다. 그리고 지금은 무신론자이다. 뭐라고 해도 신사 등에 모신 신은 우상숭배의 대상으로밖에 보이지 않는데, 거기다가 머리를 조아리러 간다. 거기다가 신주에게 액막이를 한다. 신물 종이 다발을 치켜들고 액막이를 한다는 것은 내 고향의 무녀가 하는 짓과 비슷하다. 무녀는 샤먼의 불씨가 남아 있기는 하지만 결국 멸망할 원시종교 아닌가.

아기에게 나들이옷을 입히고, 흰 케이프를 두르고, 아내도 예쁘게 화장을 하고 새 버선, 새 게다를 신었다. 현관까지 따라갔지만 어떻게든 실마리를 찾아,

"저기, 그리스도 교회는 안 될까?" 하고 망설이며 말했다.

"그리스도 쪽은, 나는 몰라요. 기독교에서도 액막이를 해주나요?" 게이코는 내 제안 같은 건 전혀 문제가 되지 않는다는 투였다.

"액막이 같은 것, 이상하다고." 나는 약간 울컥해서 말했다.

"이상해? 별 말을 다 듣겠네요. 뭐가 이상해요? 참배는 누구나 다 하는 거예요. 그런 걸 하면 안 된다니, 아기가 가엽다구요. 우리 집 아기만." 여기까지 말하고는 갑자기 목이 메어 눈물을 흘리기 시작했다. 그리고 그 눈물에 흥분되어 히스테릭하게 외쳤다.

"따돌림 받는다구요. 가엽지 않아요? 이 아이에게 무슨 죄가 있다고, 그런 말을 해요. 이 아이만 차별당해도 괜찮아요? 기분 좋아요?"

"……." 나는 어리둥절해서 "그런 거 아니야. 그냥 말해 본 거야. 가자구, 가자구, 자, 가요 가"라고 하며 당황해서 신발을 신었다. 나에게서 '이민족 남편'의 모습이 탄로 난 것 같아서 스스로도 놀랐던 것이다.

나는 게이코가 하자는 대로 하는 것에 익숙해졌다. 그 편이 언어공부에 도움이 된다는 공리적 타산이 있었기 때문이다. 게이코는 그 무렵 믿고 있었던 금광교金光敎의 신을 제단에 모시자고 말했으

므로 그 말대로 했다. 간소한 제단이었지만 그 앞에서 게이코가 불경을 외웠으므로, 두 사람만 그 앞에 앉아 있는 정도야 괜찮았지만 작가가 놀러오면 민망했고, 굴욕을 당하는 기분이었다. 한 달에 한 번 소속 교당에 불경을 외러 갔다. 가라스야마鳥山 교외의 황량한 변두리에 무녀가 신전을 지키고 있었다. 대규모로 모인 신자들의 독경은 긴 시간이 걸렸고 끝나고 나서도 공덕에 대한 고백담에, 산화散華 의식*이 오래도록 이어졌다. 나는 반시간만 앉아 있어도 다리가 저려서, 아무리 해도 참을 수가 없었다. 나는 독경 도중에 책상다리를 하고 태연히 앉아 있었다.

돌아오는 길에 게이코가 입을 열지 않는다. 전차 안에서야 입을 열지 않아도 괜찮다. 집으로 돌아온 다음에,

"왜 그래?"

"……."

"뭐가 화가 난 거야?"

"화난 거 아니에요."

"이봐, 화났잖아."

"창피해 못 살겠어요. 사람 많은 데서 창피하지도 않아요? 저 사람, 당신 남편이지, 라니. 가장 앞자리에서 책상다리를 하고, 꼴불견도 그런 꼴불견이 없어." 그 다음 말이 좋지 않았다. "습관이란 게 무서운 거네요. 어떻게 해도 틀리고 마는 건가 봐."

---

* 꽃을 뿌리는 불교의 의식.

"뭐라고" 나는 화가 치밀어 올랐다. "틀리면 그만두면 될 거 아냐. 그런 곳에서 오래 앉아 있을 수가 있냐고." 나는 벌떡 일어나서 밤거리로 튀어나갔다. 민족이 내 깊은 마음속에서 계속 끓어올랐다. 나는 이렇게까지 나를 비굴하게 만들어도 괜찮은가 하고 자문했다.

"결혼은 습관이 같은 사람들끼리 하는 것이 편한 거야. 당연한 일이야. 나는 스스로 동화를 원하지 않았나. 이 격분은 도가 지나쳤다. 모두 정좌하고 있는 앞에서 책상다리를 한 것은 잘못했어."

이런 반성을 하는 데 긴 시간이 흘러, 밤거리에서 내 다리는 막대기처럼 뻣뻣해졌다. 골목에서 사거리로 나가자 어두운 가로등 그늘 아래에 있는 차가운 눈빛의 게이코를 만났다.

"어딘가로 가버린 줄 알았잖아요. 걱정시키네." 그렇게는 말해도 내 자취를 뒤따라 온 마음에 따뜻한 모성이 느껴져, 그윽한 향기가 풍기는 것 같았다.

양보와 이해가, 가끔 벽에 부딪쳐 몸부림치는 때가 있다. 게이코가 집에 드나드는 상인과 길게 이야기를 나누기 시작하면, 나는 펜을 놓고 애가 타서 기다리게 된다. 사환 아이들과는 그렇게 길게 이야기하지 않았지만, 약국의 젊은 주인이 오면 끝도 없이 이야기를 펼쳐나간다. 현관 옆의 성냥갑 같은 양식 4첩 반의 서재이다. 부엌문도, 문도, 이 건물의 동쪽 모서리로 튀어나와 있는 서재에서 가깝다. 그 양쪽의 통로 사이에 긴 두 평 남짓을 갈아서 야채를 키우고 있다. 게이코와 그 약국의 젊은 주인은 거기에서 만나서 볼일은 금방 끝났을 텐데도, 이야기에 빠져서 전혀 돌아갈 기색이 없다. 소곤소곤 떠드는 소리에 귀를 기울일 생각은 없지만, 사람을 끌어들여 신경 쓰이게 한다. 원고용지 앞에 있을 때는 사형대에라도 오르는 듯이 내몰린 기분으로, 진검승부에 임하듯이 피할 수 없는 긴박감에 쫓긴다. 이 한 작품이 실패하면 몰락이라고, 두려워하고 불안해하는 사람의 피로, 흥분, 이상신경은 조금도 개의치 않고 이야기는 끝이 없다.

애가 타서 기다리고 있다. 생각은 흩어지고, 집필의 정신력은 사라졌다.

"매번 감사…… 곧 보내겠습니다." 겨우 장사꾼이 돌아갔다.

"무슨 이야기가 그렇게 길어?" 나는 내가 화나는 것은 괜찮지만, 게이코의 신경질을 불러일으킬 뒷감당이 두려워서 자신을 꾹 누르고 조심스럽게 입을 연다.

"글쎄, 여보, 저 사람 양자였대요. 부인에 대한 험담을, 저렇게 다 털어놓고 있어. 재미있어서……"라고 창 아래로 와서 정원을 가꾸던 더러워진 손을 하고 재밌다는 듯이 대답했다. 그리고 그 재미있는, 은밀한 집안싸움 이야기를 하려고 했다.

나는 실망했다. 집필에 방해가 되어서 미안하다는 마음 같은 것, 조금도 느끼지 못하는 것 같았다. 질렸다.

그 남자가 물건을 팔러 오는 것을 고대하고 있었는지, 그런 만남은 그 후에도 계속되었다. 나는 그때마다 마찬가지로 애가 탔다. 창에서 가만히 들으면, 두 사람이 사이좋게 쭈그리고 앉아, 나란히 남자도 함께 풀을 뽑으며 비밀이야기이다.

나는 이런 일을 당해도 참아야만 하는 건지, 스스로에게 물어보았다. 슬픈 인내다.

"오늘도, 비밀 이야기야?" 나는 속마음과는 다르게, 조용히, 은밀하게 물었다.

"그런 게 아니에요. 슬슬 비누가 배급될 것 같다고 하니까 많이 가져오라고, 매수한 거예요"라고, 의기양양한 얼굴로, "저 남자 좀 모자란 것 같아, 추켜 주니까 사모님이 쓸 거니까, 얼마든지 필요한 만큼 가져올게요, 라나. 글쎄, 여보, 비누를 구하려고 온갖 데를 돌아다니고 있었는데, 잘 됐다. 안심이야."

나는 안심하게 되었다. 전쟁은 심각해지고, 조만간 물자가 부족해질 것이다. 게이코의 세치 혀로 약국의 젊은 주인을 매수해두면 어떻게든 해결될 거라는 생각이 들었다.

그러나 그렇다고 해도 장사꾼이 올 때마다, 둘이서 나란히 풀을 뽑으면서 저렇게 사이좋게 무릎을 맞대고 소곤거릴 거야 없지 않은가. 소설가의 공상으로도 저렇게 매번 길게 떠들 정도의 화제는 없을 것 같다.

여기서 내 의심증이 솟구쳐서 질투심이 생겨났다. 동네에서 모르는 것은 남편뿐이라는 말도 있지 않은가 하고 생각했다. 나는 1년에 한 번은 대륙으로 장기여행을 나가고, 국내의 작은 여행도 전쟁이 진전됨에 따라 빈번해졌다. 의심하자 끝도 없이 의심스러웠다.

그러나 이 의혹 근저에는 풍속의 다름이 가로놓여 있었다. 여자는 외간남자와 직접 말을 섞어서는 안 된다는 낡은 전통의 나라에서 교육받은 내 눈에는, 젊은 약국 주인과 나란히 앉아 입을 모아 소곤소곤 떠드는 게이코의 자세가 음란하게 보였던 것이다. 물장사를 했던 내 생모조차도 외출할 때는 얼굴을 가릴 것을 뒤집어쓰고, 눈만 내놓고 밖을 바라보는 상류층 부인 흉내를 냈다. 나는 열네 살에 아버지에게 넘겨졌는데, 그곳의 양모는 엄격한 예의범절을 가르쳤다. 그리스도교는 성에 대한 죄책감을 나에게 심어주었다. 나는 생모와 물장사를 하는 그 그룹들을 경멸했고, 여성의 몸을 지키는 것은 양모처럼 해야만 한다는 관념을 갖게 되었다. 내가 간통죄를 범했을 때, 생모의 피가 나를 미치게 한 것인가 하고 아연해 했을 정도이다. 이런 기성관념의 눈으로 보면 게이코의 자유로움은 의혹의 대상이 될 수 있었다. 어느 날 게이코와 그 남자가 유난히 사이좋게 이야기를 나누고 돌아간 후

"그렇게 저 남자가 좋거들랑 같이 사는 게 어때! 의심하면 안 된다고 생각하지만서도 내가 집에 없을 때, 무슨 일이 있었다고 생각하자면, 생각할 수 없는 것도 아니야. 꼴 보기 싫어."

이것은 게이코의 분노를 각오한 것이었는데, 효과는 바로 나타나서

"이상해라! 내가 뭘 했다고 그래? 무슨 일이 있었는지 어땠는지 물어보지 그래? 약국에 가서, 물어봐요. 자 가자구." 반성하는 마음은 기대할 수가 없는 여자다 싶어 내가 슬퍼지려고 할 때, 거리낌 없이 말했다. "당신도 아니고, 나는 간통 같은 거 안 해요. 당신의 나라

는 간통이 동양제일이지 않아요? 당신 어머니도 그렇지 않아요? 당신도 그렇지 않아요? 사람을 바보취급하지 말아요. 남자를 만난다고 일일이 의심하는 남편은 일본에는 없을 거야."

거의 이와 같은 사건이 종전 직후 신슈信州의 소개지에서 일어났다. 그리고 사건은 나를 다시 불리한 상황이 되게 했다. 나는 종전 직전에 만주에서 돌아왔고, 재난을 당해 그쪽으로 소개된 처자妻子를 찾아낸 것이었다. 우리는 천수백 엔밖에 가진 것이 없었다. 원래 누에를 키우는 집이었던 그 폐가의 8첩 방에서, 한 중간에 난로를 놓고 배급받은 옥수수와 암시장에서 산 보리로 목숨을 이어가고 있었다. 나는 비틀린 다시마처럼 말라서 얼굴이 검푸르게 되어 갔다. 그 집은 건어물상을 하고 있는 게이코의 언니와 근처의 어물상이 공동으로 짐을 놔두기 위해 빌린 집이었다. 화재로 집을 잃자 게이코가 언니의 허락만 받고 거기에 이사한 것이라고 한다. 그 어물상 주인이 각반에 구급낭 차림으로 그곳에 왔다. 짐은 헛간에 쌓아두고 있었다. 짐들을 충분히 점검한 후에 돌아갈 표를 구할 때까지 머물게 해달라고 요구했다. 나는 흠칫 놀랐다. 한 칸밖에 없는 집에서 외간 남자를 우리 옆에서 자게 한다. 게이코와 같은 방에서 남자 손님을 머물게 한다. 생각할 수도 없는 일이었다.

"내가 살던 나라에서는, 남자 손님이 머무르는 집과 여자가 자는 집이 따로 있어요. 하다못해 한 칸이라도 더 있으면 괜찮겠지만." 나는 어물상 주인이 싫었다. 몸서리를 쳤다. 목이 날아가도 절대로 싫었다. 어물상 주인이 기분이 상한 기색으로 말했다. "아니, 그렇습니까? 그러나 지금은 전쟁 중입니다. 그리고 이것은 내가 빌린 집이에요." "안됩니다. 거절하겠습니다." 나는 분연히 거절했다. 게이코가 옆에서 끼어들었다. "여보, 언니한테 미움 받아요. 머물게 하면 어때요?" 나는 분노에 불타는 눈으로 게이코를 보며 호통을 쳤다. "간통만큼이나 싫다고." 어물상 주인은 나의 험악함에 질렸는지, 떨떠름한 얼굴로 마을로 갔다. 1주일 지나서, 처형으로부터 항의 편지가 왔다. 어물상 주인에게 호통을 쳐서 곤란했다는 것, 미망인의 몸으로 이웃과의 사귐이 중요하다는 것, 지금까지 애써 온 것이 단숨에 허사가 되었다는 것, 동네 유지인 어물상 주인과 사이가 나빠지는 것이 걱정이라는 것 등등, 원망하는 말이 잔뜩 쓰여 있었다.

"당신처럼 이상한 사람, 처음이에요. 풍속이 다르다고 해도 이렇게 오래 이 나라에 있었는데, 이 나라 사람이 된다고 하고서, 오히려 거꾸로 아니야?" 게이코는 눈을 흘겼다.

그런 말을 듣는데도 이런 풍속은 승인할 수 없었다.

전쟁이 끝났다. 우리가 사는 곳에 지바千葉에서 온 남자가 드나들었다. 마을에 있던 군 보급창에 근무하던 남자였다. 진주군에게 물자를 빼앗기기 전에, 물자를 분산하고 그 뒤처리를 하기 위해 약간의 요원을 남겨두었는데 그중의 한 명이었다. 우물 파는 일을 하던 사람으로 무학의 인부 촌뜨기였다. 이 사람이 통조림을 갖고 온다든가, 비누를 갖다 준다든가 했다. 탈지대두脫脂大豆와 옥수수를 일상으로 먹는 입에 통조림은 최상의 성찬이었고, 돌가루로 만든 비누밖에 손에 넣을 수 없는 때에 진짜 비누를 얻을 수 있게 되자 여자들은 좋아 어쩔 줄 몰라했다.

"여보, 이렇게 받았어요. 다행이야. 너무 좋아요." 연어 통조림을 따서 양배추롤을 해 먹은 날 "눈이 번쩍 뜨이는 것 같아. 정말 오랜만에, 뭘 먹은 것 같은 기분이야." 내가 좋아했다. "정말이야. 이걸로 영양이 보충되었어." 게이코는 감정을 억누르지 못하는 얼굴이었다.

지바 남자는 뻔질나게 왔다. 주인집의 아주머니가 나에게 귀띔을 해주었다. "저 남자는 여자 대하는 버릇이 좋지 않아요. 조심하는 게 좋아요."

나는 게이코에게 이 이야기를 했다. 그러자 "당신은 바로 그렇게 생각하니까, 그게 싫어요. 내가 그렇게 헤픈 여자로 보여요?" 게이코는 화를 냈다. 그러나 지바 남자는 내가 없는 틈을 노려 집을 방문해서, 게이코와 마주 앉았다. 차를 대접하고, 후하게 대접하는 것은 물욕 때문이라고 생각하더라도 너무 품위가 없었다. 농담을 지껄이고, 게이코를 놀린다. 강가에서 빨래를 하는 게이코 옆에 와서 빨래를 감추고, 물에 흘려버리면서 희롱한다. "저것 봐, 당신의 드로즈가 저쪽으로 떠내려 갔어." "거짓말 마세요. 손에 들고 있잖아요. 돌려줘요." "으하하, 들켰군, 여기."

나는 뱃속이 부글부글 끓었다. 우물 파는 인부 따위와 저렇게 시시덕거릴 지경이 되었는가! 나는 방으로 와서 게이코에게 호통을 쳤다. "품위 없게 보이면 안 돼. 내가 아무리 영락했더라도 여기에는 엄연하게 남편이 있지 않아." "그래서, 어떻게 하면 좋겠어요? 또 이상하다, 그쵸? 당신같이 질투 많은 남자, 나도 정말 싫다구. 이번 참에 확실히 헤어지는 것이 좋을 것 같아요. 응? 헤어지자구." 어린 아이가 넷이나 있다. 1년 계약이니까 오는 여름까지 집을 비우라는 말을 듣고 있다. 문단은 어디에 있는지, 출판사는 부활할지 어떨지, 나라 자체가 오리무중인데, 펜 한 자루로 생계가 꾸려질까 어떨까. 그러나 나는 동포의 나라로 돌아갈 생각은 조금도 없고, 다행이 문학이 가능하다면 내 초심을 관철하고 싶었다. 조선인의 전후세력에 가담한다면 나는 엄청난 부를 쌓았을지도 모른다. 그러나 나는 이때도 지바 카메오 씨를 생각했다. 비참함은 그때보다 한층 더 깊이 내 마음을 때렸다. 난파된 작은 배와 같은 일본에 나는 미련이 있다. 그것은 내 일본어를 완성하고 더 좋은 문학을 만드는 것. 이런 소용돌이 속에 있는 나를 이 여자는 버리려고 한다. 나는 현기증이 나서 쓰러질 것 같았다. 분노가 나를 몰아세웠고, 정신을 차리고 보니 게이코의 뺨이고 가슴이고 가리지 않고 때리고 있었다. 게이코는 내 가슴에 손톱을 세워 셔츠를 집어 뜯으며 소리치고 있었다. 주인집 아주머니가 달려왔고 아이들이 울부짖고 있었다. 나는 폭력을 멈추었고, 부끄러웠다. 집밖에는 평지에 숲이 넓었다. 나는 숲으로 들어갔다. 분화구 같은 마음을 가라앉히기까지 긴 시간이 걸렸다.

"돌아가 버리자. 일본과 안녕이다. 저런 여자에게 무슨 미련인가. 내가 버려 버리자. 그리고 돌아가자. 조국이 기다리고 있지 않은가.

동은 동이고, 서는 서다. 물과 기름이다……." 나는 중얼거리고 있었다. 그럴 수밖에 없다고, 나에게 말하고 있었다.

그러자 내 옆에서 조용히 슬프게 나를 지켜보고 있는 그림자가 있다. 언어였다. 지금까지 쌓아왔던 언어에의 노력이었다. 일본의 마음이었다. 그 위에서 만들어졌을 내 문학이었다. 완성까지 얼마나 걸릴지 알 수 없는 장래를 버리는 것은 내가 살아갈 길이 아니다. 그것은 그저 미련이라고 하기에는 너무 지나친 미련이었다.

(저 여자는 무엇인가? 저 여자와 내 문학은 별개가 아닐까?) 나는 조금 전에 일본을, 언어를 버리려고 했던 마음을 부끄러워했다. 경솔했다. 나는 언어와 문학에 미안한 마음이 들었다. 그리고 아이들이 있다. 일본의 아이로 자라난 저 아이들을 일본인으로서 계속 살게 해야만 한다. 일본의 마음밖에 갖지 않은 저 아이들을.

나는 아비 없는 아이의 슬픔으로 신음했지만, 저 아이들을 엄마 없는 아이가 되게 해서는 안 된다.(그렇다, 내가 져 주자) 나는 집으로 돌아왔다. 게이코는 화롯불을 돋우고 양배추를 끓이고 있었다. 그 연어 통조림은 내가 보급창에서 근로봉사를 나가서 받아온 것인지 어떤지 구별이 되지 않았다. 맛이 썼다.

게이코의 언동은 거리낄 것 없다는 듯 난폭해졌고 애정으로부터 멀어졌다. 여자다움을 잃어버릴 나이에 가까워졌기 때문이라고, 악의에 가득 찬 눈으로 보게 된 나는 희망을 이어갈 수가 없었다. 전쟁 중에 물자를 구하는 것 등, 신슈信州에서의 밑바닥 생활이 아내를 난폭하게 만들었다고, 마음속에 빠져나갈 길을 준비했지만 시도 때도 없이 폭발하는 게이코의 분노는 점점 참기 어려워져 갔다. 사이타마埼玉에 가서, 강 주변의 조용한 곳에 집을 짓고 살면 고요한 환경에 아내를 변화시킬 수 있을까 하는, 헛된 기대가 있었다. 건물의 골조가 완성되고, 내일 마룻대를 올리기로 한 전날 밤, 동량이며 일꾼들을 대접할 요리도 준비하지 않고서, 근처에 놀러가서 한밤중이 되어도 돌아오지 않는 아내를 애를 태우며 기다렸다. 전후 제3세력*의 압박으로 웅크리고 집필밖에 할 수 없는 불행한 와중에, 돈을 벌어야 하는 괴로움으로, 뇌가 마비될 정도로 피로한 몸으로 나는 기다리다 지쳐 있었다. 세시가 치자마자, '다녀왔어요.' 하며 아내가 돌아왔다. 나는 불쾌한 얼굴로 나무랐다. 그러자 여자에게는 여자의 세계가 있다, 조합의 유력자 부인과 이야기가 길어져서 어쩔 수 없이 늦어진 것이 뭐가 나쁘냐, 그렇게 외친다 싶더니, 벼랑 끝을 향해 달려 나갔다. 뛰어내려 자살한 사람이 마을에 몇 명이나 있다고 하는 그 바위로 달려가는 것이다. 나는 파랗게 질려서 말리기 위해 뒤쫓았고, 겨우 붙잡았다. 그러자 내 손을 전력으로 뿌리치고 다시 바위로 달려가는 것이다. 무언가에 홀린 것 같은 광기! 지금까지 이 정도로 비상식적인 행동을 한 적이 없는 아내였다. 아내는 지쳐 있

---

* 원래는 좌파도 우파도 아닌 중간파적 세력을 뜻하는 말이었으나 세계 2차 대전 후 미국과 소련 어디에도 속하지 않은 세력을 일컫는 말이다. 여기서는 일본인도 당시 진주하던 미군도 아닌 제3국인, 즉 일본에 거주하던 조선인 등을 말한다.

었다.

신슈에서 이 마을로 온 것은 도쿄로 돌아가기가 두려웠기 때문이다. 맥아더사령부의 어느 부서가 제 3국 사람을 악용해서, 일본의 구세력을 적발하기 위해 사주한 시대가 있다. 그것은 맥아더사령부가 자신들이 사주했던 제3국인의 자만에 스스로 질릴 때까지 계속되었다. 마을에 살던 제3국인이 내 집을 습격하여, 친일파 사냥을 하려 한 적이 있다. 도쿄에 산다면 그 세력의 행동대에 박해당할 것이 틀림없었다. 북의 세력으로부터는 자기비판서를 쓰라는 말을 듣고, 남쪽의 요인要人으로부터는 과거를 사죄하지 않으면 전범재판에 붙인다고 협박당한다. 반일의 봉화는 불타올랐다. 대일협력자는 민족반역자이다. 나에게는 언어와 문학이 있었다. 이제 와서 조선인으로 돌아갈 의지는 조금도 없었다. 나는 눈을 질끈 감고 박해와 협박을 견뎠다. 그리고 나는 초심을 관철하겠다고, 그렇게 결의를 다졌다. 그러므로 제3국인을(예전에 내가 그렇게나 독립을 꿈꾸고, 행복을 빌었던 조국의 사람들을) 적으로 돌리는 입장을 취하지 않으면 안되었다. 협박장은 산처럼 쌓였고, 비판을, 비난을 하러 오는 방문자를 대하느라 아내는 지쳤다.

"정말이지, 어떻게 할 수가 없네. 혀를 깨물고 죽어버릴까 싶을 정도야. 말이 안 통하는 사람들뿐이야. 저 사람들은. 야만이야. 공식적인 입장만 아는 인종이야. 부화뇌동에, 확 불타오르면 어떻게 할 수가 없는 것들."

분노가, 이상한 불안이 아내를 이렇게 외치게 했다. 심야에 억지로 깨워, 이 민족반역자야 일어나, 열지 않으면 문을 두들겨 부술 거야. 이런 난폭한 일을 당하면 누구든 혐오하고 증오하지 않을 수 없을 것이다.

그런 증오가 지금 아내를 달리게 해서, 자살바위로 향하게 한 것임을 나는 알 수 있었다.

아내는 침상 위에서 흥분을 삭이려고 애썼다. 일본어로 군가를 불렀다는 이유로 테너인 나가타 겐지로永田絃次郎는 린치를 당했고, 가수로서 몰락했다. 일본어로 소설을 쓴 것 자체가 대일협력행위인데, 반도인 학도병대와 징용광부를 격려하는 행각을 벌였던 나는 완전한 전범이라는 것이다. 내가 재난의 와중에 있는 것은 알만 하지만, 아내까지 연루되어 괴로워하는 것은 안 된 일이다. 그렇게 생각하여, 나는 아내에게 연민의 정을 느끼며 깊이 이해하려 하였다.

샌프란시스코 조약 후, 일본은 점차 독립하였다. 나는 귀화수속을 밟았고 받아들여졌다. 그 부서의 과장 중에 내 독자가 있었고, 대신은 문사 출신이었으므로, 허가는 단시간 내에 나왔다. 종전을 전후하여 전처도 모친도 사망했기 때문에 이 귀화에 이의를 제기할 사람은 없었다. 효력이 발생했다. 호적을 만든 그날 게이코의 입적수속도 밟았다. 15년간의 내연관계가 끝났고, 법률상 온전한 부부가 된 것이다.

"좋지? 뭐야? 좋지 않은 것 같군." 사무소에서 돌아왔을 때, 나는 이렇게 기쁜 듯이 말을 걸었다.

"그거야 좋지. 그러나 당연한 일이잖아요. 이제 와서 새삼스럽게,

싶은 거예요."

"응" 나는 이때 스와의 사복경찰이 생각났다. "꼴 좋구나." 그 형사가 면전에 있으면 그렇게 면박을 주고 싶었다. 그리고 내 '언어공부'가 즐거웠다. 언어는 애정을 갖지 않으면 전력을 다할 마음이 없어진다. 언어를 사랑하기 위해서는 그 언어를 낳은 곳의 인간이 되는 것이 가장 중요하다. 그러므로 국적취득은 예정된 코스다. 사이타마의 방언을 배워 내 향토어로 하고 필명을 바꾸어 거리낌이 없게 하자. 마침내 일본어로 말하는 사람을 그려내면 내 공부는 최초의 단계를 끝내게 된다. 그 다음부터 본격적인 문학공부가 된다. 그것이 이루어지고서야 내 소설이 '번역적 소설'의 성을 벗어나게 되는 것이다.

나는 지바 카메오 씨를 생각했다. (나는 착착 예정된 코스를 밟아 나아가고 있으니 안심하십시오.) 종전 후 5년간, 제3국인의 돌풍을 견뎌온 내 지조는 나만이 알고 있다.

아니, 게이코도 알고 있다. (나에게 있어 게이코라는 사람은 소중한 존재이다)라고 생각했다.

그러나 게이코는 그러한 내 마음은 개의치 않았다. 아이들을 갑자기 꾸짖고, 폭언을 퍼부었다. 납득이 가는 꾸지람이 아니라 실패의 결과만 낳으니, 꽥꽥 소리만 지를 뿐이다. 꾸지람을 들은 아이는 어리둥절해서 왜 자신이 야단을 맞는지 알 수 없고, 왜 나쁘다는 건지 판단이 서지 않는다. 이것은 게이코의 타고난 성질로 도쿄에 살고 있을 때부터 그랬다. 갑자기 팔을 잡아 탈골을 시킨 적도 있었다.

그때도 자주 다툼이 있었다. 신슈에서 헤어지고 싶다고 말했을 때, 내가 비굴하게 참았던 것도 사실은 게이코에게 달린 아이들이 이런 일을 당할까 싶어 불쌍해 견딜 수 없었기 때문이다. 그러나 나는 게이코의 그런 성질을 민족의 차이라고는 생각하지 않는다. 내 안목은 높아져서 민족과 개인의 낙차를 식별할 수 있었고, 게이코의 자매가 같은 성질인 것을 보고서는, 포병군수품공장의 공장장이었던 자매 부친의 난폭함, 거친 언동과 관련이 있다는 것을 알았기 때문이다. 양가의 자녀라고는 할 수 없는 게이코의 환경과 혈통을 경멸할 수도 있었다.

그러나 게이코는 나와 내 나라 사람들을 구별하는 것이 잘 되지 않았던 것 같다. 내가 화났을 때, 게이코는 몇 배로 화내고, 나에 대한 불만을 민족에게 받은 불만이나 증오와 연결시키지 않을 수 없는 모양이었다.

돈 쓰는 데 야무지지 못한 게이코는 없으면 없는 대로 사는 대신에, 있으면 있는 대로 써버린다. 연말을 보내고 1월까지는 살림을 꾸려달라고 가을 무렵에 말하며 중급 샐러리맨 정도를 표준으로 한 돈을 건네주었다. 신년이 되자마자 출판사에 가불을 하러 가는 것도 창피하다고 말하기도 했다. 그리고 안심하고 일을 하려 했다. 그런데 연말이 되자, 어떡하지, 벌써 돈이 없어, 라고 말한다. 가계부를 쓰지 않는 성격으로, 이런 일이 있을 때 쓰라고 하면, 쓰겠다고 약속하면서도 쓰지 않고, 통장 잔고마저 확인하지 않는 느슨함. 가난한 작가의 빈곤에는 익숙해졌을 텐데, 돈이 없을 때의 낙담은 말로 표현할 수가 없다. 작가가 되기 전에는 돈에 궁한 적이 없었던 나는 돈 없는 것만큼 무서운 것이 없다. 그것은 이상한 협박관념과 같이 나를 몰아대는 것이다.

금년은 정월부터 긴 소설에 매달려서, 수입도 없이 가을을 맞이했다. 건물을 저당 잡혀 겨우 빌린 돈이거늘 역시 무계획적으로 써버렸다.

"돈 구하러 가는 것은 이제 싫어. 구할 데도 없고, 기력도 없어. 일하는 것도 자신이 없어지고……." 나는 절망하여 외쳤다. "죽을 수 있다면, 죽고 싶어."

"또 그런 소리를 하네. 그거 당신 버릇이야. 사실을 말하면 슬슬 또 젊은 여자를 얻고 싶은 거예요?"라며 아내의 눈에 경멸의 색깔이 드러났다.

"그때 이야기는 이제 그만해. 지난 일이잖아."

"지난 일이 아니야. 내 마음에 남아 있는걸."

두 번, 젊은 여자와 교섭을 가진 적이 있다. 아내와 돈 때문에 다투었을 때, 그 난폭함과 험한 입에 불안해졌다. 내가 나이들어 아내의 이 난폭함을 견딜 수 있을까 하는 불안이었다. 나는 상냥한 여자가 나도 모르게 좋아질 때가 있었다. 그런 때에 눈에 뜨인 여자의 얌전함, 상냥함, 여자다움에 끌려들어간다. 한번은 시만四萬에서 만났던 여자, 그 다음은 나와 같은 기생에게서 태어난 여자였다. 그러나 아이들을 나와 같은 운명에 빠뜨려 계모의 손에 넘기는 것은 너무 불쌍한 일이었다. 또 게이코의 극성이 아내를 바꿔 들이는 것을 거부하여 못하게 하였다.

"자기를 반성하지 않는 그런 말이 싫어."

"어차피 싫어할 거잖아. 지금부터 해도 늦지 않아요. 늘그막에 연애나 해보시구려."

"몸서리쳐지니까 그런 말 하지 말아."

"알게 뭐예요. 당신의 피, 당신 민족의 피인 걸."

"귀화했고, 동화되었는데도 또 그 이야기야?"

"마찬가지야. 국적의 문제가 아닌 걸."

"닥쳐"

나는 눈이 어찔어찔했다. 이 순간 내 혼을 나가게 한 것은 지금까지 오랜 동안의 노력이 수포로 돌아간다는 두려움이었다. 동화한 탓으로 문학적 특징을 잃었고, 그래서 몰락해 간다는 불안이다. 나는 절망하여 외쳤다.

"그렇게 말하면 나의 지금부터의 일은 아무 소용이 없어져 버려. 지금부터 특징을 만들어내어 어떻게든 해나가려는 중요한 시기라고 생각했어. 그런데 당신에게 그런 말을 들으면 갈 곳이 없어져버려. 하물며 생판 남들이 나를 어떻게 볼지가 걱정이야. 내 귀화를 코웃음칠까봐 절망스러워. 그렇다면 너는 나에게 무용지물이야. 혼고에 있을 때, 홀몸으로 가볍게 문학이라는 언덕길을 오르던 내가, 너와 자식들을 등에 지고 끙끙 신음하며 기어서 그 언덕을 오르고 있는 이 모습이 가엽지도 않아? 너를 위해 쓸데없는 돈에 고생을 하고, 아무리 애를 써도 네 눈에조차 틀렸다고밖에 비치지 않는다면 너와 나는 인연이 없는 중생인 거야. 내가 이대로 묻혀버리면, 그건 네 탓이야."

아내는 확 일어서면서 "이상한 말 하지 말아요. 그러니까 말하고 있잖아요. 지금부터라도 늦지 않다고. 당신은 홀몸이 되어 해보세요. 나는 나대로 내 길을 찾을게. 요즘 정말 상인이 부러워요. 나도 손해 본 게 있어. 안 해도 될 고생을 하고 말이에요."

안 해도 될 고생!(민족이다) 나는 원망의 눈으로 아내를 노려보며 말했다. "그럼, 그렇게 하자고. 차별감이 이렇게까지 심각할 줄은 몰랐어."

나는 냉혹하게 돌아서는 내 마음의 고삐를 늦추었다.

아내는 이틀 밤 정도 자매의 집에 머물렀다. 어떻게 상담을 마무리했는지, 홀쩍 돌아왔다. 울어서 눈이 부어 있었다. 그 눈물의 그림자에 아내의 입으로 표현된 내가 있었다.

"신슈의 그 어물상 일 기억하고 있어서, 엄청 싫은 소리를 들었어. 겨우 기분을 돌려놓았어요." 힐끗 보는 눈이 또 '민족이 다르다'고, 그렇다고 원망하고 있다. 그 건어물상을 하는 언니가 머지않아 시모아카츠카下赤塚의 번화가에 분점을 낼 계획이어서 거기 주임으로 고용되었다. 1만 5천 원의 기본월급 외에 매상에 따른 수당이 있다고 한다. 아이들도 과자점을 하는 자매가 각각 맡아 주기로 되었다. 고교와 대학 예비교에 다니는 아이들은 그 편이 통학에 편리하다고 좋아하고 있다. 부부가 헤어진다거나 하는 고백을 하지 않았기 때문이다. 그러나 중학교 1학년, 소학교 4학년의 아래 두 아이는 아무래도 집이 좋다고 하고, 모르는 친구들 사이에 있는 것도 힘들 테니 당분간은 집에 두자고, 그 사이에 집을 찾아보자고, 상담의 결과를 사무보고의 형식으로 정리해서 들려주었다.

"당신도 고독해지고 싶다고 말했잖아요. 그 기분은 잘 알아요. 원래 다른 인종끼리의 가정이라고 해도 더 잘 될 수 있었을 텐데, 우리는 너무 거기에 얽매여 있어서 잘 안 된 것 아닐까. 겉으로는 신경쓰지 않은 것처럼 보였지만 실은 그랬던 거야. 작가인 당신의 아내가 되었다고 생각했는데, 자꾸 민족이 튀어나와 버려서. 그것이 요즘 당신이 동화해 가려는 고비에서, 민족이라는 형식은 없어지고 있는데도, 당신이 화를 내고 싫다고 쓸쓸한 얼굴을 하면 오히려 사라진 민족의 불쾌함이 보이니까 참 이상하지. 밑바닥에서는 없어지지 않고 있어서 그런 거겠죠. 전차 안에서 생각났는데 그 지점을 살려야 당신의 일을 발전시킬 수 있을 거 같아요. 재료는 주변의 사람들에서 취해서 쓴다고 해도 마음은 당신의 것으로 해도 좋지 않을까 싶은 생각이 들었어요. 완전히 동화될 리도 없고, 동화해버리면 아무 것도 되지 않는걸. 일본 작가가 이렇게 많이 있는데, 같은 걸 쓴다면 가치가 없잖아요."

"이십 몇 년간의 노력이 헛되다고는 생각하지 않아. 순수한 일본어를, 나는 반드시 쓸 거야." 나는 반발하며 외쳤다.

"물론 헛된 것은 아니죠. 그러나 자신의 개성까지 없애 버리면 특징도 없어져 버리잖아요. 작가인 당신에게 이런 말을 하는 것이 웃기지만."

"나는 활시위를 너무 당긴 건가. 알았어."

"당신을 위해, 당신을 고독하게 두는 거라고 생각해요. 이혼할 생각은 없어요. 별거가 당신에게 새로운 경지를 개척하게 할 수 있을까 하고 생각하는 것일 뿐이에요."

"……." 나는 이 나라에서 태어난 25세의 청년과 같다고 생각했다. 그 나이만큼의 경험을 갖고, 풍물을 보고, 사람을 조사했다. 아름다운 두루마리 그림을 내 마음 속에 얼마든지 펼쳐갈 수 있다. 그것을 쓰는 것은 환희다.

"몸조심해요. 이대로 당신이 죽어버리면, 나 때문에 당신이 대성하지 못한 것이 되잖아요. 초기의 당신이 개성을 확실히 한 작품을 쓴 것처럼, 이제부터 당신다운 특징이 있는 업적을 남기지 않는다면, 나도 괴로울 거예요"라고 말하며 눈을 깜박였다. 나는 아내의 마음이 불편한 것은, 아내가 나의 동화 과정을 너무 잘 알고, 너무 잘 기억하기 때문이라는 것을 깨달았다. 너무 잘 알아서 문제였던 것이다.

좋겠지, 별거도, 하며 나는 받아들였다. 나는 아내와 아이들이 멀어지는 것을 차가운 눈으로 배웅했다.

《新潮》(1958. 5)

(서영인 옮김)

편력의 조서

遍歷の調書

장혁주 지음

그 다음날은 흐리고 무더운 날씨였다. 나는 점심때까지 잤다. 누군가가 불렀다. 눈을 떴다. 장지문을 반쯤 열고, 귀향貴香*이 서 있었다.

"손님 왔어요."

한마디 말하고, 안으로 들어갔다. 나는 준비를 하고 복도로 나왔다. 정원에 새하얀 차림의 젊은 부인이 와 있었다.

"아!"

나는 그 부인을 생각해냈다. 부인잡지의 좌담회에서 함께 참가한 적이 있는 여류작가였다. 공산시公山市**에는 근교에 거주하는 사람을 포함해 7, 8명의 문인이 있었다. 여류작가가 두 명 있었는데 그중 한 사람이었다. 모두 내 선배 격으로 문명文名은 일찍이 알고 있었지만, 만난 적은 그 좌담회가 처음이었다.

"신애 씨죠?"

나는 일본어로 물었다.

---

* 작품의 주인공 광성의 아내.
** 현재의 대구 달성군 일대.

"네! 뵙고 싶어서 왔습니다."

신애는 도쿄에 오래 거주하였고, 오카다 사부로岡田三郎*가 영화를 만들던 당시에 조수를 했다는 소문이 있었다. 그녀는 역시 일본어로 대답했다.

"들어오세요."

나는 그녀를 서재로 안내하고, 급히 세수를 하고 돌아왔다.

"아까 나오신 분이 부인이신가요?"

신애가 갑자기 물었다.

"네."

나는 계면쩍었다. 내 안색을 읽었는지

"그런가요? 꽤 나이 드셨네요. 당신의 숙모님인가 했네요."

"……."

나는 욱했다. 그렇지만 그 무례한 말투가 대담했기 때문에, 나는 도리어 그 말을 인정했다.

"갑작스럽지만 제안을 하러 왔어요."

신애가 똑바로 나를 보면서 말했다. 나 역시 그녀를 보았다. 단발머리를 해서 레뷰 걸revue girl** 같은 머리를 하고 있는 것이 눈에 띄었다.

---

* 일본의 소설가. 반 프롤레타리아를 목표로 하는 예술파의 입장을 취했고, 모던한 단편소설을 주로 썼다. 1930년 일본 키네마라는 영화사를 설립하고 감독을 맡기도 하였다.
** 노래나 춤, 콩트 등 다양한 무대예술의 요소를 도입한 오락성 강한 쇼 형식인 레뷰에 출연하는 여배우. 즉 주역이 아닌 무희나 가수 등을 일컫는 말.

"무슨 말입니까?"

내가 물었다.

"하이킹하러 가지 않으시겠습니까?"

"하이킹이요? 좋군요."

울적했던 마음이 밝아졌다.

"조금 멀어요. 은해사銀海寺*예요."

"아니, 80리나요?"

"입구까지 택시로 가서 '작은 금강'小金剛이라고 우리가 이름붙인 산에 오를 거예요. 희귀한 암자가 있다니까 거기서 하루 묵고 와요."

"하루 묵는다는 겁니까?"

"이상한 표정을 지으시는군요."

라고 신애는 웃으며,

"여럿이 가니까, 쓸데없는 걱정하지 않아도 되요."

"그럼 갑시다."

나는 흔쾌히 수락했다. 오랫동안 썩어 있던 심신에 활기를 넣고 오자고 생각한 것만으로도 마음이 개운해졌다.

다음날 아침 약속한 시간에 택시를 불러서 신애가 사는 반야월로 향했다. 공산시에서 20리 정도 되는 곳으로, 공산시 근처 사과 산지의 거의 중심부였다. 그곳 과수원에 그녀는 살고 있었다. 그녀의 남

---

* 경상북도 영천시 청통면(淸通面) 팔공산에 있는 사찰.

편이나 또 여류시인 한 명이랑, 그녀의 남편 남자 친구들 모두 다섯 명 정도가 과수원 입구에서 기다리고 있을 터였다.

다리를 건너자 그 과수원은 금방 알 수 있었다. 국도와 철도에 둘러싸인 위치에 1정보町步 정도의 과수원이 섬처럼 되어 있었다. 기와를 인 일본풍의 건물이 드넓은 사과밭 속에 보였다. 길 위에 짧은 치마에 하얀 베로 만든 신발의 가벼운 복장을 하고 신애가 서 있었다. 차가 멈추자 그녀는 가방을 들고 올라탔다.

"혼자신가요?"

나는 미심쩍어했다.

"당신이 늦어서 다들 버스로 먼저 떠났어요."

그녀는 대답했다.

차가 달리기 시작했다. 거기서 30리 정도 되는 곳까지 양쪽에 과수원이 이어졌다. 과수원 사람들이 작은 과실에 봉지를 씌우며, 소독액을 뿌리거나 하고 있었다. 하양河陽시장*에 왔을 때, 국도를 벗어났다. 도로가 안 좋아져서 자동차가 튀어올랐다.

"당신은 왜 도쿄로 돌아가지 않나요?"

신애가 물었다. 그때 나는 그녀의 입이 아랫입술이 더 나왔다는 것을 알게 되었다.

"갈 생각입니다."

나는 성의 없이 대답했다.

---

* 경상북도 경산에 위치한 시장.

"가는 것이 좋아요. 더 공부하는 거죠. 도쿄의 시단詩壇에서 활약하는 건 멋지잖아요. 저도 2, 3년 전까지는 그런 꿈을 갖고 있었죠. 오카다 사부로 씨의 제자가 되어 시나리오 공부를 했지만……."

나는 그 소문이 사실이었구나 생각했다.

"당신의 작품을 읽었어요. 그렇지만 일본어 사용이 서툴더군요."

나는 실망했다. 절망과 같은 감정이 가슴을 찢었다.

"어학 공부를 더 하세요. 도쿄에 살아야 바른 말을 배울 수 있죠. 저는 긴자銀座*에서 여급女給도 하고 오 년이나 고학을 했지만, 잘 안 됐어요."

"저도 자신이 없어요."

"그렇지만 당신은 늘 거예요. 뭔가를 체득했잖아요. 문제는 말이죠."

"고마워요. 해보죠."

"당신은 머리가 좋은 거예요. 그런 서툰 일본어로 그만큼 성과를 거뒀잖아요. 머리가 좋다고 생각해요. 칭찬받고 우쭐하면 안돼요. 세상에서 당신을 천재라고 떠들죠? 천재라고는 생각하지 않지만, 확실히 두뇌가 명석해요."

"이제 됐어요, 그 정도면."

나는 기분이 나빠졌다.

"그럼, 화제를 바꿔보죠. 요즘 문단에 나온 작가 이가와 다쓰조伊

---

* 일본 제일의 번화가. 도쿄의 주오 구(中央區)에 위치함.

川辰造*라고 아세요?"

"알아요, 문단의 기린아라고 화제가 되지 않았나요?"

"이가와 씨가 제 친구예요."

"아, 그런가요?"

"거짓말이라고 생각하는군요. 그 사람 작품에 「사격하는 여자」라는 것이 있죠?"

"모르는데요."

"그 작품은《와세다문학》에 실렸는데, 저에 대해 쓴 거예요."

"정말인가요?"

"정말이에요. 이번에 집에 오세요. 보여 드리죠. 그리고 최근에《문예》에 쓴 「봉선화鳳仙花」 읽었나요?"

"이가와 씨의?"

"네, 그것도 저예요."

"그렇다면 이가와는 당신에게 반한 건가요?"

"뭐, 그런 거죠. 제 아파트에도 여러 번 왔어요. 푹 빠진 것 같아요."

"음……"

나는 질투를 했다. 그리고 쓸데없는 생각을 하다니, 하고 스스로를 꾸짖었다.

"제가 여급을 하던 때에 어떤 학생이 좋아해서 애먹었어요. 그 학

---

* 일본의 소설가 이시카와 다쓰조를 가리킨다. 시사적인 문제나 사회풍조를 다룬 작품이 많다.

생, 저 때문에 각혈하고 죽었어요."

"음……."

나는 그녀를 보았다. 눈꼬리가 약간 올라간 듯해서 매혹적이라고 생각했다. 헐리웃 여배우 누군가와 닮았다고 생각했지만 떠오르지 않았다.

'이 여자는 카르멘 같은 구석이 있다'고 나는 생각했다.

차는 멈췄다. 소나무 숲이 거기에 있었다. 우리는 내려서 걸었다. 신애는 배낭을 메고, 나는 먹을 것을 넣은 가방을 들었다. 삼십 분 정도 걸어가자 분지에 기와가 줄지어 있는 것이 보였다. 신애가 은해사라고 가르쳐 주었다. 3대 명찰名刹 중 하나였다. 내가 절을 보러 가고 싶다고 말했지만, 신애는 돌아오는 길에 들르자고 말했다.

가파른 산봉우리에 다다랐다. 실과 같은 길이 산등성이로 이어졌다. 세 가구 정도의 부락을 지나자, 산은 점점 험준해졌다. 벌거숭이 산맥에 바위가 여기저기 놓여 있었다. 한 시간 정도 올라갔지만, 산 꼭대기는 아직 저 멀리에 있었다. 여러 산봉우리가 주름처럼 겹쳐서 그 하나하나를 골라내면서 올라야 했다. 나는 헐떡거리며 산사태의 흔적 같은 가파른 경사면 위에 몸을 던졌다.

"당신 몸이 약하군요. 그 주머니 제가 들어 드리죠. 조금만 더 오르면 돼요."

신애는 내 짐을 손에 들고, 나를 내려다보며 서 있었다. 나는 땀범벅이 되어 숨을 헐떡였다.

"어머, 호랑이가 지나간 자리네요."

신애가 소리쳤다. 깜짝 놀란 나에게 신애가 털이 난 동물의 배설물을 발로 굴려서 보여주었다.

"정말이네."

나는 일어섰다.

"가는 도중에 해가 저물겠어요. 자, 걸어보죠."

신애는 걷기 시작했다. 산골짜기를 헤치고 들어가, 가파른 언덕을 오르기를 다시 한 시간 정도 지나자 오르려던 산봉우리 바로 아래까지 왔다. 제법 올라갔는데도 우리가 서있는 곳은, 봉우리와 봉우리 바닥 사이의 골짜기 같은 느낌이었다.

곧장 머리를 들어 올려다보자, 그곳은 일면이 암석 투성이로 도깨비 얼굴이나 부처님 얼굴 같은 모습을 한 바위더미가 있었다. 그 바위더미 가장자리에 가로놓인 암반 하나가 마치 학생모자의 차양처럼 툭 튀어나와 있었다. 그 위에 작은 기와집이 세워져, 차양이 튀어나온 부분에 사람이 나타나 바로 아래에 있는 우리를 보려고 하는 것 같았다.

그 사람이 발을 헛디디면 우리 머리 위에 거꾸로 떨어질 것 같았다.

"선발대가 와 있군."

라고 나는 말했지만 왠지 신애의 남편이 어떤 사람인지 보고 싶지 않았다.

"스님이에요."

신애가 내 손을 잡고 가파른 경사를 들어 올리듯이 올라갔다.

그 산봉우리 위로 나오는 데 삼십 분쯤 걸렸지만, 떼지어 있는 암석은 밑에서 예상한 것보다 훨씬 더 컸다. 거대한 암석이 코끼리 모양을 하거나 호랑이 얼굴을 하거나 나무 한 그루 없는 벌거숭이 산 정상에 여기저기 있는 모습은 굉장했다. 마치 영혼의 세계로 들어선 듯한 으스스한 기분이었다. 그리고 바위의 볼록한 부분에 구멍이 나서, 그 터널을 지나면 암자가 나왔다. 이것도 밑에서 예상한 것보다 컸고, 별채에는 빈약하지만 객실과 욕실 설비도 있었다.

"선발대는 어떻게 된 건가요?"

암자의 툇마루에서 아미타불阿彌陀佛을 안치한 수미단須彌壇 쪽을 보면서 말했다.

"스님께 식사를 부탁드렸어요."

승방僧房에서 나오면서 신애는 배낭에서 쌀을 꺼내며 말했고,

"맥주가 있어요. 암자 바깥에서 석양이 지는 걸 보면서 마셔요."

라며 일어섰다.

나는 그녀를 뒤따라 바깥으로 나갔다. 바위 구멍 안쪽과 바깥쪽은 지옥과 현세 정도의 차이가 있었다. 신애는 많은 암석 중에서 가장 평평한 것에 올라서 짐을 펼쳤다. 맥주와 치즈를 꺼냈다. 피곤한데다 배도 고팠기 때문에 맥주를 보자 엄청 마시고 싶어졌다. 컵이랑 병따개까지 준비해온 것에 감탄했다. 거품이 나는 맥주를 손에 들고, 신애가 건배해요, 라고 말하고, 짠하고 컵을 마주 댔다. 단숨에 마시고,

"고백할게요. 당신을 속였어요."

신애가 빙긋이 웃으며 말했다.

"뭐요?"

나는 신애를 보았다. 얇은 입술이 요염하게 떨리고 있었다. 나는 깨달았다. 수치심이 내 등골을 스쳐 지나갔다.

"아무도 오지 않아요. 우리 둘뿐이에요."

신애는 새침하게 말했다.

나는 눈을 돌려서 맥주를 한잔 더 쭉 들이켰다.

"저, 잘못 했나요?"

신애는 내 옆으로 가까이 다가왔다.

나는 먼 곳을 바라봤다. 바위가 병풍처럼 늘어선 산봉우리에 석양이 걸려 있었다. 거기서 비스듬히 흐르는 햇빛 사이에 암벽이 있었다. 신비한 분위기가 뿜어져 나와 웅장한 풍경으로 만들었다.

맥주 두 병째를 땄다. 거품이 분수처럼 뿜어져 나오는 것을 지긋이 보면서, '재밌다'고 생각했다. 빨리 취했다. 신애는 마시는 도중에 창백해지고, 나는 얼굴이 벌겋게 되었다. 피가 머릿속을 폭풍처럼 빠르게 돌고, 손발이 저렸다.

신애가 내 어깨에 머리를 기대고, '저는 더 이상 못 마시겠어요'라고 말했다. 목덜미에는 솜털도 없었다. 나는 불안했다. 그렇지만 그것을 떨쳐버리듯이 신애의 얼굴을 가까이 하여 입술을 빨아들였다. 신애는 잠자코 숨을 들이마시고, 뒤로 돌아서 신음하며 그 다음을 기다렸다. 나는 또 키스를 하고, 혼이 완전히 그녀에게 빨리는 기분이 들었다. 신애는 정신이 아득해지듯 하면서, 유혹을 하거나 받거나 했다. 나는 혼이 녹아들었다. 이윽고 우리는 타인이 되었다.

석양이 붉은 머리를 조금 바위 위로 내밀고 이쪽을 몰래 쳐다보고 있었다. '해님, 죄송합니다.' 나는 자못 진지해져서 석양에 사과했다.

"피곤하죠?"

신애의 그 말이 나를 신비의 세계에서 현실로 돌려놓았다.

"……."

나는 잠자코 있었다. 등에서 바위가 화를 내는 듯한 기분이 들었다.

"당신도 연약해 보이지만 정열적이군요."

신애는 어디까지나 몸 냄새로 나를 끌어당기려 했다.

나는 입을 뗄 수 없었다.

"당신이 좋아졌어요! 당신에게 사랑받고 싶어요."

"흠!"

나는 자신을 향해 코웃음을 쳤다.

"우리 집 남자, 몸집만 크지 못 써요."

더럽혀진 듯한 기분이 들어 아쉽다고 생각했다. 그리고 동시에 그 남자에게 질투하고 싶어졌다.

신애가 몸을 일으켜서, 흐트러진 머리카락을 매만졌다. 그리고 병따개로 바위에 새기고 있었다.

"뭘 하는 거야?"

나도 일어났다. 석양이 등 뒤에 가려졌다.

"당신과 내 머리글자를 새겨 두려구요. 하늘과 땅에 영원히 남아 있도록."

신애의 S와 광성의 K를 조합한 것이 완성되었다. 싱거Singer 재봉틀의 상표 같다고 내가 말했다. 신애는 유쾌하게 웃었다. 그 웃음소리에는 암자의 메아리가 있다고 생각했다.

다음날 일찍, 신애는 욕실에 내려가 찬물로 몸을 씻고, 암자 쪽에 함께 가 달라고 말했다.

수미단 앞에 야채 튀김이랑 숙주나물이랑 흰밥을 차려서, 스님이 목탁을 두드리면서 염불을 하고 있었다. 신애는 승려 곁으로 가서 서있거나 쭈그리고 앉거나 하면서 아미타불에 예불을 드렸다. 염불이 끝나자, 옆방으로 옮겨서 하얀 뿔을 기른 나이든 화승畵僧 앞에서 또한 기원을 드렸다. 승려가 목탁을 빠르게 두드리면서, 화상의 이름을 불렀다.

"나반존자那般尊者, 나반존자."

열렬히 큰소리로 외쳐대어서, 화상 중의 장자長者의 눈이 번쩍 빛나는 것 같은 기분이 들었다. 이 존자는 보통 장자의 모습으로, 불타와는 관계가 없는 듯이 보였지만, 신애는 열심히 부처상에 절하고 입으로 염불을 외며, 무언가 기원을 드리고 있었다. 도쿄에서 시나리오를 공부하고, 긴자의 바에서 여급을 한 적이 있는 그녀가 여전히 이런 미신을 믿는구나 생각했기 때문이다.

근행勤行*이 끝나고, 객실로 가서 식사를 마치자, 신애가 또 바깥으로 나가자고 말했다.

---

* 불전에서의 독경(讀經)이나 회향(回向) 등을 하는 일.

어제의 기념할 만한 암벽에서 돗자리를 깔고, 우리의 머리글자를 베개 삼아 누워서 뒹굴었다.

"또 하나 고백할 것이 있어요. 화내지 않을 거죠?"

신애가 말을 꺼냈다.

해님은 머리 위에 있고, 무수한 바위가 옆에서 보고 있었다. 우리가 누워 있는 바위가 코끼리처럼 움직이고, 허공을 날고 있는 것 같은 기분이 들었다. 아래 세상은 구름 밑에 숨겨져 보이지 않았고, 하늘나라는 바로 가까이에 있었다.

"뭔데?"

나는 수상하게 생각했다.

"좀 전의 나반존자 말예요."

"어."

"아이 점지의 보살로 유명하대요."

"뭐야! 아이를 갖고 싶은 거야?"

"그래요! 지난번 좌담회에서 만났을 때에 당신으로 정했어요. 왠지 끌렸다구요! 주변에서 가장 머리 좋은 사람의 씨를 받을 수 있는 걸요."

"후후……."

나는 웃었다. 정말 웃기다고 생각하자 정말 우스워져서, 웃음이 멎질 않았다.

"그만둬요. 뭐가 우스운 거죠?"

나는 웃음이 멎지 않았다.

"자조하는 거예요?"

"응, 그런 거지."

"그런 거 싫어요, 싫어!"

신애가 몸을 떨면서 나에게 매달렸다. 한 손으로 내 손을 잡아 자신의 허리에 두르고, 꽉 안아달라고 말했다. 붉게 뜨거워진 입술이 부르고 있었다. 나는 쥐가 날듯이 그 입술을 빨아들였다.

신애는 흐느껴 우는 듯했다. 정신이 아찔해지는지 눈을 감고 있었다. 나는 또 정감에 빠져들었다.

태양이 천연덕스럽게 이를 보고 있었다.

바위가 군중처럼 늘어서서 나를 노려보고 있었다.

죄다! 나는 눈을 감았다.

3일이 지나서 하산했다.

구름 위에 남아 있는 저 바위의 세계가 영혼세계와 같은 기분이 들었다. 나반존자도 아미타불도 화가 났음에 틀림없었다. 나는 조금 식상하여 두 번 다시 신애를 만나지 않겠다고 생각했다.

그렇지만 시간이 지나면서 신애의 살결이 선명하게 머릿속에 떠올랐다. 그녀가 스스로 '제 피부는 두부 같아요'라고 말한 금방이라도 흩어질 듯한 피부나, 다양한 교태가 나에게 손짓하고 있었다. 산을 내려올 때 그녀에 대해 느꼈던 경멸도 온 데 간 데 없이, 나는 몸도 마음도 그녀의 포로가 되어, 그녀를 만나러 나섰다. 과수원에서는 일꾼들이 일하고 있는 모습이 나무 틈새로 보이고, 긴 통로에 들어서자 일본풍의 건물이 있었다. 현관에서 안내를 청하자, 신애가 뛰어나왔다. 놀란 기색을 감추지 못했다. 그렇지만 곧 정신을 차리고 나를 방으로 안내했다. 그녀 외에 그녀의 친정어머니가 있고, 데릴사위인 남편은 집에 없었다. 신애는 이것이 이가와 다쓰조의 그 소설이라고 말하고, 잡지에서 오린 것을 책 상자에서 꺼냈다. 「사격하는 여자」와 「봉선화」와 그 외에 한 편이 더 있었지만, 나는 그것을 손에 들고 슬쩍 보았지만, 읽을 맘이 들지 않았다.

"저, 아이가 태어나면 당신의 이름에서 한자 받을게요. 남자 아이라면, 빛날 광자를 따서 광주光珠는 어때요? 여자아이라면, 별 성자를 따서 그 밑에 계집 희자를 붙이는 거예요. 이것을 봐줘요."

노트에 아이 이름을 몇 개나 마구 적어놓았다. 나는 노트를 넘기며, 산에서 보낸 3일간의 일을 써 놓은 것을 발견하고,

"그에게 발각되지 않을까?"

라고 물었다. 불안감이 솟구쳤다.

"이 상자는 누구도 만지게 하지 않아요."

신애는 이렇게 대답하고, 노트를 덮었다.

나는 벽에 걸린 파나마모자나 스프링이 눈에 들어왔다. 그의 것인가 하고 생각해보니, 그런 물품도 나를 쏘아보았다. 나는 그에게 질투를 느꼈다. 밤새도록 신애와 동침할 수 있는 그가 부러웠다.

'내가 질투할 건 아니야'라고 나 자신에게 말했다. 그렇지만 부러움과 질투심으로 가슴이 타올랐다. 나는 신애를 부둥켜안았다. 그녀는 눈을 감고 입술을 가까이 대었다.

돌아갈 때는 기차 시간에 맞출 수 있었다. 얼마 전에는 협궤열차

였던 기차가 광궤열차로 바뀌고, 객실 차량도 좋아졌다. 신애의 집 뒤편을 지나가자, 뒤편에서 기다리고 있던 신애가 손을 흔들었다. 나도 손을 흔들자 옆에 앉은 승객들이 일제히 나를 쳐다보았다.

다음날도 그 다음날도, 이제 오늘로 끝이라고 생각했지만, 하룻 밤이 더 지나니 나가지 않을 수 없었다. 어느 날 신애는 나를 강변 근처의 딸기밭으로 데리고 가서, 아카시아 나무에 둘러싸인 움푹 팬 땅에 앉았다. 풀이 우리를 숨겨주었다. 우리는 드러누워 뒹굴며 언제까지나 이렇게 있고 싶다고 생각했다.

"이제 가는 게 좋겠어요. 남편이 돌아올 시간이에요."

신애가 일어났다.

나는 어쩔 수 없이 일어났다. 그러자 발밑에 뱀이 있었다. 나는 소리 지르고 그녀에게 매달렸다. 신애가 뱀을 쫓았다. 뱀은 뒤를 돌아보듯이 멀어졌다. 두 개로 갈라진 불꽃처럼 뱀의 혀가 언제까지나 마음에 남았다. 돌아오는 기차 안에서, 이것은 순수하게 관능이라고 생각했지만, 육체의 향기에 빠져버린 나에게 어떤 야성도 남아 있지 않았다.

그 다음날, 여느 때처럼 과수원 안에 들어갔다. 일꾼들이 나를 발견하고 뭔가 수군거렸다. 갑자기 불안감이 내 마음에 엄습했다. 그래도 나는 현관으로 들어갔다.

그러자 그 집 현관에서 남자가 달려 나왔다. 나를 보자마자 뭔가 큰소리로 고함쳤지만, 내게는 들리지 않았다. 나는 깜짝 놀라 얼어붙고, 손발이 저려왔다. 도망치고 싶었지만, 그것은 매우 비겁하게 여겨졌다. 그는 나에게 돌진하여, 팔을 뻗어 나를 끌고 가려 하였다. 얼굴이 하얬다. 키가 컸다. 뻗은 팔이 굵었다. 힘이 무척 있어 보였는데, 내 목덜미를 잡은 그의 손은 어쩐 일인지 부들부들 떨었다. 공포심은 내가 가져야 하는데도, 그가 떨고 있었다. 나는 그를 동정했다. 그의 심정을 헤아린 것이다.

일단 내 목덜미를 잡고 끌었던 손을 놓고, 뭔가 다시 소리치고, 안으로 뛰어 들어갔다. 그러고 보니 그의 손에 번쩍하고 비수가 번뜩였다. 아뿔싸, 라고 생각했지만, 내 발은 얼어붙어서 움직이질 않았다. 이번에는 정말 찌를 기세로 그가 돌진했다. 나는 눈앞이 캄캄했다. 그러자 그의 발에 여자가 태클을 걸듯이 달라붙었다. 신애였다. 그래서 정말 2, 3치 차이로 비수가 나에게 닿지 않았다. 내가 여전히 우두커니 서있자, 뒤에서 끌어내는 사람이 있었다. 신애의 어머니가 필사적으로 질타하고 있었다. 나는 드디어 밖으로 나와 걷기 시작했다.

버스가 마침 와있어서 올라탔다. 흥분된 마음이 나에게 안개를 드리웠다. 아무것도 생각하고 싶지 않았다.

다음날 나는 자조감에 빠졌다. 자기혐오감이 엄습했다. 점심 무렵 신애가 쓴 편지를 배달꾼이 갖고 왔다. 열어서 읽어보고 나는 어안이 벙벙했다. 그리고 점차 공포심이 솟구쳤다. 그녀 남편이 예전의 노트를 증거물로 삼아 간통죄로 고소하는 절차를 밟고자 변호사에게 갔다는 것이었다.

나는 고영孤影에게 일의 자초지종을 털어놓았다. 고영은 매우 걱정하여 내 대신 신애의 남편을 만나 교섭했다. 며칠이고 설득한 끝에 가까스로 타협할 수 있었다. 고소를 취하하는 대가로, 나에게 국외로 나가라는 것이었다.

"저쪽은 상하이나 홍콩 두 곳을 지정했지만, 어떻게 하겠나?"
라고 고영은 말했다.

"나는 도쿄에 갈래."

내가 대답하자

"저쪽에선 들어주지 않을걸."

고영은 조금 생각하더니

"음, 그렇게 하게. 나가사키에서 상하이로 건너갔다고 말하지. 나머지는 나한테 맡기고, 어쨌든 현해탄 너머로 가 버리라구."

"응, 그렇게 하지."

"저쪽은 오늘 중으로 떠나라고 말한다니까."

"언제든 떠나지."

"집사람한테는 털어놨는가."

"이제부터 해야지."

"그런가."

고영은 감개무량하다는 듯이 나를 보았지만, "자네는 뭔가 병에 걸린 것 같군."

"병?"

그런가, 하고 나는 생각했다. 그는 병 대신에 색정광色情狂이라고 말하고 싶었던 것이다. '정말 그렇지'라고 나는 생각한 뒤에, 다시 공포심이 엄습했다. 이번에는 나 자신의 영혼이 구제받지 못할 지옥에 떨어지는 건 아닌가 하는 두려움이었다. 나는 이대로는 손도 쓸 수 없게 되는 것일까. 이미 성격이 파탄나기 시작한 것이라는 고뇌가 생겨났다.

고영이 간 후에 귀향이 왔다. 말이 없는 그녀 눈에 약간의 비아냥거림이 나타나

"혹시 그 여자가 아이를 낳는다면 그 아이는 당신과 같은 운명이겠네요?"

라고 말했다.

나는 화가 났지만 그것을 억누르며

"조만간 먼 곳으로 가오. 이것이 이번 생의 이별일 거요. 나는 결코 돌아오지 않을 것이오. 혹시 하는 희망은 품지 마시오. 내가 가버린 후에 당신 일은 당신이 결정하시오."

라고 말했다.

그녀는 나를 보았다. 내 눈에는 지금까지 없었던 결심이 드러나 있었다. 그녀는 얼른 눈을 돌렸다. 슬픔이 구름처럼 그녀의 둥근 얼굴에 자욱하였고, 그리고 순식간에 검게 변해갔다. 숯처럼 새까매지는 것은 아닐까 하는 생각이 들었다.

그녀는 조용히 일어나 나갔다. 문 저편으로 사라져 아무런 소리도 들리지 않았다. 적막이 참을 수 없을 만큼 주변에 자욱했다.

그러자 레코드에서 음악이 시작되었다. '연락선은 떠난다'였다. 흐느껴 우는 듯한 목소리로 가수가 노래를 불렀다. 연락선은 떠난

다. 정들고 그리운 당신은 떠나고, 잘 가소! 잘 있소! 눈물 젖은 손수건……. 감상感傷이 내 마음을 휘저어놓았다. 울며 가슴을 도려내는 귀향의 모습이 보인다. 남겨질 사람의 심정이 되었다. 잔인하다고 생각했다.

(新潮社, 1954)

(이승신 옮김)

부록

팔공산 바위 우에서

장혁주

그 산이 팔공산 줄기인 줄은 알지 못하였었다. 차가 달린 이수里數와 우리가 건일어온 것을 생각해보매 팔공산 줄기란 말이 그럴 법도 하였다.

몇 자나 되는 산일까? 오륙십 리 상거해 있는 읍촌이 우리의 눈에는 지도를 디려다보듯이 여러 곳 나려다뵈였다.

평지에선 높게 뵈는 산들도 붉고 푸른 그림으로밖에는 뵈지 않었다.

우리는 피곤한 다리를 쉴 사이도 없이 암자 우에 있는 등 위까지 올라, 바위에 앉었다. 우리는 말할 수 없는 기쁨에 취해 있었음인지 그 험한 산길을 몇 시간에나 건일었것만 조금도 피로를 느끼지 아니하였다.

우리는 바위에 엎드리어 맥주를 부어 먹었다. 그는 두 잔에 취하고 나는 두 병에 취했다.

암자 안에서는 술과 담배를 먹지 말라는 선사의 주의로 우리는 술이 깰 동안 바위 우에서 딩구렀다.

산에는 검게 푸른 삼송이 줄줄이 욱어지고 그 사이 엷은 초록색으로 물들려 조금식 진해지려는 활엽수——굴밤나무 산대추나무 그밖에 이름 모르는 수다한 나무——가 끼어 있어 수놓은 것과 같았다.

저녁 해빗은 붉고도 음산하였다. 골작이 속에서 솟은 듯한 바람이 거츨게 나무닢을 쥐흔들었다.

저녁에 우리는 선사禪師의 독경과 목탁소리를 들으며 기도를 하고 묵상에 잠겼었다.

그는 간혹 가벼운 한숨을 내쉬며 공손히 합장하고 경건한 절을 몇 번이나 거듭하였었다. 나는 그를 따라 절을 하고 묵상에 잠겼다. 나반존자那畔尊者. 이렇게 그 부처를 불렀었다.

우리는 둘이 다 깊은 고민과 기원을 가졌었다.

나는 기독교인이다. 우상에 절하지 말라는 말을 생각은 했으나 오묘광란五妙廣瀾한 불도의 속에 함북 담겨 인생을 생각해보구 싶었다.

가라앉이 않는 한숨. 그 그윽히 종용히 나오는 그의 한숨. 나는 죽고 싶은 마음을 금치 못했다.

주검과 삶. 그다지 큰 차이가 없이 느껴지었다. 명예. 질투. 욕설. 자긍. 그런 것이 한까번에 내 머리를 지내갔다. 그러고 나는 그것을 초월 할 수 있었다.

나는 '나'를 버릴 수 있고 '나'를 찾을 수 있었다.

《조광》(1936. 7)

한반도와 나(朝鮮半島と私)

이시카와 다쓰조

불확실한 이야기이지만, 아마도 1930~1931년경에 호남 방면의 어딘가에 히바리가오카라는 영화촬영소가 있었고, 곧 폐쇄된 듯하다. 오카다 사부로라든지 아키타 우자쿠 등 몇 명의 문사들과 관계가 있지 않나 싶다. 그것이 폐쇄되었을 때, 소속 배우들 모두 실업자가 된 것 같다.

배우 모집 선전에 이끌려 조선에서 온 젊은 여배우가 있었다. 조성희照星姬라는 예명은 오카다 사부로가 붙여주었다고 나는 들었다. 실업자가 된 이후 그녀는 긴자 뒤편의 술집에서 일하고 있었다. 일본어는 능숙했지만, 조선인 사투리가 있었다. 그것이 오히려 혀 짧은 듯한 일종의 매력이 되었다.

두말할 필요 없이 당시 조선은 일본의 국토였기 때문에, 조성희가 도쿄 어디서 일하든 자유였다. 나는 몇 번인가 그 술집에 술을 마시러 가서 그녀와 친해졌다. 내 직감으로 그녀는 왠지 알 수 없지만, 여러 경력을 지닌 아가씨였다. 결코 닳고 닳은 느낌이 아니고 오히려 늘 어딘가 떨고 있는 것 같은, 약한 동물의 경계심 같은 것이 느껴졌다. 그것은 일본 본토에 와 있는 조선인들 대부분 공통된, 차별적인 취급을 당하는 것에 대한 두려움이었을지도 모른다.

그녀는 나를 향해 자신이 조선인이라는 것을 고백했을 때, 거의 충동적으로 울었다. 울 만큼 힘든 일이 많았던 듯하다. 그녀도 그 박해를 견디고 있었던 것 같았다. 그렇게 견디는 모습에 동정한 때문이었을까, 나와 조성희 사이의 교유는 반년 정도 이어졌다. 뭔가 삐걱삐걱하는 종잡을 수 없는 교유였다.

어느 날 오후에 그녀의 아파트를 찾아가니, 그녀는 단정치 못한 모습으로 침대에 앉아 있었고, 창에서 보이는 건너편 빌딩을 가리키며

"나 오늘 아침 저 빌딩에 갔다 왔어요"라고 말했다. 뭘 하러 갔었냐고 내가 묻자, 어떤 사람을 만나러 갔다고 대답했다.

"거기에 A라는 아저씨가 있어서, 나 A씨의 첩이 될까 생각하고, 그걸 상의하러 다녀왔죠."

그런 비밀스런 이야기를 다른 남자에게 말해주는 것은 어떤 목적이었는지, 나는 알 수가 없었다. 또한 어떤 때 그녀는 어떤 남자와 둘이서 북한에서 국경을 넘어 시베리아로 도망갔던 이야기를 했다. "그리고 잡혔죠. 각각 감옥 같은데 들어갔어요. 그리고 남자는 나를 배신했어요. 난 평생 그 남자를 증오할 거예요."

밑도 끝도 없는 고백으로, 무엇을 믿어야 할지 무슨 말을 하고 싶은 건지 전혀 알 수 없는 이야기였다. 나는 그런 그녀의 고백 속에서 몇 번이나 이민족을 느꼈다. 그녀 자신이 성격적으로 환상을 추구하는 것 같은 습관이 있는 건지. 아니면 중요한 것을 숨기고 있는지 짐작할 수 없었다.

"나에게 박해를 가한 남자는 모두 저주할 거예요. 평생 저주할 거라구요. 나를 박해한 사람은 이미 두 명 죽었어요. 정말로 죽었다구요. 내가 죽인 것은 아니지만, 반드시 죽어요. 신이 죽여주시죠."

나는 그녀에게 일종의 두려움을 느꼈다. 나는 신의 힘으로 살해되는 그룹에 끼고 싶지 않았다. 그리고 곧 그녀는 아파트 관리인에게 내 앞으로 편지를 맡기고 조선으로 돌아가고 말았다. 이윽고 그녀의 고향에서 내 앞으로 편지가 왔다. 주소는 경상북도 경산군 반야월이란 곳으로, 그녀의 본명은 백신애라고 쓰여 있었다.

"…… 일본 사람들은 모두 싫습니다. 그렇지만 당신만큼은 신사였습니다." 그 뒤에 덧붙여 "지금 아버지 농원은 꽃이 한창입니다. 이 농원에 당신은 놀러 오실 생각이 없으십니까?"

그것이 마지막으로 그녀와 나의 교유는 끝이 났다. 긴 세월 동안 서로 아무 소식도 듣지 못했다. 그리고 일본 패전 후에 한국은 독립하고, 나에게 백신애는 외국인이 되었다.

전후 몇 년이 지나 아키타 우자쿠 씨가 한국에 여행을 다녀왔다. 그 여행 중의 이야기가 신문기사가 되었다. 나는 그 이야기 중에 그녀의 소식을 알게 되었다. 우자쿠 씨는 말하기를 "한국에는 백신애

라는 유망한 여류작가가 있었지만, 최근에 젊은 나이로 병사한 것
은 애석한 일이었다."

『부끄러운 이야기 그 외』(新潮社, 1983)

(이승신 옮김)

조선 여류작가와 니키 히토리(朝鮮女流作家と仁木独人)

아키타 우자쿠

니키 히토리 군의 죽음에 대해서는, 나는 너무 많이 이야기하는 것 같은 기분이 든다. 나는 지금 조선에서 보내온 조전弔電, 조문弔文 등을 정리하는 동안에, 그중에서 가장 감상적인 하나의 문장을 발견했기에, 그것을 《테아토르》에 보낼 마음이 생겼다. 조선 여류작가 백신애 씨와 니키 군과의 교유는 그렇게 긴 것은 아니지만, 이것은 인간 백신애의 최상의 것—혹은 신애 이상의 것—을 보여주고 있다. 니키 히토리 군은 이만큼 사람들에게 사랑받고, 짧은 생애를 마쳤다고 생각하면, 왠지 부러운 기분조차 든다. 사적인 편지를 공표하는 것에 대해서는, 백신애 씨에게 깊이 사과해야 할 것이다.

아버지! (한국어 발음 표기 그대로 — 역자 주)
아버지는 어떤 일이 있어도, 언제나 건강하고 언제까지나, 언제까지나……라고 믿고 싶습니다. 저는 설날부터 경성에 오게 되었습니다. 조카가 공부를 너무 못하니 좀 가르쳐주라고 어머니와 오빠가 명하셨습니다. 집에서는 내 앞으로 온 편지를 경성으로 전달해주는 것을 몰랐던 모양으로, 지난 2월 5일이 되어서 처음으로 아버지로부터 온 그리운 편지를 보게 되었습니다. 신문에 "기차를 따라 뛰어온 백 씨의 모습이 지금도 그렇게 생각됩니다"라고 쓰여 있는 곳을 읽으면서, 나는 너무나 기뻐서 아이처럼 뛰어다녔습니다. "이 얼마나 좋은 아버지신가!"라고 몇 번이고 외쳤습니다.

"아버지는 너무 의욕적입니다. 노구임에도 지금도 한국어 공부를 시작하시다니……"라고 친구에게 말을 퍼트리는 저는 너무도 행복합니다. "저를 북돋아주는 말씀이십니다!"라고 생각했습니다.

아버지! 저는 아버지의 질타를 받을지도 모릅니다만, 그저께부터 자제력을 잃어버렸습니다. 왜냐구요? 아무도 저에게 니키 씨의 죽음을 알려주지 않았고, 그 죽음을 알리는 신문을 읽을 기회도 없었기 때문에, 전혀 알 수 없었습니다. 그저께 유진오(조선의 작가)라는 사람의 집에서 처음으로 들었기 때문에.

아버지! 어떻게 니키 씨가 죽었다고 믿을 수 있을까요? 병약한 저를 그렇게 비웃고, 강한 신념이 없는 사람이라고, 강하게 말해주던 그 니키 씨가…… 그렇게 오랜 지인은 아니지만, 타인의 죽음을 이렇게 슬퍼한 적도 탄식한 적도 없었습니다. 저는 자는 것도, 먹는 것도 잊고 울고 있습니다. 아버지가 계신 곳에 날아가서 아버지에게 위로받으면서 울고 싶은 기분뿐입니다.

아버지도 슬퍼하고 계시리라 생각됩니다. 이번 2월에 니키 씨는 경성에 오기로 되어 있었는데, 그때 보고할 것도 토론할 것도 많이 생각해 두었는데…….

아버지! 지금 저는 생각하고 있습니다. 저의 희망, 용기, 이것을 지지해주는 분은 이제 아버지 한 분뿐이라고…….

슬퍼할 일도 기뻐할 일도, 보고할 곳이 있으면 그 사람은 행복한 것입니다. 니키 씨는 좋은 친구가 될 것이라고 몇 번이나 저에게 말해주셨습니다. 그렇지만 그는 죽고 말았습니다. 이 슬픔을 제일 먼저 갖고 갈 곳은, 아버지 외에 달리 없다는 것을 알았습니다. 그 죽음을 듣게 된 순간은 무감각했습니다. 그렇지만 그 뒤에 저는 "그것은 거짓말이죠! 아버지! 거짓말입니다!"라고 외쳤습니다.

집으로 돌아가 아버지께 편지만 계속 썼습니다. 그렇지만 모두 찢어버렸습니다. 그리고 냉정을 되찾은 기분으로 이 편지를 씁니다. 어떤 일이 있어도 제 아버지는 언제까지나 환하게 웃고 계신다고 저는 굳게 믿고 있습니다. 그리고 저를 지켜주신다고 확신하고 있습니다. 그리고 비로소 지금의 슬픔을 위로받을 수 있습니다.

아버지! 울고 싶어도 이제 쓸 수 없습니다. 난필을 용서해주시기 바랍니다.

2월 10일 백신애 씀.

《테아토르》(1939. 3)

(이승신 옮김)

『아키타 우자쿠 일기』 중에서*

1938년 10월 22일

조선. 맑음 아침 9시 55분 기차로 조선을 향해 출발함. 세토우치
해 연안은 매우 아름다웠다. 밤 9시경에 시모노세키에 도착했다.
10시 반경 출범했다. 플랫폼에는 예전에 연구소에 있었던 학생들이
마중나와 주었다. 배는 매우 흔들렸다. 무라야마는 술에 취하고, 세
키關(여배우)는 배멀미에 취했다. 아침 6시 반경에 부산에 도착했다.
아침의 부산항은 아름다웠다. 신문사 사람이랑 매니저인 최승일(최
승희 오빠)이 나와주었다. 곧 경성행 기차에 탔다. 1시 반경에 경성에
도착했다. (조선에 도착함. 교토 – 시모노세키 – 부산 – 경성)

---

* 『아키타 우자쿠 일기』는 1915년부터 36년간을 기록한 것으로, 본문 수록 부분은 구두 표현 및
  내용에서 가급적 원문 표기에 따랐다.

10월 23일

맑음. 경성에 도착했다. 역은 무척 훌륭했다. 11년 전에 러시아에서 돌아오는 길에 여기서 《경성일보》의 마쓰오카 사장과 만난 적이 있었던 것을 떠올렸다. 청년회의 사람들, 극예술연구회, 중앙무대 (신극), 로만좌의 사람들, 소노키 요시코 등이 마중나와 주었다. 역 앞의 미에三重 여관에 들어갔다. 남산과 세브란스 병원의 빨간 건물이 보이는 3층 방에 들어갔다. 이 방은 무라야마, 장 두 사람과 다른 세 명으로 할당되었다. 밤에 식도원에서 극예술연구회 주최의 초청회가 열렸다. 조선의 작가, 배우들을 포함해서 70명 정도의 인원이 모였다. 신협의 배우들도 참가했다. 좋은 모임이었다. 하야시 후사오도 와 주었다.

(경성 1시 반 도착. 극예술연구회 좌담회, 인구 70만 명. 일본인 30만 명)

10월 24일

비. 소노키 군이 내방하였다. 매우 즐거워했다. 《동화同和일보》* 주최 편물 강습회 90명 정도(14, 15세 ~ 40세) 연 1회. 오늘 하야시 후사오의 제안으로 이씨 왕가의 아악을 들으러 갔다. 이왕직李王職 장관**인 소노다 박사(시노다 타로의 아버지)를 이왕직 사무국에서 만났

---

* 《동아일보》의 오기로 보임.
** 일본의 식민통치시기기부터 연합군 군정기(1911~1947) 동안 궁내대신의 관할하에 왕족의 가무를 관장하는 기관으로서 경성부(京城府)에 설치되었던 기관. 대한제국 궁내부의 후신이다.

다. 조선에 30년 이상 있는 사람도 있다고 한다. 조선의 아악은 놀랄 만큼 훌륭했다. 악기가 남아 있는 것만으로 대단한 것이었다. 1. 수제천壽齊天* 2. 요천순일지곡堯天舜日之曲** 3. 장춘불로지곡長春不老之曲***을 들었다. 횡적橫笛 소리의 훌륭함이란. 비원을 안내받았다. 옥좌는 정말 훌륭했다. 서양실의 기물은 루이 3세? 시대 것이라고 한다. 밤에 명월루의 좌담회에 출석했다. 언어와 문학의 문제, 좌담회는 상당히 많은 사람들이 입장했다. 장, 무라야마, 나 세 사람의 강연에 배우의 인사가 있었다. 일본과 조선의 문화교류에 대해서 이야기했다. 유년기부터 조선 및 조선인에 대한 인식.

(낮 – 아악, 밤 – 무대 연습. 강연회, 자수, 재단, 바느질 띠를 하고 아이를 업은 중년 여성. 17, 18세 소녀의 아름다운 저고리.)

10월 25일

쾌청함. 조선 특유의 맑은 날씨. 오전 중에 시인 백철 군과 역 앞의 찻집에서 차를 마시고, 그리고 종로시장을 구경하거나, 화신 백화점을 보거나 했다. 보성학교 교수인 유진오 군과 아름다운 조선의 여류작가 최정희가 놀러와 주었다. 오후에 송 군의 안내로 불교

---

* 신라 시대에 창작되어 궁중의 중요한 연례(宴禮) 및 무용에 반주하던 연악곡.

** 조선후기와 대한제국(1897~1910) 시절 연례악(宴禮樂) 및 정재(呈才) 반주음악의 한 곡명. "보살만"(菩薩慢)·"여민락령"(與民樂令)·"향당교주"(鄕唐交奏)·"원무곡"(原舞曲)의 아명(雅名).

*** 고려 때 들어온 당악 중 하나로, 궁중 연례악(宴禮樂)으로 쓰였던 관악 합주곡이다. '보허자(步虛子)'로 불리기도 한다.

대본산의 낙성식에 가보았다. 옛 조선의 여인들을 보았다. 조선 불교는 중국 불교(선종)의 영향을 받았지만, 일본 불교의 영향은 없다. 경성대학에서 아키바 교수와 만나서, 그가 진열품을 보여주었다. 샤만교와 관련된 것은 꽤 흥미가 있었다. 여기를 떠나 보성전문학교를 방문하고, 거기서도 진열품을 구경했다. 교장도 도서관장도 와세다 대학 출신이었다.

(첫날. 대본산 건립 송석하 군 안내로 조선불교 대천교(천도교)──유불선의 합일──의 본당을 대본산 본당으로 한 것. (대웅전) 조선 잡지의 종류 ─『삼천리』,『여성』,『야담』,『조광』)

10월 26일

쾌청. 조선 특유의 맑은 날씨가 이어지고 있다. 11시부터 일행 다같이 창덕궁에 갔다. 송석하 군이 안내해 주었다. 지난번과 반대로 동물원 쪽에서 들어갔다. 시간이 늦었는데도, 특별히 보여주었다. 안내인은 무기력하게 설명을 해서 웃음을 자아냈다. 비원은 정말 훌륭했다. 12시 반경부터 청년회의 초대에 임했다. 배우들이 반정도에 무라야마, 아키타가 가담했다. 세 이사理事의 인사가 있었다. 하나무라 교수가 『대전통편』*을 보여주기로 약속했다. 2시부터 다시 아악을 들었다. 1. 수제천. (관악) 2. 서자고瑞鷓鴣**(현악) 3. 류신신

---

* 1785년(정조9) 『경국대전』과 『속대전』 및 그 뒤의 법령을 통합해 편찬한 통일 법전.

** 조선조(朝鮮朝) 때의 궁중 연례악의 하나인 '송구여지곡(訟九如之曲)'을 현악 위주의 악기(樂

지곡柳神新之曲(독주) 4. 장춘불로지곡(합악)을 들었다. 돌아오는 길에 배우 심영 군이 집구경을 시켜주었다. 이자카야居酒屋*의 장관을 보여주었다. 입반옥立飯屋(여자가 나오는 가게는 색주옥色酒屋)이라고 부른다고 한다. 영화회사, 극장인의 초청회에 참석했다. 문예봉文藝峯(여배우) 및 다른 한 명의 여배우랑 김이라는 영화인들과 만났다. 대구 출신의 아름다운 기생을 보았다. 극장에서 여자대학에 있던 황, 박유朴劉?** 두 명의 여자를 만났다. 예전에 여자대학에 있던 사람이다. 현철과 30년 만에 만났다. 송, 영, 조명의 제군과 '다루'라는 오뎅집에 들렀다. 세이-조선의 악인들은 병선兵燹***이 있을 때 악기를 우물이나 연못에 넣어 보존했다.

(둘째날 비원 — 청년회 — 아악 하나. 대경大磬**** 주자奏者 이왕직 아악부 김주선 황신덕 여사와 만났다.)

10월 27일

오늘도 쾌청. 이날 많은 모임에 참가했다. 1시 반부터 부민관 2층 식당에서 〈춘향전〉 비판회를 개최했다. 아베 요시시게 군이 가장 먼저 출석해주었다. 조선 측에서는 송, 현철, 심영 그 외에 연희전문

器) 편성일 때 이르는 딴 이름.
* 간단한 요리와 함께 가볍게 술을 마실 수 있는 대중적인 술집.
** 원문 표기 그대로.
*** 전화(戰禍). 전쟁으로 인한 재해.
**** 중국 고대 순(舜)나라의 음악.

학교 교수 정인섭 군 등이 출석했다. 이해 어린 비판을 해주었다. 현철 군의 사돈댁(중류 이상의 집)에서 조선의 옛날 배우인 정이라는 사람과 박이라는 사람의 〈춘향전〉(거문고와 나가우타*)을 들었다. 정이라는 사람은 몽룡역을 했다고 한다. 저녁 무렵 다나카 부부(아내는 일본 에스페란토 학회원)과 차를 마시고, 예전 일본인회관에서 시인회 사람들과 회견을 했다. 여기서는 음률시의 문제에 대한 논의가 있었다. 마지막으로 출판계, 영화회사의 연회에 참석했다. 〈춘향전〉을 잘 부르는 어느 젊은 기생의 춘향전 판소리를 들었다. 심영 군은 꽤 훌륭한 센티멘탈한 사람이었다. 밤 2시경에 숙소로 돌아왔다. (이날까지 부민관. 1. 비평회 2. 현철 군 초대 3. 다나카 군 4. 조선 시인회 5. 출판사 6. 영화사 7. 여성의 복장 8. 조선 요리 장구, 장고長鼓)

10월 28일

맑음. 평양. 단씨 – 기씨 – 낙랑의 수도 – 조선의 옛 수도 평양에 왔다. 경성보다는 시골스런 느낌이 들지만, 조선인의 기백이 느껴지는 토지이다. 평양역과 광장은 빈약하다. 한구漢口 함락의 등불 행렬로 마을이 매우 시끄러웠다. 강연회를 중지했다. 가메이라는《평양매일신보》의 사람이 주로 선전을 담당하고 있었다. 밤에 가메이 씨 제안으로 조선거리의 술집(국수집)에 모여 장국밥을 먹었다. 이 부근의 술집을 호즈미 시게토가 뭔가 썼다고 한다. 노인이 무릎을

---

* 일본의 현악기 샤미센三味線을 반주 악기로 하는 가곡의 한 종류.

끓고 뭔가를 먹고 있었다. 청년들의 기풍은 열렬하다. 만봉산 사건*
때, 중국인을 참살한 것도 이 고장 사람이었다. 민족의식이 강한 곳
이다. (가야금(12현), 기차 국수집, 늑골육(갈비), 수납함(쟁반) 호리병박(바
가지))

10월 29일

맑음. 매일 너무 화창하다. 오늘도 평양은 축제 기분인 듯하다. 평
양박물관에서 낙랑시대의 유물을 보았다. 두 개의 고분(각재 조합 한
개, 가늘고 긴 돔형 한 개)은 훌륭한 것이었다. 규모의 웅장함에도 놀랐
다. 큰 관에서 나온 옻칠한 화장품 상자는 거의 이집트 발굴품에 필
적할 만한 것이었다. '낙랑시대의 채색 광주리'에 대해 해설자가 말
하듯이 회화는 샤라쿠**를 연상케 하는 것이었다.

평양 밤이 4, 5개 들어 있는 것도 신기했다. 설명하는 자가 같은
고향의 오노라는 사람이었던 것도 우연한 일이었다. 대동강상의 을
밀대 위에 올라보았다. 청일전쟁 당시 격전이 벌어졌던 곳이다. 선
전 때문이었는지 첫날 관객은 적었다. 신문사가 너무 자신했던 것
같다. 그러나 민족적 열정을 느꼈다. (평양 첫날. 고분의 두 가지 형식. 1.
각재를 조합한 고분 2. 가늘고 긴 돔 형의 고분 3. 채색 광주리(가네치요 좌) 경
성영화 여배우 ─ 문예봉 「춘향전」, 「무정의 길」 한은진 ─「새앙쥐鼮」로 콩쿠

---

* '만보산 사건'의 오기로 보임.
** 일본 에도 후기의 화가. 경력에 관해서 확실한 자료가 없다. 순간적인 표정이나 개성을 과장하
   여 대담하게 표현한 사실적인 수법에 특징이 있다.

르상)

10월 30일

맑음. 기림리(기씨 종묘가 있는 송림. 봉산각.)에서 불고기 대접을 받았다. 가메이 씨의 제안으로 기자묘를 보고, 청일전쟁 시절의 중일 쌍방의 대형隊形이나 전투 상황 등에 대해 들었다. 불고기는 소고기를 가늘게 잘라서, '스스로' 구워가면서 먹는 것으로, 소고기 스테이크 맛에 가까운 것이다. 조선 측의 열정에 감동받았다. 이 청년들의 대부분은 예전에 좌익운동으로 희생적인 생활을 한 사람들이었다. 평해신, 주호석 군을 따라서 모란대에 올라가 대동강 기슭에 내렸다. 배우와 조선 청년들은 배로 대동강을 내려갔다. 나는 주 군을 따라서 기생학교 및 기생 사택을 방문했다. 기생학교의 발코니에 서 있자 일행의 배가 내려왔기 때문에, 소리질러 불렀다. 무당의 춤을 보았지만, 처참한 기분이 들었다. 최승희가 춘 춤이었다. 밤의 성적도 그다지 좋지 않았다. 그러나 민족적인 열정을 느꼈다. (대동강 기생학교. 이틀째 어제보다 꽤 좋은 성적. 무당의 열광적인 춤)

10월 31일

맑음. 좋은 기차여행을 이어가고 있음. 조선 사람들과 동승하여 얻은 점이 있다. 조선의 조연자들은 극예술연구회 사람들로, 남자 12~13명에, 여자 5, 6명 정도 있었다. 이 극단은 유치진 군에 의해 지도받고 있고, 이 군이란 사람이 리더 격이다. 이 군은 머리도 좋고, 기술력도 확실했다. 예전에 플롯트* 시절에 도쿄에 있던 사람으로 제법 격렬한 성격의 사람 같았다. 열차 안에서 조선 사람들로부터 조선말을 조금씩 배웠다. 조선어는 훌륭한 언어 같았다. 평양 오전 9시 12분에 출발하여 오후 5시 반 대전에 도착하였다. 역 앞의 인상이 매우 좋았다. 아름다운 로터리가 생겨 있었다. 평양보다도 훨씬 좋았다. 나카가와 여관에 들었다. 《중선中鮮일보》의 후쿠시마라는 사람이 열심히 선전을 해주고 있었다. 밤에 오요시라는 곳에서 초청회가 있었다. 역에 마중나와 준 고가古閑라는 경부警部가 있었다. 장혁** 군의 친구.

(기차 조선의 남녀 배우들. 조선어에 흥미를 느끼다.)

11월 1일

조선 비망록 ○박첨지 극 인형(500년 전) ○장주長桂 —「조선연극」의 작자 김재철 ○2세의 고민(후쿠타, 가정신문) — 장 군 ○바지(겨울용) 지구리***(여름) — 바지저고리 — (여자 윗도리) 치마(스커트) ○집 구조 — 사묘, 대청, 내방(여자), 주방 — 방의 크기(9척 사방, 경 6척) ○가면극(상두감) — 봉산, 항杭?주州 ○유골 넣는 천?(히(ヒ)가 둘인 경우 세계) ○허리띠(밴드)

---

* 일본 프롤레타리아 연극동맹의 약칭. 프롤레타리아 연극의 전국적인 조직.

** 장혁주의 오기로 보임.

*** 저고리의 오기로 보임.

맑음.《중선일보》에 후지 사장을 방문하고, 니키, 오자와 두 사람과 함께 유성이라는 온천장에서 놀았다. 여기 주인이 밭에서 온천을 발견했다고 한다. 주인은 의사로 온천장을 대대적으로 개축하는 중반에 최근 병사했다고 한다. 물은 맑고 라듐 성분을 포함하고 있다고 한다. 4시 반 대전으로 돌아왔다. 연극은 매우 열정으로 받아들여지고 있었다. 관객도 상당히 많았다. 고시로* 때보다도 관객수가 더 많았다고 한다. 송석하 군이 나를 염려하여 경성에서 와 주었다.

(대전(대전극장) 유성은 예전에 진대가 있던 곳)

11월 2일

맑음. 대전을 8시 50분에 출발. 전주는 강어귀에 있는 아름다운 도시. 이 왕가의 발생지. 일견 시골마을 같으면서도, 구 시가지는 그대로 보존되어 흥미로웠다. 당나귀를 끌고 마을을 지나는 사람들의 모습은 코카서스 지방의 시장 광경을 떠올리게 한다. 남문이라는 멋진 누문이 남아 있었다. (국보인 듯.) 극장은 마을 뒤편에 있지만, 거의 만원. 관객의 열정에는 어디든 놀라게 된다. 밤에 비교적 일찍 잠이 들었다. (부여 학교 조합 관리인 다카하타라는 사람이 마중나와 주었던 것은 군산에서 부산으로 가는 중간이었나?) (기차 – 전주 – 멋진 빨간 기와지붕의 교회당처럼 되어 있음.)

---

* 松本幸四郎. 가부키 배우 집안에서 계승되는 명칭으로, 7대 마쓰모토 고시로를 지칭하는 것으로 추정됨.

11월 3일

군산에 와 있다. 쌀의 명산지. 러일전쟁 당시의 해군 식량 근거지였다고 하여, 내지의 연장,《군산일보》의 사람들이 열심히 선전을 하고 있었다. 젊은 조선의 에스페란티스토가 강연회에 와 주었다. 가가와라는 기독교신자인 기자가 사회를 봐 주었다. 공회당의 식당에서 식사를 대접받았다. (에도 요리라는 곳에서 오랜만에 커피를 마셨다. 마담과 수염.) 가가와라는 기자와 은희진이라는 에스페란티스토와 그 친구가 공원을 안내해 주었다. 금강은 커다란 강이다. 천년 이전에 일본이 이곳에서 출병하여 당의 군사와 싸워 패전하였다. 백제가 멸망한 때이다. 귀로에 산 경사지에 서 있는 민가(막과자집)를 들러보았다. 주부는 김치(야채절임)의 고추를 절구로 찧고 있었다. 후쿠야라고 쓰여진 무대가 보였다. 따뜻해 보이는 작은 방. 연극은 만원이었다. 이 부근은 일본인이 상당히 많아서, 기생 중에는 기개 있는 내지 게이샤도 섞여 있다.

11월 4일

아침 8시 30분 군산을 출발, 밤 7시 40분에 부산에 도착했다. 도중에 야마다 군(신 쓰키지 가가와 군의 아버지)와 만났기 때문에, 숙소에 도착하자마자 부산 교외의 동래온천에 갔다. 동래관이라는 여관에 들었지만, 제법 부르주아적인 숙소였다. 넓은 일본식 방에 서양식 응접실과 대기실이 붙어 있었다. 입욕. 수질은 투명하고 염천 같았다. 산스케는 조선인으로 〈춘향전〉 이야기를 하고 있었다. 식사

중에 그 지역의 젊은 기생이 왔다. 한 명은 일본어를 잘 몰랐다. 장고를 두드리고 민요(시조)를 불러주었다. 오늘밤은 오랜만에 푹 잤다. (장고를 두드리고 노래를 부른 기생 한 명이 자신이 부른 노래의 의미를 잘 모른다고 말했다.)

(부산으로. 동래온천. 오이카와. 하나야나기.)

11월 5일

매일 화창하다. 동래온천에서 눈을 떴다. 11시경 야마다 군과 두 명이서 전철로 부산까지 돌아갔다. 이 부근 산은 매우 아름다웠다. 숙소에 돌아가자, 하마다라는 아오모리현(히로사키 출신) 남자가 전화를 걸어왔다. 원래 글을 쓰거나 그림을 그리던 남자로, 지금은 빨간 모자라는 튀김집을 열고 있다. 연극은 거의 만원이었다. 조선인, 일본인 관객은 반반정도였다. 돌아오는 길에 빨간 모자에 들르자 아오야마 학원을 졸업한 영어 교사가 취해 있었다. 하마다의 부인은 후처인 듯 젊은 여자였다. 오랜만에 튀김을 먹었다.

(부산 20만. 내선 반반.)

11월 6일

맑음. 오늘 부산의 산에 올라보았다. 실로 좋은 경치다. 공원같은 곳에서 쉬었다. 나이든 조선인이 두 명의 노부인에게 경치를 가리키며 열심히 설명해주었다. 노동자(짐꾼 같은) 풍의 조선인이 나에게 말을 걸어왔다. 역시 〈춘향전〉을 알고 있었다. 밤에 거의 만원이었다. 여기 관객은 제법 내지적이어서, 연극에 대한 감수성이 적지 않다고 생각되었다. 조선인 측은 역시 감격적이었다. 하마다 호쿠도라는 사람에게 종이를 세 장 정도 부탁받았다.

11월 7일

맑음. 아침 8시 50분 부산을 출발. 정오 즈음 대구에 도착했다. 대구는 꽤 차분한 도시이다. 인구 16만 명 정도이며, 일본인이 3분의 1 정도라고 한다. 유가여관唯家旅館에 들어갔다. 2시부터 상공관에서 문예 강연회가 있었다. 장혁주 군의 고향이기 때문에 장 군의 친구와 여류작가인 백 군 등의 얼굴도 보였다.(백 군은 나중에 연회에서 만났다) 우리 쪽 배우들은 실로 어두운 얼굴을 하고 있었다. 어째서 우리들 일본인은 이렇게 반응력이 없을까. 타민족이 보았을 때 무언가 '음험'에 가까운 것과 같이 느끼는 것은 이 어두움에서 오는 것이 아닐까. 연극은 만석이었다. 아름다운 기생들이 와 있었다. 돌아가는 길에 '가게츠'라는 찻집에 들렀다. 마담은 태명泰明소학교에 있던 여자로 쿠니타로国太郎의 동창이라고 한다. (대구로. 기차. 백신애 다음 해 7월 암으로 사망)

11월 8일

맑음. 유가家의 아들은 성호城戶라고 하는데《테아토르テアトロ》의 독자이자 도모타 쿄스케友田恭助의 문학좌(쓰키지좌)에 있던 사람이었다. 아침에 이 사람의 권유로 프랑스인 수도원에 가보았다. 홀

룽한 교회와 수도원이 있었다. 이 아들의 말에 의하면 이 근방 사원은 이전에 좌익운동의 근거지였다고 한다. 조선인 수녀가 흰 모자를 쓰고 정원을 조용히 걷고 있었다. 1시부터 식도원의 연회에 참가했다. 40명 정도의 사람이 와 있었다. 구도工藤外衛라는 동향동창인《대구민보》기자도 와 있었다. '백'이라는 여류작가에게는 실로 정숙한 느낌을 받았다. 조선 중류계급(인텔리)의 대표자다운 느낌을 받았다. 오늘도 우리 측이 도중에 자리를 뜨거나 하여 예의를 지키지 않았다. 안영일 군은 퍼렇게 질린 얼굴로 배우 중 일부를 말리기도 했다. 안 군의 기분을 이해한다. 연극은 역시 만석이었다. 이날 밤 장 군과 나는 김 군과 차 군의 초대를 받아 연회에 참가했다. 염수련이라는 유명한 기생이 왔다. 연회가 끝난 후 조선의 배우들과 회식을 했다. 우리 쪽은 열정이 빠져 있다. 차갑다. (대구. 사와다의 연구소에 있던 김 군을 만났다.)

11월 9일

맑음. 아침에 경주를 향하여 출발. 기차가 반야월 촌역을 지날 때 여류작가 백신애 군이 사과를 세 바구니 정도 기차 창문 너머로 넣어주었다. 백 씨는 열차를 쫓아오며 달렸다. 경주에서는 오사카관장이 경성으로 가서 부재중이었지만 모두 친절히 대해주었다. 이곳의 고분에서 발굴된 금관은 세계적인 것이다. 책을 선물 받았다. 왕릉 사이를 걷고, 1,400년 전의 첨성대 등을 보았다. 계림에 간 사람도 있다. 부산에 8시 즈음에 도착했다. 니시나가에 들러 12시 배에

탔다. 고안마루興安丸── 칠천 톤七千屯── 갑판을 걸었다. (부산에서

니시나의 부인을 보았다.)

(미래사, 1966)

(이승신 옮김)

『아키타 우자쿠 자전自傳』 중에서

우리들은 11월 9일(1938년 — 편집자 주) 대구를 출발하여 경주로
향했다. 기차가 반야월역을 지날 때 유명한 여류작가인 백신애라는
사람이 세 바구니 정도의 사과를 들고 아름다운 하얀 옷을 입고 우
리들이 탄 열차를 쫓아 달려온 모습을 지금도 생각한다. 백신애는
이른바 이데올로기적 성향의 작가는 아니었지만 매우 순수한 작가
로 유망되는 사람이었지만 고질적인 암으로 짧은 생애를 마감했다.
우리는 이번 조선 여행을 통해 조선을 완전히 다시 보게 되었다. 그
리고 중국 문화와 조선 문화와의 관계, 조선 문화와 일본 문화의 관
계는 끊으려야 끊을 수 없는 것이고 이 세 문화가 장래의 아시아 문
화를 창조해야 한다는 것을 적절히 느끼게 해주었다.

(신평론사, 1953)

(이승신 옮김)

백신애 여사의 전기*

이윤수

　지금으로부터 까마득한 50년 전의 일들을 생각하면, 여러 가지로 신기스러운 일들이 많고, 사람이란 이처럼 위대한 것인가를 다시 고쳐 보고, 감탄 속에서 인간의 두뇌의 위대함을 새삼 느껴볼 수 있는 일들이 부지기수일 것이다.

　가장 손쉽게 일례를 들어 말하자면, 그 당시의 비행기와 오늘날의 비행기며, 그 당시의 전등과 오늘날의 형광등, 또는 원자탄이니, 인공위성이니 등등, 모두 사람들이 만들어 내었고 또 사람들이 모두 이름지어둔 것들이다. 이렇게 새로운 것들이 날과 달의 흐름으

---

*　백신애 생애를 다룬 최초의 글인 이윤수의 「백신애 여사의 전기」는 수많은 오류를 지니고 있다. 『원본 백신애 전집』에서 누락된, 쉽게 찾아볼 수 없는 자료라 여기에 소개하고 그 오류를 각주에서 밝혀둔다.

로 하여금 낡아버리는 것이 인간유전의 세상을 가속도로서 돌아가 게끔 하는 크낙한 스크류의 주축을 이룩하는 것들이 아닌가 싶으 다. 그러한 흐름 속에서 50년이란 먼 옛날의 그 느릿느릿한 회전속 도의, 더우기 도회가 아닌 시골, 영천 일격에서 1908년 5월 20일 고 고呱呱하는 창생의 소리를 낸 새로운 생명의 아버지, 백내유 씨는 그 를 이름 지어 무잠武쪽*이라 했다.

당시, 그의 부친은 영천읍내에서 커다란 미곡상을 경영하고 있었 다. 비교적 유족한 가정에서 그의 오빠 기호 씨와 함께 귀여운 남매 로서 자라났다. 그때만 하더라도 보통학교(지금의 국민학교)엘 다니 는 수數보다 서당엘 주로 보내는 것이 당시의 하나의 풍조이었고 관 습이었다. 그러므로 더우기 여자의 교육이란 지금처럼 보급되어 있 었을 리 만무한 형편이었다.

그런 환경에서 어언 10년이란 세월이 흘러갔다. 무잠이 열 살** 되 던 해 4월 영천보통학교(영천국민학교)에 입학했다. 단 오누이로 자 라났기 때문에 더욱 두터운 귀여움을 받아가며 자란 그의 성격은 어려서부터 명랑했고 성장해 갈수록 그의 인물은 점점 예뻐져갔다. 서기 1922년*** 3월 그가 열네 살**** 되던 해 보통학교(당시 4년제)를 졸 업했다.

---

* 무잠(武潛)이었다. 영천공립보통학교 학적부에서 확인된다. 호적 이름 무동(戊東).
** 열두 살(영천공립보통학교 학적부에서 확인).
*** 1923년이었다.
**** 열여섯 살.

후리후리하게 키가 크고 유별나게 윤깔이 있는 머리는 살색이 흰 그의 얼굴을 더욱 투명하게 만들었다. 커다란 두 눈엔 삼시울이 끼어 있었고, 둥그란 동자는 항상 무엔지 새로운 것을 담아 보곯은 그 무슨 신비로운 지표를 하고 있는 듯하였다. 그때부터 명석한 두뇌와 영리하였던 그는 오빠의 영향도 있었겠지마는 보통학교를 졸업하자 가사를 도웁고* 있었다. 그러나 그에겐 항상 새로움에의 꿈과 무엔지 모를 신비로움에로 불타는 마음에 사로잡혀 있었다. 그러던 차, 어느 날 그의 앞에 새로운 문이 열리게 되었다. 그것은 졸업한 이듬해의 일이었다. 모교인 영천보통학교에 새로 병설된 야학의 교편**을 잡게 된 것이었다.

15세 처녀, 그의 체구는 성인과 별다름 없을 만큼 육체와 정신이 조숙한 편이었다. 더우기 그때의 여성들에게 계몽을 시켜야 되겠다는 의욕이 걷잡을 수 없을 정도로 불타올랐던 것이었다. 그러한 열렬한 정신으로서 돌진하던 그에게 1년 유여의 세월이 흘러갔다.*** 그의 심경에도 많은 변화가 생겼다. 그 변화란 전진을 의미하는 것이었다. 그지음 대구에 도립사범학교가 개설되었다. 현재의 자기의 역량으로선 아무래도 지도력의 부족함이 느껴졌고, 따라서 앞으로의 전진을 위해선 보통학교의 학력만으로선 자기의 앞길이 환히 보

---

* 졸업한 그해 3월 18일 사범학교에 입학하였다(사범학교 학적부).
** 이때 백신애는 영천공립보통학교 교사로 있었고 다음 해에 자인공립보통학교로 옮겼다.
*** 영천공립보통학교 졸업과 동시에 사범학교에 입학했다.

여지기 때문에 도립사범학교 교원강습과에 들어갔던 것이다.

1926년 3월, 그가 18세* 시 이를 졸업하자 처음으로 부임된 곳이 곧 자인보통학교**였다. 그에게 있어서는 대구라는 곳이 일생애에 있어서 잊을래야 잊을 수 없을, 아름답고 그리운 곳이 되고야 말았던 것이다. 그것은 다름 아닌 첫사랑의 감미로움과 행복과, 또 장래할 커다란 꿈의 요람지인 것이었기 때문이다. 그러한 결실에의 희망을 가슴에 지니고 부임지인 자인으로 행했다. 그러나 어느 때고 사람에게 힘을 돋꿔주고 아니면 사람으로부터 힘을 빼앗아 가는 것은 '사랑의 힘'인 것이다. 성숙될 때로 되어버린 그에게 힘을 돋꿔주는 것 역시 '사랑의 힘'이었다. 마침내 그는 이 첫사랑의 달콤한 힘에 사로잡혀 버리고야 말았다. 그로 말미암아 그는 자인으로부터 항상 대구에 나오기가 바쁠 지경이었다. 하기야 그의 구실로서는 그때 부친이 대구에서 J정미소를 경영하고 있었기 때문에 아버지 댁에 다니러간다고는 했었지만 기실은 그가 사랑하는 사람***을 만나보는 것과 또 하나는 가슴에 같은 꿈을 품고 서로가 위로의 말과 괴로움을 나누워 통정할 수 있는 우정이 두터운 벗이 있었다. 현 경주여자중학교장 이홍기 씨의 매씨妹氏 홍남 여사(지금은 고인)였다. 홍

---

* 1924년, 17세였다.

** 첫 부임지는 영천공립보통학교였다.

*** 동향의 이우 백雨栢으로 《조선민보》 기자였다. 《동아일보》(1924. 11. 6)에 의하면 경주공립보통학교 교사 이경분과 11월 27일 결혼한다는 기사가 있다. 이경분은 1922년부터 이 학교 교사였기 때문에 김윤식이 『꺼래이』(조선일보, 1986) 연보에서 기술한 "경북여성교사 1호"는 수정되어야 한다.

남 여사는 가톨릭 신자이며 문필가인 김구승 씨 부인이었다. 그와의 친교는 그럴 수가 없었고, 사범재학 중은 홍남여사 댁에서 기거하고 있었다. 남의 부인이 된 벗의 영향에서인지, 그에겐 사랑의 불길이 더욱 더했던 것이었다. 그러나 그처럼 사랑하던 사람은 그의 애틋한 마음을랑 모르는 척 등지고, 그가 부임하던 그해 11월의 길일을 택하여 마침내 다른 여성과 결혼식을 올리게 된 것을 알게 되자, 이의 충격으로 말미암아 그의 밝고 맑은 마음에 처음으로 어둠의 장막이 드리워졌고, 그의 희망은 바로 절망의 구렁텅이로 아낌없이 떨어져 내려가고야 말았던 것이다.

맑은 하늘의 푸르름과, 풍성한 가을의 아름다움도 다만 그를 비웃는 것으로만 보여졌다. 이러한 마음의 타격을 받은 그는 걷잡을 수 없을 만큼 어느 한 반항이 그로 하여금 도저히 대구를 중심한 가차운 곳에서 참아 백일 수 없게끔 하였던 것이다. 그들의 결혼식이 거행되기 전, 침울한 환경 속에서 하루빨리 그는 탈출해 나가야만 하다는 것을 결심하였던 것이다.

당시 자인보통학교의 교장은 일인日人, N교장이었다, 그에게

"선생님! 도장을 돌려드립니다. 선처해주세요. 이제 저는 학교를 그만두겠어요. 이유는 묻지 마세요. 그리웁고 추억 많은 자인이여! 안녕!" 이런 봉서封書를 학동에게 전교토록 했다. 그동안 아동들과 정도 들 만큼 들었던 것이었으나 버림받은 사랑 앞에는 모든 것이 귀찮았던 것인지, 아동들에겐 한마디 인사도 물론 없었다. 그길로 대구에 와서 홍남 여사와 함께 밤새 설어움과 안타까움의 눈물을

뿌려놓고 홍남 여사의 간곡한 만류도 아랑곳없이 서울로 행차*했던 것이다. 서울의 겨울, 얼음 같은 하숙집 냉방에서 수개월이 신음 속에 지새여 갔다. 그러던 중, 우연한 기회로 그 익년 봄부터 독립운동에 참가하게 되어 새로운 정열을 이에 집중시킴으로 하여금 다소의 마음의 위로가 되었고 또 의의 있는 일이라 스스로 믿어졌던 것이었다. 그리하여 그는 눈부신 활동을 하였고 1927년** 그가 19세 때 여성운동 지방유세순회 중 김천에서 시인 백기만 선생과 회동, 여성계몽강연회를 가진 바도 있다.

그러나 남성 동지들은 그를 운동의 동조자로서 우遇하기 보담, 그의 성격과 미모에 끌려 한 개 여성으로서 흥미를 더 많이 갖게 되었던 것이었다. 무수한 남성들로부터 쉬임없는 유혹과 또는 협박에 견디지 못하였다.

이에 견디다 못한 나머지 사회주의운동의 총본산인 혁명 직후의 '러시아'에 동경하여 '우라지오스톡'로 뛰어갔다. 그곳에서 양년兩年***을 지내는 동안 어느 한 남성과의 교섭이 발생하자 그를 피하여 귀국하여 버렸다.

그처럼 총애를 받아오던 어머니의 품을 떠난 지 수개성상, 피곤

---

* 이 대목에서는 백신애가 지금까지 알려진바(교원 사령명부에서 확인되는 1926년 1월 22일 권고사직)와 달리 1925년 11월에 학교를 그만두었을 가능성도 있으므로 이에 대한 연구가 필요할 것으로 보인다.

** 1927년에 백신애는 영천을 떠나 어디에서도 강연을 하지 않았다(작가연보 참조).

*** 정확하지는 않지만 몇 개월이었을 것으로 추정된다(작가연보 참조).

함에 겨운 몸을 이끌고 다시 어머니 품으로 안겨왔던 것이다. 그때까지 첫사랑의 생채기로서 가슴속 깊이 흐르는 눈물은 마르지 않고 있었다. 고국으로 돌아올 때 국경돌파의 고생은 그를 더욱 피곤하게 만들었다. 그의 작품 「꺼래이」 속에 한국 사람들이 어떠한 위치로서 혁명 직후의 '러시아'에 존재하여 있었던가를 짐작할 수가 있다. 이 「꺼래이」의 작품은 '우라지오스톡' 근방에서 일어난 한국 사람들의 얘기들이다. '꺼래이'라는 뜻은 일인日ㅅ들이 우리들을 보고 '죠센진'이라 하듯 로인露ㅅ들이 한국 사람을 낮잡아서 부르는 대명사로 되어 있었다.

고향에 돌아온 그를 괴롭힌 것은 일경들로 말미암아 더욱 심했던 것이다. 당시 국경돌파와 일경들로부터 시달림을 받은 것은 필설로 난기難記하다. 참다 못한 그는 지하*로 들어가고야 만 것이었다.

영천 어머니 품에 숨어 있었을 그지음, 전날의 사랑하던 사람과 가끔 밀회할 기회를 가지게 되었다. 사랑의 미련이라 할가? 하나의 아름다움의 추억이라할가? 이런 것에 사로잡히게 되는 것도 한 개 인간의 약한 심정을 여실히 나타내게 하는 것이다. 사랑하던 그 사람으로부터의 권고와 조력으로서 마침내 그는 「나의 어머니」라

---

* 돌아와 바로 영천지역운동을 했다. 《중외일보》 기사에 의하면 10월에 오빠 백기호가 사임한 영천청년동맹 교양부 위원으로 선임되었다.

는 장편소설*을 쓰게 되어 당시 1929년 그가 21세** 시《동아일보》***
신춘문예에 당선되었던 것이었다. 그때의 작자명은 박계화로 되어
있었지마는 그것은 임의로 부쳐둔 작자명이고 기실은 박계화朴桂
花──그의 조카의 본명에 '백'을 '박'이라고 바꾸어 부쳤던 것이다.

　세상에 허구 많은 어머니의 사랑이 있겠지마는 그의 어머니로부
터 받은 사랑──또 그가 어머니에게 받친 사랑이야말로 다른 어느
사람에게도 비길 수 없었다. 그런 것으로 하여금 장편소설「나의 어
머니」를 쓰게 만들었고, 또 그 속에 어머니의 사랑이 담뿍 담겨 있
는 것을 엿볼 수 있다. 그가 얼마나 어머니를 사랑했고 어머니를 위
함이었던가! 결국 어머니를 위하여 결혼을 해줬다는 것만 하드라
도 그의 성격으로서 얼마만큼 단념의 고뇌가 심했었을 것인가를 짐
작할 수 있다.

　「나의 어머니」가 당선되어 호평을 받게 되자 그는 문학에의 길로
전력을 기우려 공부하기 시작했던 것이다. 그때 그는 이미 인생의
고난을 음미할 수 있었고, 또 사랑의 애상을 폐부에 사겨둔 성숙한
때랄가, 모든 것을 다 알게끔 된 22세****의 가을 어느 날이었다. 여자
나이 스물두 살이라면 늙은 처녀로서 어디 시집보낼 곳마저 어려
웠던 그 당시의 일이었기에, "처녀 나이 스물두 살이 되도록 결혼을

---

*　단편소설.
**　22세.
***《조선일보》.
****　23세.

하지 않고 있다니 집안이 창피할 노릇이다"는 가족들의 원성과 함께, 부산에 있는 모씨에 결혼하라는 권고에 못 견디어, 드디어 일본으로 달아나버렸다. 그의 사랑하는 어머니에게만 통정하는 것을 잊지 않았던 그였었다. 더욱 문학의 길로 지향한 결심에 변화가 있을 리 없었다.

　도쿄로 건너가자, 문화학원에 들랴했다. 그러나 권하는 사람이 있어 일대日大예술과에 적을 두고 문학과 연극을 함께 했다. 당시 도쿄에서의 일인日人 문우로서 이시카와 다쓰조石川達三 씨와 가장 친교가 두터웠다. 이시카와石川 씨는 그 당시, 주간지《국민시론》의 견습기자에 지내지 않았던 것이었다. 그리고 일인日人 어느 작가*는(작품명 및 작자명 미상) 그를 모델로 하여 소설의 히로인으로 등장시킨 일이 있었다. 도쿄에서 얼마 떨어지지 않는 곳에 천엽千葉(지바)이란 곳이 있다. 그 천엽해안千葉海岸에 '히바리가오카'**——운작구雲雀丘(종달새언덕)——라는 두던***이 있다. 마침내 그의 임종의 곳이 되어버린 서울대학병원 병상에서 눈물의 회상 속에 잠기게 되었던 것도 이 두던에서 지냈던 옛 추억들이었던 것이다.

---

* 　이시카와 다쓰조(石川達三). 백신애를 모델로「사격하는 여자」와「봉청화」를 발표했다.
** 　일본 도쿄에서 연극 관계 일을 하면서「여행은 길동무」를 연극무대에 올렸던 모치다 무쓰(持田睦)에 의하면, '천엽(千葉, 지바)'은 해안이 아닌 도쿄에서 가까운 카나가와현(神奈川県)의 치가사키시(茅ヶ崎市)에 존재했던 지명이나 지금은 없어졌다고 하며 그곳에는 예전에 영화활영소가 있었다고 한다.
*** '언덕'의 사투리.

그것은 '쩨호브'의 작품 「개」*의 공연을 앞두고, 이의 주연여우의 배역을 담당하여 월여月餘에 걸쳐 연습에 연습을 거듭하던 곳이었다. 공연은 축지築地소극장에서 개막할 예정으로 시발始發하였는데 뜻밖에 여러 가지의 장해에 가로놓여 축지소극장을 단념하지 않으면 안 되게 되었다. 하는 수 없이 이의 첫 막을 올리게 된 곳이 '지바'——芝——에 있는 '고도히라'——금평琴平—— 삘딩 강당이었다. 그렇게 고생에 고생을 거듭한 데 비하면 그의 성가는 만족할 만한 것이 못 되었다.

극운동, 더우기 적색에 물 들린 연극이 성공할 만한 시대가 못 되었던 것도 한 원인이었겠지마는, 이것을 계기로서 그는 연극을 단념하고 일로一路 문학에의 방향으로 지표指標하여 이 방면의 지도자를 구하는 한편, 시장함을 메꾸기 위하여선 또 일자리를 구하여야만 했다. 더우기 학비조달도 해야만 되는 그의 신세였다. 이역의 땅 넓고 넓은 도쿄에서 꽃처럼 아름다움에 피어 있는 싱싱한 젊은 여성에 그가 욕구하여 마지않는, 그의 심정을 알아줄 이도 없겠지만 그보다 앞서는 것은 악의 유혹이 뻗어올 뿐이었다.

그지음 고향소식은 영천서 반야월로 이주하여 과수원을 경영**하

---

* 당시 일본에서는 체호프의 희곡 「결혼 신청」을 「개」라는 제목으로 번역되어 알려졌다고 모처다 무쓰는 전하고 있다.

** 김윤식이 연보를 작성한 이래 백신애가 일본으로 간 시점은 3월에 어머니와 경산으로 이주한 이후인 1930년 5월로 알려져 왔다. 그러나 일본으로 건너가 영화 〈모던 마담〉에 출연한 사실이 《키네마 순보》(1930. 4) 363호에서 확인이 되면서 경산 이주 전 영천에 있을 때 일본으로 간 것으로 기술한 이윤수 주장은 설득력이 있어 보인다.

고 있다는 것이었다. 그의 늙은 어머니, 그처럼 사랑하는 그 어머니로부터 일순一旬의 간격을 두고 어느 때고 고향으로 돌아오라는 서신이 계속하여 왔다. 앞서 말한바와 같거니와 그의 모녀의 정분은 유독 유별한 것이었다. 그 딸에 그 어머니, 아버지와의 별거로 말미암아 고규를 지켜오는 어머니의 눈물의 흔적을 장문의 편지의 글자 위에서 발견한 그는, 도쿄에서의 고난으로 말미암아 더욱 어머니에 대한 그리운 정이 불꽃처럼 타올랐던 것이다. 숨 쉴 여가 없이 불이야불이야 귀국하여 또 다시 어머니 품에 안겼던 것이었다. 그때 나이가 26세*** 봄인가 한다. 그리고 얼마 있지 않아서 밀양 모 은행지점 지배인 R씨와 그처럼 싫어하던 결혼을 했다.

이 결혼에 앞선 얘기로서 사촌동생의 결혼식 바로 전날 밤에 일어난 에피소오드가 있다. 동생의 결혼식을 진심으로 기뻐했으며 이 결혼식에 참석할 것을 마음먹고 오래도록 입어본 적이 없었던 한복을 입어봤다. 그처럼 오래도록 입은 적 없는 한복을 입은 그는, 마치 사내아이가 여복을 입은 것 같은, 몸에 꼭 맞아지질 않는다고 본인은 물론이거니와 집안사람들의 웃음보를 터뜨려 놓기까지 했다. 이래서 내일 결혼식에 참석할 준비가 다 되어 있었는데, 이 사실을 그의 부친이 알고 사랑방에 불러 내렸다. 아무런 연유도 모르고 사랑방엘 갔더니, 뜻밖에 "내일 동생 결혼식장에 너도 참석한다니 그것이 정말이냐! 그것 참 너는 부끄러운 줄도 모르고 창피스러운 것도

*** 24세.

모르는 건가! 생각해 봐라, 동생이 먼첨 시집가는 데가 어디 있느냐. 네 구경시키려 가는 건가! 절대로 안 돼, 못 간다. 너는 내일 종일토록 집을 봐야 한다. 머슴 내외까지 모두 다 데리고 갈 테니 그리 알고 너는 집이나 지켜라" 하시는 아버지의 분부였다. 기쁨의 기대는 아낌없이 허물어져 버리고야 말았다. 이 머슴 내외란 것은 결혼한 지 얼마 되지 않는 과수원내에 마련해준 집에서 기거하고 있는 신혼부부인데, 신랑의 나이 28세, 신부의 나이 겨우 열네 살, 열네 살짜리 신부가 비녀를 찌르고 부엌에서 밥을 짓는 것을 보니 웃으웁기도 하고 한심하기도하고, 또 귀여웁기도 한 것이었다. 그의 작품, 「꼬마각시」*는 이 머슴 부부를 모델로 한 것이다. 마침내 그의 아버지는 참말로 이 머슴 부부까지 데려가고야 말았다. 자기가 그 나이까지 시집을 가지 않고 있었음의 죄과로서 동생의 결혼식 당일은 그 넓은 과수원을 혼자 찾이하여 지켜다는 일까지 있었다.

결혼을 하지 않고 있었으메 여러 가지 모로 봐서 부모에게 미안한 심정도 있었겠지마는 그래도 어머니를 위하는 마음이 더욱더 간절했던 것이었다. 하 그리 권하기에 어머니의 소원을 풀어줄 수야 있지 않겠는가. 그렇다고 해서 아무에게나 시집을 갈 수야 있겠는가! 내가 스스로 나의 반려자를 구해야 할 것 아닌가! 이렇게 해서 그가 택한 사람이 바로 R씨**였다. 그의 결혼식은 대구 공회당 대大

---

* 「복선이」의 오류(『방랑자 백신애 추적보고서』 147쪽 참고).
** 아버지가 주선했다.

홀에서 성대히 거행되었다. 그날 밤 피로연석상에서 여흥으로 신부에게 노래를 청했으나 응하지 않음으로 그 대신, 자작시 한 귀절을 읊으라는 간청이 있었다. 사양했으나 하는 수 없어 한 귀절을 읊었다. 내빈들은 다시 그 시의 뜻, 말하자면 감상을 신랑 되는 사람에게 청했다. 아마 그렇게 하는 것이 가장 적당한 것으로만 생각했던 모양이었다. 그래서 R씨는 이의 해석을 했다. 여러 사람들은 R씨의 해석이 정확한 것인가를 신부에게 문의했다. 그 물음에 하는 수 없어 "그 진의는 다소 다르다"고 했다. 그러자 좌중에서는 웃음이 터져 나왔다. 좌중의 인사들이 서로 다투어 해석을 했으나 결국 정해正解한 사람은 그의 올케 되는 사람이었다.

그날 밤, 신혼 초야의 일인데, 두 사람은 밤을 새워가면서 언쟁을 계속하고 있었다. 주위의 사람들은 귀를 기우린다, 문구멍을 뚫고 드려다본다, 이러하궁저러하궁 초조 속에서 날은 밝아만 갔다. 그의 내용인즉 "무슨 이유로서 남편 되는 사람에게 여자로서 그런 욕을 보이는 건가, 여자는 여자답게 똑똑한 양을 하지 말 것이지 어째서 그렇게 잘난 채만 하는 것인가!" 여기서 그는 사유의 정正, 부정不正의 곡직曲直을 바로잡으려 애썼으나 그의 반려자는 끝내 실망을 주고 말았다. 죄는 시 한 귀절 읊은 것밖에……. 그의 마음에는 커다란 틈이 날이 갈수록 폭을 넓혀갔다. 이리하여 얼마지 않아 두 사람은 별거*해서 지내지 않으면 안 될 형편에까지 이르렀다. 어언

---

* 결혼생활은 1933년 3월에서 1938년 4월까지였다.

3년*, 하여 그 자신이 몸 달아 쫓아다니며 이혼수속을 끝낸 것이었다. R씨의 고향은 경남 기장인바, 그는 스스로 두 번이나 왕복한 것이었다. 그렇게 자기 스스로가 법적수속을 완료시킨 뒤에 그의 어머니에게 이런 말을 했다. "이제는 어머니 소원대로 결혼도 해드렸고, 또 내 소원대로 이혼도 했다"고. 그때의 어머니의 마음이며, 본인의 마음인들 어이 좋았을 리가 있었으랴마는, 그래도 그는 스스로의 길을 스스로가 옳바르다고 생각한 그곳으로 발길을 옮겨놓았을 따름이었다. 오직 그것은 그의 굽힐 수 없는 신념에서 단행된 것이리라. 또 그리고 그는 치과의사의 부인인, 그의 친우 K여사에게 이렇게 말을 했다.

"나를 위하여 축배를 올려줄 사람이 꼭 두 사람 있을 것이다. 한 사람은 K여사 당신이고 또 한 사람은……." 이렇게 말끝을 흐리면서 의미 있게 빙그레 웃는 것이었다. 물론 그것은 어느 한 남성을(첫사랑의 대상자) 말함엔 틀림이 없었다.

당시의 나이 28세, 그 후 수개월 동안 다시 교편**을 잡았으되 억눌을 수 없는 방랑성에서인지 걷잡을 수 없는 자기연소의 정열에서인지 상해***로 향해서 떠나고야 말았다. 여행 중 일어로 된 기행문을 대구에 있는 모 일문신문****에 게재한 바도 있었다. 무사히 상해로

---

* 1938년 11월경에 이혼수속을 밟았다.
** 다시 교사가 되지는 않았다.
*** 칭다오로 가서 20여 일 머물다가 상하이로 갔다.
**** 《대구일일신문》으로 추정되나 현재 그 신문은 존재를 알 수 없다.

건너가게 된 그는 망명객들과 합력合力하여 민족운동에 이바지*하
게 되었다. 그의 청정한 미모와 이지적인 기품과 아울러 지극히 명
랑한 성격을 가진 그는 사교적이면서 또한 정치적인 수완이 능난
했다. 그러므로 망명객들뿐만이 아니라 그곳에 있었던 한인들 간에
여왕의 인기로서 얻들고 받들려 있었다. 방랑생황 2년**, 다시 고국
으로 돌아와서 휴양, 새로히 문학에의 길로 나가야만 되겠다는 의
욕에서 문학정신의 실머리에 다시 점화되었다. 그리하여 그는 서울
로 행차했다. 개벽사에 여기자***로 입사하여 많은 활약을 하는 한편
여러 문우들과 친교를 두텁게 맺아 나갔고, 때로는 술도 마셨다. '카
페'에도 문우들과 더불어 드나들기도 했다. 때로는 노래도 불렀고
고전무용도 명수였던**** 것이다. 그러한 점들은 여자로서 방종하다고
할 수도 있었으나 그의 성격과 과거 첫사랑의 상흔과 항일전선의
거친 풍상에서 무한신고無限辛苦한 경로를 아는 사람들은 충분히 이
해하고 그의 대한 존경심을 버리지 않았던 것이다. 이리하여 그의
문학에의 생활이 계속되어 모든 것이 순조롭게 조화되어가고 모든
것이 어느 한 안정된 환경 속에 놓여 졌을 무렵, "요지음 앞가슴이

---

* 이 부분은 백신애를 지나치게 미화시켰다. 소설가 강노향 증언이 있다(『한국현대문학사 탐방』
참조).
** 35일 정도였다.
*** 개벽사 기자생활은 하지 않았다. 김연숙도 『그녀들의 이야기, 신여성』(역락, 2011)에서 백신애
가 "기자 활동"을 한 것으로 기술했지만 근거를 밝히지는 않았다.
**** 이 부분은 백철의 백신애 추모 글 「요절기夭折記」(《여성》, 1939. 8)를 읽은 데에서 기인한 것으로
보인다(『원본 백신애 전집』 598쪽 참조).

좀 시원찮아!" 하는 것을 말버릇처럼 가끔 하는 것이었다. 그런 말이 점차 시간을 단축하여 거듭됨에 따라 그의 몸에 변화가 생겼다. 바로 그것이 그의 생명을 빼앗아간 췌장암의 시초이었다.

서울대학병원에 입원 약 1개월, 주로 어머니와 그의 오빠 기호 씨가 간호하였고, 때때로 그의 심중의 사람 두 사람이 드나들었다. 한 사람은 허 모 씨——최 모 씨라는 말도 있었으나 이것은 와전인 것 같음——한 사람은 이 모 씨, 이혼한 L씨를 합하면 임종 시까지 그의 심중에 남아 있었을 사람은 아마 세 사람 정도가 아닌가 한다 (현존하고 있기 때문 모두 이름을 밝히지 않는다). 기타 여러 사람들의 애 끓는 간호에도 불구하고 한 많은 일생의 종지부는 바야흐로 찍혀질 날이 닥아오고야 말았던 것이다. 그것은 그의 인생에 있어서의 가장 만개된 때라 할 수 있는 31세를 일기로 한 6월 25일* 그처럼 사랑하고 그리워하고 잊지 못하던 어머니를 위시한 여러 사람들의 견디지 못한 울음 속에서 이 세상을 하직하고 말았다.

아직 그의 노모가 대구시 대봉동 점點에 혼자 살아계시며 청각을 잃어버린 그 노모는 어지러운 이 세상의 듣기 싫은 모든 소리를 차라리 나는 이렇게 들을 수 없으메 모르노라는 듯, 아무 표정 없이 그날그날을 사라가시는 모습이 눈에 떠오른다.

『씨 뿌린 사람들』(백기만 엮음, 사조사, 1959)

---

* 6월 23일.

일기 중에서

1월 3일

높은 산 구름은 몇천 길 아래로 내려다보이는 높은 산 우에 몇백 간식이나 되는 광대한 와가瓦家가 질펀하게 있는 데를 걸어 다녔다. 정각亭閣도 아니요 사원寺院도 아니라 한다. 나는 이윽히 걸어 다녔는대 내념內念에 아마도 별유천지비인간別有天地非人間이리라고 생각하였다. 한 곳에 다다르니 우의노인羽衣老人이 있어 나아가 절했드니

"네가 격물치지格物致知를 아느냐."

하고 아주 꾸짓듯 타일느듯 나에게 작고 말하였다. 나는

"잘 아옵니다."

라고 자신 있게 대답하였었다. 이것은 금년 첫꿈이다.

오늘 종일 '격물치지'란 말이 어데 있는가를 찾아봤으나 어릴 때 배운 『대학大學』에 있는 줄만 알았다.

우연히 그런 꿈을 꾸게 된 것이 이상하다. 아마 나의 게을음을 경계함이 아닌가 한다.

《문예가文藝街》(1936. 12)

신진작가 소개

《조선일보》학예란學藝欄에 '1등' 당선된 「나의 어머니」의 작자 백
신애(가명假名 박계화朴季華) 씨의 약력

— 1908년 5월 경북 영천에서 출생

— 그 후 다년간 한문 수학

— 1924년… (3종 훈도三種訓導 면허장免許狀을 어든 후)… 略 一牟* 동
안 여교원女教員 생활

— 경성여성동우회京城女性同友會 회원

— 현재 도쿄유학東京留學

(감상문感想文은 전부全部 삭제削除)

《조선문예朝鮮文藝》(1929. 5)

---

* 1년 반이란 뜻이거나, 혹은 1년 반의 오기로 보임 — 편집자 주.

해설

백신애와 일본 문인들의 교유
― 또 하나의 한일 문화교류의 궤적*

이승신

2016년 4월 24일 일본에서 한국의 여성 작가 백신애를 모델로 한 연극이 상연되었다. 제목은 「조!선!인!」으로 이시카와 다쓰조의 소설 「봉청화」와 백신애의 일본어 수필 「여행은 길동무」를 원작으로 한 2부 구성의 연극이었다. 단 한 차례 공연된 이번 연극은 이시카와 다쓰조의 소설 「봉청화」를 '조선에서 영화배우가 되기 위해 도일하여 좌절한 조선인 여성의 다큐멘타리'로 해석한 작품으로, 종래 한국의 선행연구에서 공백으로 남아 있던 도일 이후의 백신애의 행적에 대해 시사점을 던져준다는 점에서 매우 흥미롭다. 본서

---

* 본서에는 2016년 간행한 『어느 식민지 여성의 초상 ― 작가 백신애 모델소설 선집』에 수록한 내용을 수정, 가필하여 재수록하였으며, 해설 부분 역시 역자 후기 「어느 식민지 여성의 초상」 부분과 중복되는 내용이 있음을 밝힌다.

에서 백신애를 모델로 한 소설들을 대상으로 한다는 것은 그러한 백신애의 흔적을 쫓는 작업이고, 이시카와 다쓰조를 비롯한 백신애와 일본 문인들과의 교유의 흔적을 더듬는 작업은 식민지 시기의 한일 문화교류의 한 단면을 보여주는 또 다른 의미를 갖는다고 보여진다.

1. 이시카와 다쓰조

이시카와 다쓰조는 1935년 제1회 아쿠타가와 문학상을 수상하였으며, 사회비판적인 소설을 창작한 사회파 작가로서 전후에는 대중적인 소설을 다수 창작하였다. 이시카와 다쓰조는 수필집 『부끄러운 이야기 그 외』에 수록된 「한반도와 나」라는 글에서 백신애와의 관계에 대해 다음과 같이 기술하고 있다.

> 불확실한 이야기이지만, 아마도 1930~1931년경에 호남 방면의 어딘가에 히바리가오카라는 영화촬영소가 있었고, 곧 폐쇄된 듯하다. 오카다 사부로라든지 아키타 우자쿠 몇 명 문사들과 관계가 있지 않나 싶다. 그것이 폐쇄되었을 때, 소속 배우들 모두 실업자가 된 것 같다.
> 배우 모집 선전에 이끌려 조선에서 온 젊은 여배우가 있었다. 조성희照星姬라는 예명은 오카다 사부로가 붙여주었다고 나

는 들었다. 실업자가 된 이후 그녀는 긴자 뒤편의 술집에서 일하고 있었다. 일본어는 능숙했지만, 조선인 사투리가 있었다. 그것이 오히려 혀 짧은 듯한 일종의 매력이 되었다.

이시카와 다쓰조는 백신애가 배우를 꿈꾸며 일본에 건너간 뒤에 영화배우로 활약하다가 영화촬영소 폐쇄 이후 실직 상태로 술집에서 근무하던 시절에 만나게 되었다고 언급하며, 반년 정도 백신애와의 교유가 이어졌고, 백신애의 귀국 이후 소식을 듣지 못하고 있다가 조선을 방문했던 아키타 우자쿠 씨로부터 그녀의 부음을 전해 들었다고 기술하고 있다. 1938년에 발표한 소설 「봉청화」의 주인공 '나'와 '봉청화'가 각각 이시카와 다쓰조와 백신애를 모델로 한 것이며, 이시카와 수필에서 언급하고 있는 내용과 소설의 내용이 상당 부분 일치한다는 점에서 두 사람의 실제 교유의 산물로서 작품이 쓰여졌을 것으로 추정된다. 이는 기존의 선행연구에서 이윤수 씨가 백신애의 일본에서의 행적과 이시카와 다쓰조와의 관계에 대해 기술한 부분과도 부합된다.

도쿄로 건너가자, 문화학원에 들라했다.(원문 그대로— 역자 주) 그러나 권하는 사람이 있어 일대日大 예술과에 적을 두고 문학과 연극을 함께 했다. 당시 도쿄에서의 일인日人 문우로서 이시카와 다쓰조 씨와 가장 친교가 두터웠다. 이시카와 씨는 그 당시 주간지 《국민시론》의 견습기자에 지나지 않았던 것이었다. 그리고 일인 어느 작가는(작품명 및 작자명 미상) 그를 모델로 하여 소설의 히로인으로 등장시킨 일이 있었다. 도쿄에서 얼마 떨어지지 않는 곳에 천엽千葉(지바)이란 곳이 있다. 그 천엽해안 千葉海岸에 '히바리가오카'—종달새언덕—라는 두던이 있다. 마침내 그의 임종의 곳이 되어버린 서울대학병원 병상에서 눈물의 회상 속에 잠기게 되었던 것도 이 두던에서 지냈던 옛 추억이었던 것이다.

백신애가 일본에 간 것은 1929년 초였고 이후 체호프 작품「개」를 무대에 올린 연극에서 주인공으로 열연하였으나 호응이 좋지 않아 연극을 그만두었다고 알려졌으나, 그동안 이와 같은 일본에서의 백신애의 행적을 입증할 자료가 없었다. 이시카와 다쓰조의 증언은 이와 같은 백신애의 행적을 유추할 수 있는 결정적인 자료라할 수 있다. 모치다 무쓰 씨의 조사에 의하면 1930년에 발행된 일본의 영화잡지《키네마 순보》363호(4월 21일)에 '일본 키네마 제작 주식회사'의 여배우의 한 명으로 '조성희'라는 이름을 확인할 수 있고, 이어서 365호(5월 11일)에서는 그녀가 일본 키네마 제2회 작품 〈모던 마담〉에 출연한 스틸사진을 확인해볼 수 있다. 1931년에 집안의 경제적 지원의 중단으로 봄에 일시 귀국했다가 부모의 결혼 강요로 재차 도일한 것으로 알려져 있으므로, 1929년에서 1931년에 걸쳐 이시카와 다쓰조와 백신애는 친교를 맺었던 것으로 짐작되며, 재차 도일한 이후 식모, 세탁부와 같은 일을 하면서 일본 생활을 했다고 알려져 있다. 이시카와와 만난 술집에서도 영화사 실직 이후에 여급으로 일했을 것으로 유추된다. '일본 키네마'는 오카다 사부로가 세운 영화회사로, 이 회사가 영화 〈모던 마담〉을 끝으로 도산한 이후에 백신애는 영화배우로서 일을 할 수 없게 되자 여러 일자리를 전전했을 것으로 여겨진다. 이시카와 다쓰조의 「사격하는 여자」(1931)는 장혁주에 의해 실제 백신애를 모델로 쓰여진 소설이라고 언급되고 있는데, 이 작품은 실제 두 사람이 친교를 맺던 시기에 발표된 것으로 추정된다. 「사격하는 여자」가 백신애를 모델로 한 사실을 증명할 만한 부분이 명확히 드러나지 않는 것과는 대조적으로, 백신애를 모델로 한 또 다른 소설인 「봉청화」는 제목에서도 드러나듯이 주인공 '봉청화'가 '조선인 여성'이라는 작품 내 설정이 소설 내용의 전개에 있어서도 깊숙이 관련되고 있다. 「봉청화」 역시 영화사 실직 이후의 백신애를 모델로 하여 쓰여진 것으로 생각되지만, 「봉청화」가 발표된 1938년 즈음하여 일본의 출판계에서 '조선 붐'이라고 불릴 만한 현상이 있어났다는 점은 주목할 만하다.* 이시카와 다쓰조가 「사격하는 여자」 이후 7년의 시간차를 두고 백신애를 소환하게 된 것은 이러한 일본 문단 내의 흐름과 무관하지 않다

* 일본에서는 일본어 연극 〈춘향전〉이 계기가 되어 조선 관련 출판물이 대거 간행되는 현상이 일어난다. 마해송이 편집인을 맡고 있던 일본의 대중잡지 《모던 일본》이 1939, 1940년 두 차례 「임시증간호 조선판」을 발간하고, 1940년 김사량의 일본어 소설 「빛 속으로」가 아쿠타가와 문학상 후보에 올랐으며, 조선문학에 관한 앤솔로지와 김소운의 조선시집 발간 등 제국 일본에서 '조선 붐'이 있었다. 서동주, 「1938년 일본어연극 〈춘향전〉의 조선 '귀환'과 제국 일본의 조선 붐」(『동아시아 고대학』 30, 2013).

고 볼 수 있다. 즉 「봉청화」는 주인공 '나'와 조선인 여성 '봉청화'의 만남에서 관계의 파탄에 이르는 일련의 과정을 그려낸 소설로 '내선일체'라는 국책풍조에 의해 '내선 연애(결혼)'이 대중적 문학의 주제로 대두되는 당시의 흐름에 조응하는 작품으로 파악해 볼 수 있기 때문이다. 이시카와 다쓰조는 백신애가 조선에 돌아간 이후 두 사람이 교류를 지속한 흔적은 발견되지 않는다. 또한 아쉽게도 백신애 자신은 일본 체류의 경험에 관한 언급은 거의 남기고 있지 않으며, 이시카와 다쓰조와의 관계나 그의 소설에 관해서도 침묵으로 일관하였다. 하지만 이시카와 다쓰조가 백신애를 모델로 한 두 편의 소설과 백신애를 언급한 그의 수필은 그동안 베일에 쌓여왔던 백신애의 도일 행적에 관한 중요한 단서를 제공해주는 귀중한 자료라는 점에서 백신애 연구에 있어서 이시카와 다쓰조라는 일본인 작가의 존재는 매우 중요한 위치를 점하고 있다고 보인다.

2. 니키 히토리

니키 히토리는 신협新協 극단의 기획부원으로 백신애의 소설 「혼명에서」(《조광》, 1939. 5)에 등장하는 'S'라는 인물의 모델이자, 백신애가 죽기 전에 남긴 유고와도 같은 수필 「여행은 길동무」(《국민신보》, 1939. 7. 2)에 등장하는 인물이다. 신협은 일본 프롤레타리아 연극동맹이 해체된 이후 1934년 결성된 극단으로 좌익극장의 후신인

중앙극장의 대부분, 신쓰키지 극단의 일부, 미술좌의 전원이 참가하여 탄생되었다. 프롤레타리아 예술운동을 이끌던 무라야마 도모요시가 장혁주와 함께 제작한 일본어 연극 〈춘향전〉이 극단 신협에 의해 공연되었고, 1938년 조선 공연을 위해 내한하였을 때 니키 히토리, 무라야마 도모요시, 아키타 우자쿠 등과 함께 순회 공연에 동행하는 등 신협에서 중심적인 역할을 수행했던 것으로 보인다. 특히 니키 히토리의 사망 후 아키타 우자쿠가 책임 편집인으로 있던 연극 잡지《테아토르》는 니키 히토리의 사망 특집호가 기획되어 니키의 죽음을 애도하는 글을 게재하였는데, 이러한 특집호를 통해서도 당시의 연극계에서 니키 히토리의 위상을 짐작해볼 수 있다. 또한 아키타 우자쿠의 「조선 여류작가와 니키 히토리」라는 글에서는 니키 히토리의 사망을 애도하는 백신애의 편지가 소개되고 있다. 백신애 연구의 측면에서 보면 니키 히토리는 백신애 말년의 두 작품에서 비중있게 등장하고 있지만, 그 동안 베일에 쌓여 있었던 인물이라 할 수 있다.

백신애가 남긴 니키 히토리에 관한 두 편의 작품은 니키 히토리의 사망 소식을 접하고 백신애가 얼마나 그의 죽음을 슬퍼했는지 감정적으로 토로하는 편지 형식을 취하고 있으며, 니키 히토리와의 만남에서 헤어짐까지 두 사람의 교유의 여정을 자세히 그려내고 있다. 특히 백신애가 사망하고 병원에서 발견된 수필 「여행은 길동무」은 백철이 일본어로 번역하여 발표한 작품으로, '니키 히토리 씨! 나는 당신 뒤를 따라 지옥으로 가는 여행에 동반자가 되겠습니다'라는 부제를 달고 있는데 백신애 생전에 그녀가 예감한 대로 니키 히토리 사망 후 불과 5개월 뒤에 '죽음'이란 여행의 동반자가 되었다는 점에서 니키 히토리와 백신애 두 사람의 인연이 매우 특별하다고 볼 수 있을 것 같다. 두 작품에서는 세 번에 걸친 두 사람의 만남을 통해 백신애가 니키 히토리로부터 얼마나 큰 격려와 용기와 북돋움을 받았는지, 그리고 니키의 죽음을 통해 백신애에게 있어 그의 존재가 어떠한 의미였는지 격정적인 어조로 기술되고 있다.

좌우간 나는 당신의 절대적인 '힘'을! 아니 그 힘에 의지하고 싶은 마음이여요. 한 개의 여인으로서 한 개의 남성인 당신에게 의지하고 싶다는 이 생각을 사랑이라고 합니까? 연애라고 하시는지요! 그러나 S! 나는 누구에게도 당신을! 또는 당신이 나를! 연애한다!고 생각키우기가 분한 듯합니다. 모욕을 당하는 것 같습니다. 이성간의 애욕을 초월하였다고 말하기도 속되는 것 같습니다. 내 입으로 말한다면 나는 당신에게 '연애 이상'이라고 하겠습니다. 그것을 무엇이라고 일흠짓는지 나는 알지 못하며 알려고 애쓰기도 싫습니다. 다맛 '연애 이상'이라고밖에 아무런 표현을 할 수 없습니다. 왜냐하면 연애는 미美입니다. 신비로운 미입니다. 그러나 나는 당신에게 그 신비스런 미의 감정을 지나 '힘'이란 느낌을 가졌는 까닭입니다. 힘은 모—든 것을 정복하는 '절대'의 미를 가졌어요.(「혼명에서」)

백신애와 니키 히토리 두 사람 간의 감정이 실제로 '이성간의 애욕을 초월한' '연애 이상'이었는지 아니면 장혁주 소설에서 묘사되듯이 일반적인 남녀 사이였는지 확인할 수는 없지만, 당시 백신애가 이혼이라는 가정사를 통해 고통받던 시기에 니키 히토리가 영혼의 동반자로서 백신애에게 감화와 안식의 대상이었다는 점은 사실로 볼 수 있을 것 같다.

3. 아키타 우자쿠

아키타 우자쿠는 와세다문학 신진소설가로서 주목받은 작가로 수많은 시, 소설, 희곡, 동화, 수필, 평론 등 다양한 장르의 작품을 발표하였고, 1934년 신협극단 결성에 참가하여 사무장을 역임하고, 잡지《테아토르》창간에 간여하는 등 신극운동에 노력하였다. 아키타 우자쿠는 백신애와의 만남에 대해 그의 일기와 자전에 기록하고 있는데『아키타 우자쿠 일기』에 의하면 아키타와 백신애는 아키타 우자쿠가〈춘향전〉의 조선 순회공연으로 내한하였을 때 처음 만났던 것으로 보인다. "'백'이라는 여류작가에게서는 실로 정숙한 느낌을 받았다. 조선 중류계급(인텔리)의 대표자다운 느낌을 받았다"(1938년 11월 8일)고 백신애에 대한 인상을 기술하고 있다. 하지만 첫 만남에서 불과 반년도 채 되지 않은 사이에 백신애는 아키타 우자쿠를 '아버지'라 칭하며 따르고 있다고 보인다.

아버지! (한국어 발음표기 그대로 — 역자 주)

아버지는 어떤 일이 있어도, 언제나 건강하고 언제까지나, 언제까지나……라고 믿고 싶습니다. (중략) 아버지! 어떻게 니키 씨가 죽었다고 믿을 수 있을까요? 병약한 저를 그렇게 비웃고, 강한 신념이 없는 사람이라고, 강하게 말해주던 그 니키 씨가…… 그렇게 오랜 지인은 아니지만, 타인의 죽음을 이렇게 슬퍼한 적도 탄식한 적도 없었습니다. 저는 자는 것도, 먹는 것도 잊고 울고 있습니다. 아버지가 계신 곳에 날아가서 아버지에게 위로받으면서 울고 싶은 기분뿐입니다. (중략) 어떤 일이 있어도 제 아버지는 언제까지나 환하게 웃고 계신다고 저는 굳게 믿고 있습니다. 그리고 저를 지켜주신다고 확신하고 있습니다. 그리고 비로소 지금의 슬픔을 위로받을 수 있습니다.

「조선 여류작가와 니키 히토리」(《테아토르》 1939. 3)

백신애가 니키 히토리와 오랜 교유 관계를 유지한 것은 아니지만, 니키 히토리의 죽음을 접하고 죽음이라는 여행의 동반자가 될 것을 결심하였듯이, 아키타 우자쿠 역시 불과 3개월 만에 아버지와 같이 믿고 따르는 친밀한 관계로 변화되었음을 시사하는 글이다. 아키타 우자쿠는 그의 일기나 자전 속에서 백신애에 대한 인상기뿐만 아니라 그가 조선에서 보고 들은 많은 것을 일기에 기록하고 있는데, 특히 백신애와 만나게 된 조선 방문은 그가 참여한 〈춘향전〉의 조선 순회공연이 계기가 된 것이었다. 1938년 장혁주가 발표한 희곡 「춘향전」이 연출자 무라야마 도모요시의 제안으로 무대에 옮겨지고, 이렇듯 일본으로 건너갔던 연극 〈춘향전〉은 다시 조선으로 돌아와 1938년 10월 25일부터 11월 8일까지 조선의 주요 도시를 돌며 상연되었다. 아키타 우자쿠 일기에는 조선 순회공연의 면면이 매우 자세하게 묘사되어 있어서, 본서에서는 백신애 관련 부분 이외에 조선 순회공연 관련 내용을 전부 번역, 소개하였다. 아키타 우자쿠는 〈춘향전〉의 조선 순회공연에는 연출자 무라야마 도모요시를 비롯해서 희곡을 쓴 장혁주, 신협의 니키 히토리 등 백신애와 인연이 있는 면면이 동행하였다. 일본어 연극 〈춘향전〉이 식민제국과 식민지의 경계를 가로지르는 '문화횡단적 실천'*이라는 평가를 받고 있다면, 〈춘향전〉의 조선 공연에 참가한 이들은 백신애라는 조선 여성 작가를 매개로 연결고리를 갖는 한국과 일본의 예술가들의 횡적인 인맥으로 파악해 볼 수 있다. 단적인 예로 춘향전의 조선 공연에 동행했던 장혁주, 유진오, 무라야마 도모요시, 아키타 우자쿠와의 공편으로 『조선문학선집』(1940)이 편찬된 사례 등을 들 수 있다.

백신애와 그녀의 주변에 있었던 일본의 문인들의 관계는 '예술', '문학'이라는 공통항을 매개로 횡적인 네트워크로 식민제국/식민

---

* 문경연, 「일제 말기 극단 신협의 〈춘향전〉 공연양상과 문화횡단의 정치성 연구」(『한국연극학』 40, 2010, p31).

지라는 정치적 지배질서와는 무관한, 혹은 그것을 넘어서는 교유의 관계망으로 보여진다. 하지만 이시카와 다쓰조의 백신애를 모델로 한 소설 「봉청화」에서 보여지듯이, 아키타 우자쿠의 일기의 곳곳에서 발견되는 '식민지' 조선에 관한 그의 시선에는 '조선어'나 '조선문화'에 대한 그의 이해와 관심에도 불구하고 극복할 수 없는, 보이지 않는 한계들이 도사리고 있다. '춘향전'의 조선 공연 자체가 총독부 양대 기관지인 《매일신보》와 《경성일보》의 후원으로 이루어졌다는 점을 고려한다면, 일본인 남성 문인들과 백신애라는 조선 여류작가의 교류가 이와 같은 정치적 비대칭성, 혹은 젠더적 비대칭성이라는 문제를 걷어내고 볼 수 있을지 앞으로 보다 더 세심한 연구가 필요하다고 보인다.

윤색된 사실과 여성을 보는 왜곡된 시선
— 장혁주의 백신애 모델 소설에 대하여

서영인

1. 소문 속의 근대 여성 작가, 그리고 백신애 모델 소설

근대 문학사에서 여성 작가들은 온전히 제 몫으로, 한 명의 예술가로 대접받은 적이 별로 없다. 최근 페미니즘적 관점으로 문학사를 새로 읽으려는 시도 속에 이들 여성 작가들이 재조명되고 있으나, 이 작업은 아직도 진행 중이라 할 수 있다. 이러한 여성 작가들에 대한 왜곡된 시선은 남성 작가들에 의해 창작된 이른바 모델소설을 통해서도 분명히 드러난다. 김동인, 염상섭, 전영택 등 근대 문학 초기의 주요 작가들은 여성 작가들을 모델로 삼아 당시의 세태를 그려냈는데, 이는 당시의 여성 작가들이 이른바 '신여성'을 대표하는 존재로, 근대의 시작과 함께 휘몰아친 풍속의 변화, 가치관의 혼란을 반영하는 존재로 인식되었기 때문이다. 김동인의 「김연실

전」, 전영택의 「김탄실과 그의 아들」은 여성 작가 김명순을, 염상섭의 「해바라기」는 나혜석을, 「너희는 무엇을 얻었느냐」는 김일엽을 모델로 한 소설들이다. 이들 소설에서 여성 작가들은 방탕과 문란의 풍속교란자로, 주체적 의식 없이 시류에 부화뇌동하는 자기모순의 대표자로 그려졌다. 이를테면 남성 작가들에 의해 그려진 여성 작가들은 '근대의 나쁜 예'로 관심의 대상이 되었고, 이런 과정 속에서 한국문학사에서 타자화되었다.

백신애를 모델로 한 소설들 역시 이런 범주에 포함된다. 특이한 것은 백신애에 대한 모델 소설들은 일본 작가이거나, 일본에서 활동한 작가들에 의해 창작되었다는 점이다. 제1회 아쿠타가와상 수상자가 되면서 일본문단의 주목을 받았던 이시카와 다쓰조石川達三의 소설, 조선 출신으로 일본문단에서 데뷔했고 이후 일본으로 귀화하여 일본인 작가가 된 장혁주張赫宙의 소설이 그것이다. 이시카와 다쓰조가 백신애를 모델로 쓴 소설은 「사격하는 여자射擊する女」 《新早稻田文學》 1931. 8), 「봉청화鳳青華」《文藝》 1938. 1)인데, 이 소설에서 백신애는 조선인, 여성이라는 지표로 이중으로 타자화되어 있다.* 장혁주는 백신애를 모델로 한 소설을 여러 편 창작했는데, 대표적으로 알려진 것은 그의 자전소설인 「편력의 조서遍歷の調書」(新潮社, 1954)이다. 여기서 장혁주는 백신애와 대구에서 만나 연애를 했

---

* 이승신, 「이시카와 다쓰조의 작품에 나타난 조선인 여성 표상 ― 소설 「봉청화」를 중심으로」, 『어느 식민지 여성의 초상』, 역락, 2017 참조.

고 그 사건으로 백신애의 남편에게 협박을 받아 도쿄로 이주하게 되었다고 쓰고 있다. 그 외에 장혁주가 백신애를 모델로 쓴 소설에 「월희와 나月姫と僕」(《改造》 1936. 11), 「어떤 고백담ある打明話」(『白日の路』 수록, 南方書院, 1941), 「이민족 남편異俗の夫」(《新潮》 1958. 5)*이 있다. 가장 먼저 발표된 「월희와 나」를 제외한 다른 작품에서 장혁주는 백신애와의 연애가 자신이 도쿄로 이주하게 된 직접적 계기라는 말을 반복하고 있다.

이러한 장혁주의 발언은 장혁주 연구자와 백신애의 연구자들 사이에서 편차를 두고 반영된다. 장혁주 연구자들 사이에서 장혁주와 백신애의 연애사건은 기정사실화되어 장혁주 연보에도 그대로 반영된다.** 그에 반해 백신애 연구자들은 장혁주의 발언을 전적으로 신뢰하지 않고 있으며 연보에도 이에 관한 내용은 누락되어 있다.*** 이는 장혁주와 백신애의 관계에 대한 언급이 장혁주의 소설을 제외하고는 아직 발견된 예가 없다는 점, 장혁주의 소설에 묘사된 백신애의 모습이나 행적과 백신애의 다른 소설에서 드러난 내용이 거의 정반대라 할 만큼의 거리를 두고 있다는 점 때문이다. 자전소설이라 하더라도 소설에 언급된 내용이 어디까지 진실인지를 확인하

---

* 이후 이 글에서 장혁주 소설의 인용은 인용 끝에 작품명만 밝힌다.
** 대표적인 경우로 김학동, 『장혁주의 문학과 민족의 굴레』, 역락, 2011; 시라카와 유타카, 『장혁주 연구 ─ 일어가 더 편했던 조선작가 그리고 그의 문학』, 동국대학교출판부, 2010 참조.
*** 대표적인 경우로 이중기, 『방랑자 백신애 추적보고서』, 전망, 2014 참조. 이중기는 이 책에서 장혁주의 발언을 전적으로 신뢰할 수 없다고 하면서 소설 외에 이러한 사실을 확인할 근거가 없다는 점을 이유로 들고 있다.

기는 어렵다. 특히 백신애의 경우 이와 관련된 자료를 전혀 찾아 볼 수 없기 때문에 소설을 곧바로 사실로 간주하는 것은 위험하다. 그러나 여기에서 더 중요한 것은 장혁주의 소설에서 언급된 내용이 사실인가 아닌가의 여부보다도 장혁주가 백신애라는 작가를 모델로 한 소설에서 어떤 시선으로 근대 여성 작가 백신애를 바라보고 있는가 하는 점이다. 자전소설을 포함하여 장혁주의 소설들은 결국 장혁주가 쓴 '소설'이라는 범주에서 연구되어야 하며 여기에 반영된 자전적 사실들은 어디까지나 참고자료에 불과하다. 이 소설들을 '소설'로 다루기 위해서는 거기에 등장하는 인물 및 사건을 작가가 어떤 관점과 방법으로 형상화하고 있는가를 살피는 것이 필수적이다. 장혁주가 백신애를 모델로 하여 수차례 발표한 소설에서 백신애의 모습은 어떻게 형상화되어 있는가. 그리고 이러한 백신애의 형상화를 통해 장혁주 소설의 성격을 어떻게 규정할 수 있을까.

2. 체험의 차용과 전향소설의 성격 ―「월희와 나」

장혁주가 백신애를 모델로 한 소설은 30년대부터 50년대까지 시간의 편차를 두고 발표되었고, 백신애와 장혁주와의 관계는 발표 순서상 뒤로 갈수록 점점 더 노골적으로 묘사된다. 「월희와 나」는 이 중 가장 앞선 시기에 발표된 소설이며, 뒤에 발표된 소설들이 노골적으로 소설 속의 등장인물이 백신애라는 것을 지시하고 있는 반면 「월희와 나」는 비교적 허구적 원칙을 지키려 한 소설이다. 여기에서 백신애를 모델로 한 여성인물 '월희'는 작중의 '나'와 과거 사회주의운동을 함께 했던 동지이며 현재에는 지주의 첩으로 고통스러운 일상을 보내고 있는 인물로 그려진다.

이 소설에서 '월희'가 백신애를 모델로 한 인물이라는 것을 알려주는 가장 뚜렷한 표지는 소설 속에 등장하는 시베리아 밀항의 체험이다. 여기에서 '시베리아 밀항'의 사건은 백신애가 실제로 1926년 감행했던 시베리아 유랑의 체험에서 가져온 것이다. 자료를 통해 백신애의 행적을 추적한 이중기에 따르면 백신애는 1926년 가을 무렵 시베리아로 밀입국하였고 러시아 비밀경찰인 게베우에 체포되는 등의 고난을 겪은 후 1927년 초 귀국하였다.[*] 백신애의 이러한 시베리아 체험은 그의 대표작인 「꺼래이」를 통해 형상화된 바 있고, 백신애는 뒤에 「나의 시베리아 방랑기」(《국민일보》 1939. 4. 23/30)라는 산문을 쓰기도 했다. 「나의 시베리아 방랑기」를 통해 짐작할 수 있는 백신애의 시베리아 체험이 「월희와 나」에서도 등장하고 있는 것이다.

그로부터 다섯 시간. 웅기항에서 닻을 올리기까지 변소 안에 쭈그리고 앉은 채 숨을 죽이고 있었다. 다리가 저려오고, 아니 막대기가 되었다가 돌이 되고, 그리고는 어떻게 되었는지 무엇

---

[*] 백신애의 시베리아 행에 관한 자세한 내용은 이중기, 앞의 책 참조.

이 되었는지 알 수 없었다.*

　　우리는 •••••••••••••••••••••• 하지 않으면 안 되는
곤경에 빠졌다. 눈 오는 밤, 웅기의 항구 밖에 ••••••••••••••
로 가는 화물선에 잠입한 적이 있다. 그녀는 어부를 속여 낮부
터, 우리들 남자 두 사람은 밤에 잠입하여 배의 바닥으로 들어
간 것이었다. (「월희와 나」)

　　웅기항에서 화물선에 잠입하여 블라디보스토크로 갔다는 백신
애의 체험은 이 소설에서 그대로 차용되는데, 여기에서 이 시베리
아행 체험은 월희와 과거 동지였던 '나'가 동행한 것으로 윤색된다.
'나'는 물론 소설 속 인물이기는 하지만 여기에는 작가의 처지와 심
경이 일정 부분 투영되어 있다. 그리고 장혁주의 실제 행적과는 상
관이 없다. 백신애가 시베리아로 갔던 1926년 가을 즈음 장혁주는
경상북도 청송군 안덕면립학교 교원으로 취직하여 이듬해 봄까지
근무했다.** 시베리아 체험이 주는 이국적 풍속, 사회주의자로서의
모험이라는 이미지는 소설 속에서 사회주의운동을 하던 시절의 뜨
거운 이상을 표상하는 소재로 차용된다. 백신애의 체험을 차용하고
여기에 '나'를 슬쩍 끼워 넣음으로써 과거 사회주의운동을 함께 하

---

*　백신애, 「나의 시베리아 방랑기」, 『원본 백신애 전집』(이중기 편), 577쪽에서 인용.

**　이 시기 장혁주의 행적에 대해서는 시라카와 유타카, 앞의 책, 253쪽 연보 참조.

던 시절의 동지애, 목표와 이상을 갖고 노력했던 과거의 삶이 그려지고 있는 것이다. "몇 번이나 부자유의 몸이 되고, 경제적으로 쪼들린 일도 있었지만 우리는 명랑한 희망을 잃어버리려고는 하지 않았"(「월희와 나」)던 시절은 현재의 비루함과 속물적인 일상에 대비되어 더욱 강렬한 삶의 광휘를 발휘한다.

'나'는 학교에서 벌어지는 세력다툼과 파벌싸움에 지친 일상을, 월희는 남편과 시어머니와의 갈등 등 가정 생활의 고충을 서로 털어놓음으로써 비속한 일상적 삶을 견디는 데서 오는 비참한 심정을 서로 위로한다. 서로의 일상을 교환하며 관계가 깊어지자 두 사람은 이러한 비속한 일상을 벗어나는 길은 죽음뿐이라는 결론을 내리면서 동반자살을 기획한다. 온천장에서 동반자살에 대한 서로의 뜻을 확인한 후 그들은 산사의 암자로 향한다. 깎아지른 절벽 위에 자리잡은 암자에서 그들은 자살할 계획이었으나 결국 자살은 한낱 도피일 뿐이라는 결론을 내리고 삶의 욕망을 느끼는 것으로 소설은 끝났다. "우리와 같은 인간은 영원히 구원받지 못할 계급의 인간이 아닐까 하고 생각"했지만, 그렇기 때문에 더욱 "어떻게든 그것을 부정하고 구원받고 싶은 욕망을 강렬하게 느끼"게 된 것이다. (「월희와 나」)

"운동의 배경을 잃고 이상도 희망도 없어져버린 오늘의 사회정세에 우리는 최후의 이성마저 상실해버렸"지만, "이런 세상일수록 바르게 살아남아야 한다고 생각하는"(「월희와 나」) 전개는 전형적인 전향소설의 얼개를 취한다. 사회주의적 운동을 했던 시절, 이상과 목표가 있는 삶의 가치, 그리고 이념적 지표를 잃어버리고 한낱 생계를 위한 속물로 전락해버린 현실, 삶의 의미를 찾을 수 없어 방황했으나 그럼에도 불구하고 살아가기 위해 찾아내는 새로운 삶의 지표.「월희와 나」에서 과거 사회주의운동을 했던 시절은 시베리아 체험으로 대표되며, 현재의 비속한 삶은 '나'의 학교생활 내의 사소한 권력다툼, '월희'의 가정 내 갈등으로 나타난다. 두 사람은 이러한 현재를 견디지 못해 죽음을 결심하지만 죽음의 직전에서 새로운 삶의 의욕을 되찾는다. '구원받고 싶은 욕망'을 강렬하게 느끼는 것으로 소설은 끝나지만 그 이후 이 욕망이 소설쓰기로 탈출구를 찾으리라는 것을 짐작할 수 있다.

「월희와 나」는 장혁주가 조선과 일본을 오가는 생활을 청산하고 도쿄로 거주지를 옮긴 직후에 발표된 작품이다. 당시 조선과 일본에서 공히 탄압과 사회정세의 변동으로 전향을 발표하는 지식인들이 늘어가고 있었고 이러한 심경을 형상화한 전향소설들이 속속 발표되고 있었다는 점을 생각해보면 「월희와 나」는 사소설적 형식을 취하면서 이러한 추세에 부응한 소설이라 판단할 수 있다.* 장혁주의 경우에는 죽음으로부터 탈출하는 삶의 욕망이 단지 사상에 대한

---

* 1933년 일본 공산당 최고 지도자로 주목받던 사노 마나부와 나베야마 사다치카가 공동으로 전향성명을 발표한 이후 일본에서는 전향자가 속출했다. 문학 분야에서는 최초의 전향소설이라 평가받는 무라야마 도모요시의 「백야(白夜)」(1934. 5) 이후 가히 전향소설의 범람이라 부를 만한 현상이 계속되었다. 히라노 겐(고재석·김환기 옮김), 『일본 쇼와문학사』, 동국대학교 출판부, 2001, 207~210쪽 참조.

청산일 뿐 아니라 조선생활의 청산이기도 하다는 점에서 중요하다. 일본문단에서의 본격적 활동을 시작하면서 이전의 자신과 구분되는 삶의 태도를 천명한 것이라 볼 수 있기 때문이다. 그리고 이 과정에서 '월희'는 사회주의자의 과거를 환기시키는 존재로 등장하고, 백신애의 행적과 겹치는 시베리아행은 사회주의운동 시절의 강렬한 체험을 부각하는 소재로 차용되었다.

그렇다면 이 소설에서 백신애를 모델로 한 '월희'는 어떻게 형상화되었는가. 이후의 작품에서 일관되게 나타나는 부정적 형상에 비한다면 이 작품에서 '월희'는 상대적으로 긍정적인 시선으로 묘사되었다고 볼 수 있다. '월희'는 과거 시베리아 체험 당시 러시아 경찰의 총격에 도망치는 남성 동지들의 비겁을 일갈하는 당찬 면모를 보여주며, 현재의 '나'와 환멸과 상실감을 나누는 이해자로 그려지기도 하기 때문이다. 그러나 이러한 '월희'의 상대적으로 긍정적인 형상은 분열적이다. 주체적이고 용감한 월희가 과거의 월희라면, 현재의 월희는 환멸에서 헤어나지 못하면서 자신의 삶을 결정하지 못하는 혼란스러운 모습으로 형상화된다. 특히 동반자살을 결정하고 감행하는 대목에 이르면 월희는 자신의 삶에 대해 아무런 결정권도 가지지 못하는, 오로지 '나'의 결정에 갈팡질팡하는 모순적 존재로 그려진다. '나'에 의해 동반자살이 제안되고 월희는 이견 없이 이에 따르기로 하였으며 그것의 철회 역시 '나'에 의해 결정되고 이때도 '월희'는 여기에 따른다. 가족과 일상으로부터 벗어나기 위한 죽음과, 그것을 딛고 새로운 삶으로 나아가려는 욕망의 과정에서

'월희'는 배제된다. '나'는 월희의 과거에 자신을 이입하고, 현재의 월희와 자신을 분리시킴으로써 각성과 전향의 서사를 완성시키고 있다. '월희'로 대표되는, 그리고 백신애를 빌어 나타났던 왜곡된 여성인식과 혐오의식은 이미 발아되어 있었던 셈이다.

3. 사실과 허구의 교묘한 혼합과 여성혐오적 시선 ― 「어떤 고백담」

「어떤 고백담」은 1941년 장혁주의 소설집 『대낮의 길白日の路』에 수록된 소설이다. 통상 단편은 잡지 등에 발표된 후 소설집에 수록되는 것이 일반적인데 「어떤 고백담」의 경우는 원 출처를 찾을 수 없다. 아직 원출처가 발견되지 않았거나, 잡지 발표 없이 소설집 출판 당시 새로 창작된 소설이라고 짐작할 수 있다. 「어떤 고백담」은 거의 실명이라 할 수 있을 정도로 당시 실존 인물들과 사건들을 소설 속에 등장시키고 있으며, 특히 백신애의 행적에 대해서는 집요하다고 할 만큼의 추적을 반영하고 있다는 점에서 문제적이다.

소설이 발표된 1941년은 백신애가 1939년 췌장암으로 사망한 지 2년이 지난 시점으로, 소설은 1938년 장혁주가 〈춘향전〉 공연을 위해 조선을 순회하고 있을 때를 배경으로 한다. 당시 백신애는 오빠 백기호가 있던 칭다오로 가서 상하이를 거쳐 귀국한 직후였고 소설 속에서 '백숙희'로 이름만 바뀌어 표기되었을 뿐, 그 행적이 그대로 드러나 있다. 뿐만 아니라 당시 〈춘향전〉 공연에 동행했던 아키타 우자쿠秋田雨雀는 하루타 우쵸春田雨鳥로, 니키 히토리仁木獨人는 미키三木로 표기되며 백신애와 관계가 있었던 일본 작가 이시카와 다쓰조石川達三는 이가와 다케조伊川剛三로, 오카다 사부로岡田三郎는 오카다 산시로岡田三四郎로 표기하고 있다. 한두 자씩 글자를 바꾸었 지만 한자와 일본어 발음을 비교해보면 실제 인물을 짐작하기 어 렵지 않다. 백신애의 청도기행과 죽음뿐 아니라 〈춘향전〉 순회공연 당시 아키타 우자쿠나 니키 히토리와의 만남, 이시카와 다쓰조가 백신애를 모델로 한 소설, 니키 히토리에 대한 백신애의 글, 아키타 우자쿠의 백신애에 대한 회고까지 모두 소설에 등장하고 있어서 거 의 백신애 사후 그의 행적을 모두 조사한 것이 아닌가 싶을 정도이 다. 그렇기 때문에 이 소설은 소설에 묘사된 거의 모든 내용을 실제 에서 취재한 것이라고 생각하게 만든다.

그러나 그렇기 때문에 더욱 소설에 언급된 내용을 모두 사실이라 고 생각하기에는 무리가 있다. 백신애와 관련된 내용이, 그것도 기 록이나 자료로 확인될 수 있는 내용만 집중적으로 이 시기에 발생 했다고 보기는 힘들기 때문이다. 백신애와 관련한 내용 외에도 이 소설은 당시 실제 있었던 사건과 인물들을 소설 속에서 노골적이라 할 만큼 자세히 다루고 있다. 대표적인 예가 소설에 언급되는 S와 의 관계이다. 소설 속의 '그'가 소설에 대해 추천사를 쓴 것이 인연 이 되어 가까워진 S는 소설가 최정희의 동생 최정원이라고 추측할 수 있다. '그'가 S의 소설에 추천사를 쓴 적이 있고, S가 소설이 발표 된 잡지에서 '미스 조선'으로 선정된 적이 있다는 점, 사상사건에 연루되어 감옥에 간 S의 남편 등은 대부분 최정원에 대한 당시의 기록과 일치한다. 장혁주는 최정원의 소설 「낙동강」에 대해 추천사를 쓴 적이 있고 최정원은 「낙동강」을 발표한 잡지 《삼천리》의 앙케이트 조사로 '미스 조선'에 선정된 적이 있다. 최정원의 남편은 실제로 사회주의 사건으로 구금된 전력이 있는 이갑기였다. 장혁주는 최정원의 신변적 사실을 이름만 S로 바꾸어서 소설에 쓰고 있으며* 남편의 폭력에 못 이긴 S를 탈출시킬 계획 운운하며 S와 특별한 관계였음을 암시하고 있다. 소설에 쓰인 내용을 사실로 믿는다면 장혁주는 남편과 갈등을 빚고 있던 최정원과 도피를 기획하던 중에 백신애와 연애를 했고, 그 연애가 백신애의 남편에게 들켜서 도쿄로 이주한 셈이 된다. 소설에 등장하는 내용의 사실 여부는 이 글의 주요 관심사가 아니지만, 장혁주의 소설 속에 등장한 백신애는 장혁주에 의해 윤색된 채로 형상화되었으며, 장혁주는 그가 직간접으로 관여한 여러 사실들과 당시의 기사 등의 자료를 조합하여 이러한 윤색을 보충했다고 볼 수 있다.

그렇다면 실제의 사건들과 인물들을 총동원하여 윤색한 백신애 모델 소설 「어떤 고백담」은 백신애를 어떤 인물로 형상화하고 있을까. 이 소설은 백신애가 사망한 지 2년이 지난 시점에 발표되었으며 백신애 생전의 모든 업적과 행적들은 이미 수정되거나 변경될 수

---

* 「어떤 고백담」에 등장하는 S에 대한 내용과 실제인물 최정원과의 비교는 한승우, 「자기변명의 문학 — 백신애를 모델로 한 장혁주의 일본어 소설을 중심으로」, 『제11회 백신애 문학제 심포지엄 자료집』(2017. 12 .9)을 참조.

없는 상황이었다. 다시 말하면 이 시점에서 백신애는 1929년 조선일보 신춘문예로 등단하여 20여편의 소설과 여러 산문들을 발표한 작가였으며, 「꺼래이」, 「적빈」 등의 대표작이 『현대조선여류문학선집』이나 『현대조선문학전집』에 수록된 것에서 알 수 있다시피 조선의 중요한 작가 중 한 명으로 인정받고 있었다. 그러나 소설 어디에도 백신애가 당시의 활발히 활동한 중요한 작가라는 사실에 대한 인정은 없다. 백신애가 작가라는 사실보다 더 중요한 것은 방탕하고 신의없이 충동적 낭만에나 젖는 경박한 여자라는 사실이다. 백신애를 겨냥한 소설 속 인물 '백숙희'에 대한 여러 언급에서 이는 일관되게 드러난다.

> 백숙희는 사변 후 베이징으로 가서 일하고 있던 그녀의 오빠가 병이 나서 며칠 전에 경성을 막 떠났다고 하고, 베이징에 간 김에 상하이 부근까지 여행할지도 모른다는 것이었다.
> 그녀는 반도문단의 여류작가 중 한 명이기도 해서, 그런 여행의 계획을 소재 찾기로 생각하지 못할 것도 없지만, 그는 그녀가 이전에 만주나 시베리아를 방랑했던 일을 생각하며 무언가 또 퇴폐적인 느낌을 감지하기도 했다. (「어떤 고백담」)

작가의 정체성을 의식한다면 그 작가의 여행은 의당 소재 찾기나 새로운 경험의 일환으로 생각하는 것이 마땅하지만 소설 속의 '그'는 이 여행 역시도 무언가 퇴폐적인 느낌으로 받아들인다. 그는 백숙희와의 연애사건 때문에 쫓겨나다시피 도쿄로 간 것, 그 이후에 백숙희로부터 어떤 연락도 받지 못했다는 사실 때문에 원망을 품고 있었고 그 와중에도 백숙희가 자신이 조선에 와 있다는 소식을 들으면 그가 있는 곳으로 달려와 줄 것이라고 기대한다. 어렵사리 백숙희를 만났을 때 백숙희가 과거 그와의 연애사건에 대해 사과나 위로의 말을 해주지 않는 것에 분노를 느낀다. 이런 식의 묘사를 통해 백숙희는 순간적 쾌락으로 연애사건을 일으킬 뿐 신의나 진실한 애정에 대한 의식이 없는 경박하고 부정한 여자로 그려진다. 그리고 이러한 부정하고 경박한 여자의 유혹에 말려들어가 쫓겨나듯 조선을 떠난 '그'는 마녀에게 인생을 망친 순진한 남자가 된다. 소설에서 백숙희는 과거를 토로하러 찾아온 그를 내치고 순회공연의 일원으로 참가한 미키를 만나러 나간다. 미키와의 만남을 목격한 '그'는 백숙희와 미키가 연애하고 있는 사이라고 단정하고 그녀가 왜 미키 같은 남자를 좋아하는지 알 수 없어 한다. 그가 보기에 미키는 배우가 되고 싶었으나 자질이 부족하여 극단의 경리부 직원으로 있으면서 그것으로 권세를 부리는 속물이기 때문이다. 미키를 폄하함으로써 백숙희는 다시 한번 경박하고 부정한, 겉으로 보이는 허상으로 남자를 평가하는 지조 없는 속물이 된다. '그'가 보기에 과거의 연애로 상처받은 남자 따위는 아랑곳없이 이 경박하고 부정한 여자는 계속 연애중이다. 그 연애는 필시 순간적 쾌락과 속물적 허상에 젖은 방탕하고 퇴폐적인 습성의 발로일 것이다.

그는 백숙희가 미키를 사랑하고 있었다는 것, 미키와 결혼을 약속했다는 것을 그 유언으로 확실히 알았고, 동시에 백숙희가 어째서 미키와 같은 우둔한 남자를 사랑했는지 이해할 수 없었다. 어떤 남자가 백숙희를 평하여 말하기를 그 여자는 유달리 체구가 크다든가, 상당히 명성이 있었다든가, 테러리스트라든가, 그런 강력한 힘에 홀린다고 했던 것을 문득 떠올렸다. 어느 날은 어쩌면 그것이 정곡을 찌른 것이 아닌가 하고 생각하기도 했다. (「어떤 고백담」)

앞에서 언급했다시피 이 소설에서는 백신애와 관계를 맺은 일본 인들과의 교유가 매우 상세하게 언급되어 있는데, 백신애의 도쿄 유학시절 교유했던 이시카와 다쓰조 역시 소설의 말미에 등장한다. 이가와라는 작가와의 만남이 그것이다.

이가와가 문득 "자네, 백숙희 아는가"라고 말을 걸길래 "알고 있지, 거기에 대해서 자네에게 말하고 싶은 것이 있어서 말야, 요 4, 5년간 근질근질했지"라고 말했다. "자, 말해보게"라고 하길래, 그는 은해사 사건을 말했다. 그러자 이가와는 "빌어먹을, 빌어먹을, 나는 안 되었는데, 너는 개새끼야"라며 시비를 걸며 그의 어깨를 팡팡 때리기도 했다. 그리고 "그러나 어쨌든 알 수 없는 여자야. 그래도 나는 그 여자보다 더 인상적인 여자는 없었어. 평생 잊지 못할 거야"라고 말하며 "어이, 정말로 내 작품

을 갖고 있었던가"라며 몹시 기뻐하는 것이었다. 그는 이가와
의 그런 모습에 남성 동지만이 알 수 있는 남자의 순정을 느꼈
다. 이가와의 백숙희에게 향하는 아름다운 꿈을 망가뜨리지 않
기 위해, 일부러 미키의 사건은 비밀에 부치기로 하였다.

(「어떤 고백담」)

장혁주와 이시카와 다쓰조가 실제로 만난 적이 있는지 어떤지는
알 수 없다. 물론 사실 여부는 중요하지 않다. 중요한 것은 백신애에
대한 작가 장혁주의 시선, 또는 연애 관계에 있었다고 하는 남자가
그 연애의 대상이었다는 여자를 어떻게 보고 있는가 하는 것이다.
이가와에게 전하는 백숙희에 관한 이야기는 은밀한 자부심에 젖어
있다. 그 여자와 은해사에서 모종의 사건이 있었다는 자랑, 나는 그
여자를 정복한 적이 있으며, 그에 비해 그 여자를 사랑한 저 남자는
그 여자와 결정적 관계를 맺지 못했다는 데서 오는 우월감. '그'에게
서 '백숙희'는 정복의 대상이며 경쟁과 승부에서 이겼다는 증거이
다. 한 여자를 사랑했(다고 했)던 두 남자 사이에서의 우정과 순정은
가능하지만 상대 여성에 대한 존중감은 결코 공유되지 않는다. 이
런 남자를 사랑할 수 있을 리가 없다. 독자로서의 사견을 덧붙이자
면, 부디 '백숙희'가 '그'를 사랑한 것이 아니라 '그'의 생각대로 '그'
를 농락한 것이기를 간절히 바라고 싶은 심정이다.

그렇다면 백신애를 이처럼 악의적으로 윤색하여 소설화함으로
써 장혁주가 얻은 것은 무엇일까. 간단히 말하자면 못된 여자의 유

혹에 빠져 쫓겨갈 수밖에 없었던 처지를 강조하고, 그러므로 조국의 처자를 버리고 일본 문인으로 행세하게 된 것이 자의가 아니었다는 변명이다. 그러나 이것뿐일까. 식민지인이면서 지방에 거주하는 여성 작가인 백신애를 혐오하고 경멸함으로써 상대적인 우월감을 누리지는 않았을까. 장혁주는 조국을 등지고 제국에 귀화하였으며, 제국의 식민지정책에 적극 협력하여 친일작가의 역할을 충실히 수행했다는 평가에 시달렸던 작가이다. 한편으로 필사적인 노력에도 일본문단에서 본토 작가로 인정받지 못하고 외지 출신 작가라는 꼬리표를 달고 살아야 했던 작가이다. 식민지인으로서의 열등감을 자신보다 하위에 있던 주체인 식민지 여성 작가를 혐오하고 경멸함으로써 보상받을 수 있었다. 이는 인간을 위계화하고 자신보다 하위에 있는 집단을 혐오함으로써 자기 정당성을 확인하는, 혐오문화의 전형적인 타자화 방식이기도 하다. 백신애를 모델로 한 장혁주의 소설은 '자기변명'*의 문학이면서 또한 '자기도취적인 피해보상'의 문학이었다.

4. 악의적 시선을 넘어, 소문 속에서 진실 찾기

1936년 발표된 「월희와 나」에서 1958년 발표된 「이민족 남편」에

---

* 백신애 모델 소설에서 드러난 자기변명의 논리에 대해서는 한승우, 앞의 글 참조.

이르기까지 백신애를 모델로 삼은 소설들에서 반복적으로 등장하는 모티브가 있다. 그것은 깊은 산 속에 위치한 암자에서 단둘이 지냈다는 설정이다. 그리고 이와 유사한 소재가 등장하는 수필이 있는데 장혁주가 1936년 7월 《조광》에 한글로 발표한 「팔공산 바위 우에서」가 그것이다.

> 저녁 해빗은 붉고도 음산하였다. 골작이 속에서 솟은 듯한 바람이 거츨게 나무닢을 쥐흔들었다.
> 저녁에 우리는 선사禪師의 독경과 목탁소리를 들으며 기도를 하고 묵상에 잠겼었다.
> 그는 간혹 가벼운 한숨을 내쉬며 공손히 합장하고 경건한 절을 몇 번이나 거듭하였었다. 나는 그를 따라 절을 하고 묵상에 잠겼다. (「팔공산 바위 우에서」)

이 수필에서 '팔공산 바위 우에서' 함께 시간을 보낸 그가 백신애인지, 거기에서 어떤 사건이 있었는지는 구체적으로 드러나 있지 않다. 다만 이후의 소설에서 반복되는 모티브로 인해 이 등산의 동반자가 백신애일 것이라고 짐작할 수 있을 뿐이다. 발표순에 따라 「팔공산 바위 우에서」를 맨 앞에 두고 순차적으로 이 모티브가 어떻게 사용되었는지를 본다면 백신애를 모델로 한 소설들이 어떠한 스토리를 부가해 나가는지를 알 수 있을 것이다. '선사의 독경과 목탁소리를 들으며 기도를 하고 묵상에 잠겼던' 두 사람의 이야기는 점점 더 성적인 의미를 노골화시키면서 덧붙여진다. 「월희와 나」에서는 동반자살을 결심하고 그것을 결행할 장소로 산사가 설정되면서 기괴하고도 고립된 풍경이 강조되었다면, 「어떤 고백담」에서는 여럿이 가기로 계획했으나 결국 둘만이 가게 된 등산의 장소로 일상과 동떨어진 밀애의 장소가 된다. 「편력의 조서」와 「이민족 남편」에서는 밀애의 장소로서 산사의 장면이 강조되는 한편, 여자가 아이를 낳기 위해 그를 유혹했다는 설정이 부가된다. 「편력의 조서」에서 머리 좋은 아이를 갖고 싶다는 신애(실명으로 등장한다)의 소망과 "주변에서 가장 머리 좋은 사람의 씨를 받을 수 있"다는 이유로 그가 선택되었다는 내용이 이전의 소설과 다르게 새로 등장하는 내용이다. 제일 마지막에 발표된 「이민족 남편」에서는 조선의 여류작가와 밀통한 사건으로 재판을 받아야 할 처지에 놓였는데 그 여인은 아이를 낳고 싶었으나 남편에게 문제가 있어서 "나를 종마로 삼은 것"이라는 식으로 간단히 요약된다. 산사의 암자에 대한 묘사나 밀애 등에 대한 이야기는 앞의 소설들과는 달리 생략되어 있다.

이렇게 부가되는 스토리는 점점 더 성적인 의미를 강조하는 쪽으로, 여성에 대한 혐오와 악의를 노골화하는 방향으로 진행된다. 「월희와 나」에서 산사의 모티브는 비속한 일상을 벗어나기 위해 죽음을 선택하는 남녀 사이의 공감이나 이해로 형상화되는 측면이 있는 반면 「어떤 고백담」에서는 노골적으로 성적인 관계를 암시하면서 은밀한 계획하에 남성을 유혹하는 여성을 형상화한다. 「편력의 조서」에서는 심지어 아이를 낳기 위한 계획적인 유혹이라는 측면을 부각하여 생물학적인 여성의 기능을 강조하기에 이른다. 그리고 「이민족 남편」에서 '그녀가 나를 종마로 삼았'다는 노골적인 표현으로 남성을 생식의 도구로 삼는 악마적 여성상을 그리는 한편으로, 이러한 유혹에 빠져 조선으로 돌아갈 수도 없게 된 작가의 처지를 강조한다. 배수의 진을 치고 필사적으로 일본어를 익히고 일본의 작가가 되기 위해 노력해야 한다는 결의를 위한 모티브가 되는 셈이다. 남성을 흠모하고 그의 뜻에 따르는 순종적 여성에 대한 소망부터 악마적으로 남성을 유혹하지만 사랑과 신의는 지키지 않는 방탕한 여성상, 아이를 낳는 데 집착하는 생식적 여성에 이르기까지 장혁주 소설에 등장하는 여성의 타자화와 혐오는 다채롭다. 그리고 이 과정에서 백신애는 '타자화된 여성', '혐오 대상으로서의 여성'으로 소비된다. 여기에서 백신애와 장혁주가 어떤 관계에 있었는지, 전기적 사실을 찾는 것이 어떤 의미를 지닐 수 있을까. 악의적으로 윤색되고 타자화된 이 문맥을 모두 걷어내고 사실을 사실로 기록하는 것이 가능하기는 할까.

일반화할 수 없지만, 근대 초기부터 남성 작가들의 소설에 모델로 등장한 여성 작가들은 방탕하고 문란한 신여성을 표상하는 데 활용되었다. 백신애의 경우도 같은 범주에서 논할 수 있다. 일종의 스캔들이나 소문으로, 남성 작가의 자기변명이나 보상심리를 위해 악의적으로 형성된 프레임으로부터 벗어날 필요가 있다. 여러 편의 소설을 통해 반복적으로 형상화되면서 단 한 번도 그의 작품적 성취나 작가적 정체성이 수용된 적이 없는 이 소문들을 뚫고 찾아야 할 진실은 무엇일까. 백신애는 한 명의 작가였으며, 악의적 소문으로 훼손된 여성 주체였다는 사실이다. 여전히 미궁 속에 놓인 그의 수많은 전기적 행적에 관한 내용 역시 이러한 진실과의 연관하에 진지하게 추적되고 해석되어야 한다. 이 글의 일차적 목적은 사실이라는 이름으로 강요된 소문들의 실체를 확인하는 데 있었다. 이지점은 사실의 편견을 넘어서서 진실의 가치를 추적하기 위한 출발점이기도 하다.

백신애 연보

1908년 (1세) 5월 20일 경북 영천군 영천면 창구동 68번지에서 백내유白乃酉와 이내동李內東의 1남 1녀 중 둘째로 태어났으며 어릴 때 이름은 무잠武簪, 호적 이름은 무동戊東이었다. 아버지 백내유는 어릴 때 이웃 고을 경산군에서 영천으로 옮겨와 포목점과 잡화상, 현대식 정미소를 운영했다.

1913년 (6세) 글을 배우기 시작하여 천자문을 다 익혔으나 어린 나이에 너무 어려운 글을 읽으면 명이 짧아 빨리 죽는다며 아버지가 더 이상 공부를 못하게 했다.

1918년 (11세) 집에서 50여 미터 거리에 영천공립보통학교가 있었으나 11세까지 건강 문제로 학교에 다니지 못한 채 집에 이모부 김 씨를 독선생으로 두고 한학을 배우며 영천향교에도 나갔다.

1919년 (12세) 5월 1일 영천공립보통학교 2학년에 편입학했다. 학적부 이름은 무잠武簪이었다. 이때부터 호적 이름과 학적부 이름은 한 번도 일치하지 않았다. 가을에 『소학』 한 권을 다 외웠다.

1920년 (13세) 9월 1일 대구 신명여학교(현 종로초등학교)로 전학했다. 학적부 이름 신애信愛, 출생년도가 1907년으로 정정되어 있다. 이때 아버지 백내유 주소가 대구였고 직업은 '곡물상'이었다.

1921년 (14세) 10월 신명여학교 중퇴. 학적부는 중퇴 이유를 '건강'이라고 적고 있다. 이후 백신애는 어떤 글이나 자필이력서에서조차 신명여학교에 다닌 사실을 언급하지 않았다.

1922년 (15세) 12월 1일 영천공립보통학교 4학년에 편입학했다. 학적부 이름은 술동戌東. 학적부와 졸업 대장은 있어도 졸업사진에는 백신애가 보이지 않아 실제로 학교에 다니지 않은 유령학생이었을 것으로 보인다. 4학년 편입학은 경북도립사범학교에 신설된 단기강습과 입학을 위한 편법이었다. 자인공립보통학교에서 보관하고 있던 자필이력서에는 학적부와 달리 1923년 3월 1일 입학, 3월 25일 졸업, 4월 1일 경북도립사범학교에 입학한 것으로 되어 있다.

1923년 (16세) 3월 18일 출생연도 1906년으로 호적을 정정했다. 호적을 고친 이유는 사범학교에 입학하기 위한 연령 조건 때문이었다. 영천공립보통학교 수업연한 4년 과정을 졸업했다. 당시 남학생은 6년제였으나 여학생만 4년제였다. 경북도립사범학교 단기 강습과에 입학했다. 이 무렵 아버지는 달성군 내당동에 '백내유정미소'를 증축해 '조양정미소'로 바꾸었다.

1924년 (17세) 경북도립사범학교 졸업. 모교인 영천공립보통학교에 부임했다. 이 무렵 '조선여성동우회'에 가입하여 영천에서 비밀리에 여성단체를 조직했다.

1925년 (18세) 경산 자인공립보통학교로 옮겨갔다. 이때, 첫사랑 남자인 대
구《조선민보朝鮮民報》기자 이우백李雨栢을 만난다. 1924년 1월 10일
《동아일보》기사에 의하면 이우백이 문예잡지《이상촌》과 유아잡지
《보步》창간호를 1월 30일에 발행한다는 기사가 있다. 또『국역 고등
경찰요사』'제5장 출판 경찰 편 제2절'에도 "1924년에는 이우백(영
천)이《보》및《잣나무》(뒤에《이상촌理想村》으로 개제改題)"라는 짧은
글이 보인다.《동아일보》가 발간 예고 기사를 썼다면 일제경찰은 발
행 과정을 지켜본 10년 후『고등경찰요사』에 기록했으니 먼저《잣
나무》로 발행되었다가《이상촌》으로 제호를 바꾼 것으로 봐야 할 것
이다.『고등경찰요사』는 조선총독부 경상북도경찰부가 일선 경찰서
에 참고자료로 배포하기 위해 1934년 비밀리에 발간한 책이다. 일제
경찰이 작성한 자료에 의하면 이우백은 신문기자가 되는 정통코스
인 도쿄신문학원을 다닌 영천 출신이었다.《보》와《이상촌》같은 잡
지 발간 이력으로 보아 1924년 7월 창간호를 낸《부녀지婦女之光》
에 소설「꿈의 결혼」을 발표한 이우백과 동일인물인 것으로 추정된
다. 백신애와 이우백은 영천에서부터 알고 있는 사이였는지는 모르
나 두 사람 관계는 오래가지 못했다. 이우백이 음력 10월 12일(양력
11월 27일) 결혼한다는 기사가 사진과 함께《동아일보》(1925. 11. 6)
에 실렸던 것이다. 신부될 사람은 경성여자고등보통학교 사범과를
나와 경주공립보통학교 교사로 있는 이경분李敬分이었다. 기사에 의
하면 이경분은 1922년부터 경주공립보통학교에 근무했기 때문에
김윤식 시인이 작성한 백신애 연보에서 '경북공립보통학교 여성교
사 1호'가 아니라는 사실이 확인되었다. 이우백은 일제강점기《조선

신보》와《대구일일신문》해방 후에는《합동신문》에서《대구시보》를 거쳐《매일신문》으로 옮겨갔다.

정확히는 알 수 없으나 12월 방학을 한 후, 아니면 11월 6일 이후 학교를 그만두고 서울로 올라간 것으로 보이며, '조선여성동우회'와 '경성여자청년동맹' 상임위원으로 활동했다.

1926년 (19세) 1월 5일 조선여성동우회와 문화소년회가 주최한 서울 청진동 회중교회 강연회에서 어머니와 소녀들 대상으로 '가정생활 개선' 주제로 강연을 했다. 이날《신여성》주간 소파 방정환도 함께 강연을 했다. 1월 10일 조선여성동우회 간친회에서 감상담 발표 사실이《시대일보》에 보도되었다. 이 사실이 1월 22일 학교와 당국에 알려져 권고사직을 당한 것으로 김윤식은 『꺼래이』(조선일보, 1986) 연보에서 밝혔지만 이것은 교원 사령 명부 기록에 의존한 것일 뿐이었다. 2월 20일 천도회관에서 경성여자청년동맹 1주년 기념식에 단독으로 집회허가를 받아내고 대회를 성사시켰다. 3월 3일 제2회 정기총회를 통하여 '경성여자청년동맹' 집행위원으로 선출되었다. 7월 인천 병인청년회 주최 학술강연회에서 강연을 하게 되어 있었으나 연사가 요주의 인물이란 이유로 금지되었다. 8월 14일 시흥군 북면 노량진청년회 주최로 '여성해방과 경제조건'을 주제로 강연하고, 16일 화일和一청년회가 주최한 남녀정사情死 비판 강연회에서 '정사는 자본주의 산물'이라는 주제 강연을 마지막으로 1927년 10월 28일까지 신문지상에서 이름이 사라진다.

6월 오빠 백기호가 제2차 조선공산당사건으로 영천에서 검거되어 종로경찰서로 압송되었다.

가을 블라디보스토크로 떠났다. 「나의 시베리아 방랑기」에 의하면

원산에서 웅기를 거쳐 가는 2천 톤급 상선 화물칸에 숨어 블라디보스토크에 도착하자마자 검거되어 게베우극동본부 유치장에 감금, 한 달 후 추방당했다. 두만강국경 농가에서 한 달여 동안 머물다 '쿠세레야 김'이란 가짜여권을 구해 블라디보스토크로 갔다. 1959년에 「백신애 여사의 전기」(『씨 뿌린 사람들』)를 쓴 이윤수와 『현대한국문학사탐방』을 쓴 김용성은 백신애가 시베리아 벌판에 쓰러졌는데 동사 직전에 한 노파가 구해주었다는 사촌여동생 증언을 싣고 있다. 블라디보스토크로 떠난 목적이 밝혀지지 않았듯이 시베리아를 방랑한 이유 또한 알 수가 없다.

1927년 (20세) 이 무렵 아버지 백내유는 대구역 근처에 미창米倉을 여럿 두고 경북 각지에서 쌀을 사들여 일본으로 내다파는 거대미곡상이 되어 큐슈 출신 첩에게 홀치기공장도 차려준 신흥재력가였다. 이때, 백내유는 장차 사위가 될 동래은행원 출신 이근채를 홀치기공장 관리인으로 데려왔다. 10월 오빠 백기호가 사임한 영천청년동맹 교양부 위원으로 선임되었다. 11월 7일 영천청년동맹 주최 러시아 혁명 기념강연회에서 강연을 했고, 11월 14일 경동선 연안에 산재한 각 신문잡지기자 조직인 경동기자동맹 제3회 경동기자대회를 조양각朝陽閣 누상에서 개최했을 때 서기로 지명되었다.

1928년 (21세) 1월 신간회 영천지회 정치문화 상무, 영천청년동맹회관에 차린 여자야학 교사. 5월 근우회 영천지회 설립준비위원으로 임시의장을 맡았고, 6월 2일 근우회 영천지회 설립, 7월 영천청년동맹 벽璧신문 편집 책임자, 7월 근우회 임시전국대회에서 중앙집행위원으로 선출되었다. 8월 경북청년도연맹 여자부장으로 16일에 경북 청도신간회 주최 '부인과 사회' 강연을 하기로 되어 있었으나 '상사 명령'이란 이유로 청도경찰서가 금지시켰다.

1929년 (22세) 《조선일보》 신춘문예에 단편소설 「나의 어머니」(필명 박계화)가 1등 당선. 시점은 알 수 없으나 일본유학 중이었다.(일본대학 예술과에 다녔다고 하지만 기록은 찾을 수 없다.) 지금까지 백신애 일본유학에 관해서는 1986년 김윤식의 「백신애 연구초抄」 이후 1930년 5월로 알려져 왔다. 그러나 2017년 9월 국립중앙도서관이 (재)아단문고가 소장하고 있던 자료를 전자책으로 구축해 놓았는데, 거기에 《조선문예》가 있고, 그 잡지 창간호(1929. 5) '신진작가 소개'란의 백신애 약력에는 "현재 도쿄 유학"으로 기술되어 있다. 이 약력은 백신애가 직접 작성해서 잡지사로 보냈는지, 잡지사 담당자가 작성했는지는 알 수가 없다. 또 백신애 당선소감(원본에는 '감상문')은 실려 있지 않고 "전부 삭제"라고 되어 있다. 신춘문예 소설 2등 당선자인 전춘호는 사진과 함께 당선소감이 게재되어 있고, 사진도 없는 백신애는 당시 토쿄에 있었기 때문에 연락이 닿지 않았을 것으로도 유추해볼 수 있으나 굳이 "전부 삭제"라고 부기해 둔 것이 검열에 의한 것인지, 검열을 의식한 편집부의 조치였는지는 알 수 없다. 그러나 분명한 것은 백신애가 공부를 하기 위해 도쿄로 간 시기는 1929년 4월 이전이었다는 사실이다.

1930년 (23세) 도쿄에서 영화배우가 되어 있었다. 그 사실은 백신애를 모델로 쓴 「봉청화鳳青華」 작가 이시카와 다쓰조石川達三의 산문 「한반도와 나」에서 "배우모집 선전에 이끌려 조선에서 건너온 젊은 여배우가 있었다. 조성희照星姬라는 예명은 오카다 사부로가 붙여주었다고 나는 들었다. (…) 나와 조성희 사이의 교유는 반년 정도 이어졌다. (…) 이윽고 그녀의 고향에서 내 앞으로 편지가 왔다. 주소는 경상북도 경산군 반야월이란 곳으로, 그녀의 본명은 백신애라고 쓰여 있다"고 회고했다. 영화잡지 《키네마 순보》(1930. 4. 21) 363호에 의하면 백신애는 '조성희'라는 예명으로 '일본키네마제작주식회사' 여배우 중 한 명이었다. 《키네마 순보》(1930. 5. 11) 365호에는 일본키네마주식회사 제2회 작품 〈모던 마담〉에 출연한 스틸사진과 그 이름이 보인다. 일본키네마는 〈모던 마담〉 제작 후 파산했기 때문에 백신애 배우 활동은 〈모던 마담〉이 처음이자 마지막이었다. 카페 종업원, 식모, 세탁부 같은 일을 하면서 삼월회, 근우회 도쿄지회에도 관여했다.

1931년 (24세) 가을에 귀국했다. 아버지가 대구 달성로에 견직물 공장과 달성공원 앞에 삼화三和제면공장을 세웠다(이 건물은 훗날 이병철이 사들여 삼성상회가 된다).

1932년 (25세) 이근채와 약혼했다.

1933년 (26세) 3월 17일 대구 공회당에서 이근채와 현대식으로 결혼식을 올리고 일본 규슈九州와 닛코日光로 신혼여행을 다녀왔다.

1934년 (27세) 단편 「꺼래이」를 《신여성》 1월호와 2, 3월 합본호에 발표하면서 본격적인 작품 활동을 시작했다. 4월 《신가정》이 주최해 조양회관에서 열린 '대구여성좌담회'에 참석했다. 6월 《신여성》에 생전 단한 편만 남긴 시 「붉은 신호등」을 발표했다. 7월 《오사카매일신문》

조선판에 산문 「인텔리 여성의 집」을 발표(4~6일)했는데 약력에 "노지露호 국경에서 GPU(러시아 비밀경찰)의 총탄을 받았다. (…) 외국어 흑인 교수의 비서에서 일본 키네의 인기 여우와 파란에 찬 반생을 가진 다정다감한 사람"이라는 대목이 보인다. "외국어 흑인 교수 비서"였다는 것에 대해서는 아직까지 밝혀진 바가 없다. 11월 《개벽》속간호에 「적빈」을 발표했다.

1935년 (28세) 《소년중앙》 1월호에 소년소설 「멀리 간 동무」를 발표했다. 《소년중앙》 4~7월호까지 장편 소년소설 「푸른 하늘」을 연재했으나 2회와 3회분이 수록된 잡지가 존재하지 않아 작품은 찾을 수 없다. 12월 병 치료와 온천요양을 위해 규슈로 간 아버지 백내유가 사망해 규슈대학병원으로 갔다.

1936년 (29세) 1월 《삼천리》 주최 여류작가좌담회에 참석했으나 발언을 거의 하지 않았고 박화성과 두 사람은 기념촬영도 하지 않았다. 4월 《오사카매일신문》 조선판 '반도 여류작가집'에 「악부자」가 번역되어 6회에 걸쳐 소개되었다. 10월 9일 「꺼래이」를 개작했음을 수록된 『현대조선여류문학선집』에서 밝히고 있다. 12월 반야월 괴전 마을 과수원에 새 집을 지어 이사하고 손수 농사도 지었다.

1937년 (30세) 4월 대구에서 동인지 《문원文園》이 발간되었는데 창간호가 존재하지 않아 백신애도 여기에 참여했는지는 알 수 없으나 5월에 펴낸 2집에 산문 「초화」를 발표한다. 동인은 신삼수, 이윤기, 정명헌, 김학준, 함성운, 손원도, 최병문 등 문학청년들이었다.

1938년 (31세) 1월 『현대조선문학전집』에 개작한 「적빈」이 수록되었다. 5월 남편과 별거, 친정으로 돌아오면서 8월까지 단편소설 「광인수기」, 「소독부」, 「일여인」을 연이어 발표한다. 9월 25일 위장병으로 입원했던 병원에서 퇴원했다. 그 무렵, 반야월 1천 그루 사과밭을 팔아 상선 한 척을 사들였는데 그 상선이 오랫동안 돌아오지 않자 행방을 쫓아 중국으로 갔던 오빠 백기호가 돌아오지 않고 있었다. 그런 오빠를 찾아 칭다오로 가 20여일이나 행방을 좇다가 10월 15일 상하이로 향했다. 상하이에서 오빠를 만나고 소설가 강노향도 만나면서 보름 정도 머물다가 10월 말경에 귀국했다. 11월 「여행은 길동무」에서 밝힌 니키 히토리(본명 이노우에 고타로井上豪太郎)와 소설가 아키타 우자쿠秋田雨雀를 만났다. 니키 히토리는 조선공연을 온 '신협극단'배우 겸 경영선전부장이었다. '신쓰키지극단'과 '도쿄 좌익극장' 등 프롤레타리아연극을 표방하는 극단에서 배우로 활약한 뒤 신협극단의 발전에 진력했지만, 조선 흥행 후 1939년에 장티푸스로 서른한 살에 목숨을 잃었다. 장혁주의 〈춘향전〉 조선공연 때 신협극단 단원들과 동행했던 작가 아키타 우자쿠에 의하면 장혁주도 참석한 11월 7일과 8일 대구 연회宴會에서, 9일에는 경주로 가는 기차가 반야월역에 정차했을 때 차창 밖으로 백신애를 보았다고 『아키타 우자쿠 일기』에서 밝히고 있다.

1939년 (32세) 1월 「채색교」를 개작하고 「식인食因」을 「호도糊途」로 게재 후 개작해 수록한 『여류단편걸작집』이 발간된 뒤, 일본으로 갈 계획을 세웠으나 포기하고 서울로 갔다. 어머니와 오빠 부탁으로 조카 공부를 돕기 위해서였다. 2월 8일 소설가 유진오 집에서 니키 히토리가 사망했다는 소식을 듣고 아키타 우자쿠에게 편지를 보냈다. 아키

타 우자쿠는 「조선여류작가와 니키 히토리」를 써서 영화잡지 《테아토르テアト口》 3월호에 발표했는데 그 글에서 백신애 편지 전문을 공개했다. 3월 노천명 시인 집 방 한 칸을 얻어 경성제국대학병원에서 라듐치료를 받았다. 이때 시인 백석과 평론가 백철을 만나 기생집도 드나들며 피를 토하면서까지 술을 마셨다. 죽기로 작정한 것 같은 폭음에 백석과 백철이 제동을 걸고 글쓰기를 강요했다. 만신창이가 되어버린 이때 「어느 유언초抄」(《매일신보》)를 발표했다. 4월 「봄 햇살을 맞으며」, 「나의 시베리아 방랑기」, 「청도기행」, 「혼명에서」를 써내자 백석과 백철이 들고 가 자신이 근무하는 《국민신보》와 《여성》과 《조광》에 발표해주었다. 5월 오빠 백기호가 학교에 다니는 두 딸과 함께 기거하도록 총독부 근처에 집을 구해 노천명 시인 집에서 나왔다. 5월 말경에 병이 악화되어 경성제국대학병원 13실호에 입원했으나 병은 극도로 악화되어 갔다. 약 먹는 것을 거부하며 몇 차례나 자살을 시도했지만 간병하던 오빠 때문에 실패했다. 이때 백석과 백철이 자주 문병을 갔고 소설가 이석훈을 비롯한 여러 문인들도 다녀갔다. 6월 23일 오후 5시 경성제국대학병원에서 췌장암으로 눈을 감았다. 서울에서 화장을 하고 어느 절에서 하룻밤을 묵은 뒤 경북 칠곡군 동명면 금암리 산 40번지 중산골에 있는 가족묘지 아버지 옆에 안장했다.

1970년대 초, 집안에 계속되는 불행(전쟁 때 오빠 백기호 사망, 두 질녀 월북, 1950년대 조카 한근 사망 등)의 원인은 가족묘지에 '출가외인이 안장되어 있기 때문'이라는 풍수와 점쟁이들 말 때문에 파묘되고 말았다. 소설가 김용성이 1973년에 펴낸 『한국현대문학사탐방』에서 친정 질부가 병원 침대 가에는 꽤 많은 분량의 원고뭉치가 남아 있었다고 하는데 누가 출판을 하겠다고 가지고 간 뒤 찾지 못했다고 말한 그 원고는 소설 「아름다운 노을」과 산문 「여행은 길동무」였다. 그 원고는 백철이 보관하면서 백석과 의논해 작품집을 발간하기로 오빠 백기호에게 약속했으나 끝내 작품집은 발간되지 않았다. 「여행은 길동무」는 백철이 일본어로 번역해 자신이 근무하는 《국민신보》 7월 2일자에 발표했다. 백석이 요청해서 백철이 쓴 백신애 추모 글 「요절기夭折記」가 《여성》 8월호에 실렸다. 중편소설 「아름다운 노을」은 백석이 가져갔으나 만주로 떠나는 바람에 그 자리를 이어받은 계용묵이 주선해 《여성》 1939년 11월호부터 1940년 2월호까지 4회에 걸쳐 연재되었다.

그 후, 1951년 5월 22일 전쟁 중에 죽순시인구락부가 주최하고 시내 각 일간신문이 후원하는 백신애추모회가 대구 미국공보원에서 성대하게 열렸다. 시인 구상, 백기만, 유치환, 이설주, 소설가 장덕조 등이 백신애에 대한 발언을 했다. 1986년에 30여 년 동안이나 백신애 생애와 작품을 추적해 온 시인 김윤식이 최초의 작가론이면서 작품론인 「백신애연구초抄」를 《경산문학》에 발표하고 이듬해 『꺼래이』(조선일보, 1987)가 발간되면서 백신애를 한국문학사에 복원시켰다. 2007년 영천에서 백신애기념사업회가 발족되어 문학비를 세우고 문학상을 제정했으며, 백신애길이 명명되었다. 2009년부터 『백신애 선집』, 산문집 『슈크림』, 백신애문학제 세미나에서 발표한 논문을 엮은 『백신애연구』에 이어 『방랑자 백신애 추적보고서』, 『원본 백신애전집』을 발간했다.

백신애 작품 연보

■ 소설

1929년 「나의 어머니」,《조선일보》1월 1일

1934년 「꺼래이」,《신여성》1~2월, 개작 후 『현대조선여류문학선집』
(1937) 수록

「복선이」,《신가정》5월

「춘기春飢」,《신여성》5월

「채색교彩色橋」,《신조선》10월, 개작 후 『여류단편걸작집』(1939)
수록

「적빈赤貧」,《개벽》11월, 개작 후 『현대조선문학전집』(1938) 수록

「낙오」,《중앙》12월

1935년 「악부자顎富者」,《신조선》8월

「의혹의 흑모黑眸」,《중앙》8월(장편 1회)

「정현수」,《조선문단》12월

1936년 「학사」,《삼천리》1월

「식인食因」,《비판》7월, 「호도糊塗」로 개작 후 『여류단편걸작집』
(1939) 수록

「정조원貞操怨」,《삼천리》8월 / 1937년 1월

「어느 전원의 풍경」,《영화조선》11월

1938년 「광인수기」,《조선일보》6월 25일 ~7월 7일

「소독부小毒婦」,《조광》7월

「일여인一女人」,《사해공론》9월

1939년 「혼명混冥에서」,《조광》5월

「아름다운 노을」,《여성》11월~1940년 2월(유고작)

■ 소년소설

1935년 「멀리 간 동무」,《소년중앙》1월

「푸른 하늘」,《소년중앙》4월~7월

■ 콩트

1935년 「상금 삼 원야」,《동아일보》7월 31일~8월 1일

1937년 「가지 말게」,《백광》6월

■ 시

1934년 「붉은 신호등」,《신여성》6월

■ 산문

1934년 「도취삼매」,《중앙》2월

「백합화단」,《중앙》4월

「연당」,《신가정》7월

「인텔리 여성의 집」,《오사카매일신문》7월 4일~6일

「제목 없는 이야기」,《신가정》10월

「추성전문秋聲前聞」,《중앙》10월

1935년 「사명에 각성한 후」,《신가정》2월

「무상의 낙」,《삼천리》3월

「종달새」,《신가정》5월

「슈크림」,《삼천리》7월

「납량 2제」,《조선문단》8월

「정차장 4제」,《삼천리》10월

1936년 「매화」,《중앙》1월

「여성단체의 필요」,《조선중앙일보》1월 24일/28일

「백안白鴈」,《조선일보》3월 5일~7일

「철없는 사회자」,《중앙》4월

「울음」,《중앙》4월

「일기 중에서」,《문예가文藝街》12월

1937년 「춘맹春萌」,《조광》4월

「자수」,『현대조선여류문학선집』

「금잠金簪」,『현대조선여류문학선집』

「초화草花」,《문원 2집》5월

「금계납金鷄納」,《여성》6월

「종달새 곡보」,《여성》6월, 개작 후『조선문학독본』(1939)에 수록

「녹음하綠陰下」,《조광》6월

「동화사」,《조광》8월

「손대지 않고 능금 따기」,《소년》8월

「사섭私囁」,《조광》9월

「촌민들」,《여성》9월

1938년 「눈 오던 밤의 춘희」,《여성》1월

「이럴 데가 또 있습니까」,《여성》9월

1939년　「자서소전自敍小傳」,『여류단편걸작집』

　　　　「어느 유언초抄」,《매일신보》3월 29일

　　　　「봄 햇살을 맞으며」,《국민신보》4월 9일

　　　　「여행은 길동무」,《국민신보》7월 2일(유고작)

■ 기행문

1939년　「나의 시베리아 방랑기」,《국민신보》4월 23일/30일

　　　　「청도기행」,《여성》5월

이시카와 다쓰조(石川達三, 1905-1985)

일본의 소설가. 브라질 농장체험을 토대로 한 소설 「창맹(蒼氓)」으로 1935년 제1회 아쿠타카와 문학상을 수상하였다. 사회비판적인 소설을 창작하여 1938년 「살아 있는 병사」가 판매금지 처분을 받기도 하였다. 전후에 사회파 작가로서 대중적인 소설을 다수 창작하였다.

장혁주(張赫宙, 1905-1998)

소설가. 경상북도 대구 출생. 본명은 장은중으로 장혁주는 필명이다. 일본명은 노구치 미노루(野口稔). 후일 필명으로 노구치 가쿠추(野口赫宙)를 사용하였다. 일본어로 쓴 소설 「아귀도(餓鬼道)」가 1932년 4월 일본 잡지《개조(改造)》의 현상공모 2등으로 입선하여 주목받았다. 이후 친일문학적인 일련의 소설을 발표하였고, 전후 일본으로 귀화하여 역사물에서 추리물까지 다양한 장르의 소설을 창작하였다.

아키타 우자쿠(秋田雨雀, 1883-1962)

일본의 극작가, 소설가, 시인, 사회운동가. 1904년에 시를, 1908년에 소설을 발표하고 1909년에 '자유극장'에 참가하면서 희곡을 썼다. 시, 소설, 희곡뿐 아니라 동화, 평론 등 다양한 분야에서 활동했다. 일본사회주의동맹, 일본 프롤레타리아 에스페란티스트 동맹 등에 참여하여 사회주의운동을 한 바 있고 에스페란토어 보급에도 힘썼다. 1934년 신협극단의 결성에 참가하여 사무장을 맡았고 잡지《테아토르》를 창간했다.

이윤수(李潤守, 1914-1997)

대구 출신의 시인. 호는 석우(石牛). 1938년《일본시단》에 「청언의 노래」를 발표하며 시인으로 데뷔했다. 1945년 '죽순시인구락부'를 창립하고 대표를 맡았으며 1946년 5월 해방 후 최초의 시전문지로 평가받는《죽순》의 창간을 주도했다. 1948년 대한민국 최초의 시비인 '상화(尙火)시비'를 대구 달성공원에 건립하고 '이상화선생추모사업회' 결성을 주도하는 등 지역문화 발전에 중요한 업적을 남겼다. 시집으로『인간온실』(1960),『신이 뿌린 어둠』(1982),『별이 된 단풍잎』(1991) 등이 있으며, 백신애의 생애를 다룬 최초의 글인 「백신애 여사 전기」(백기만 편,『씨 뿌린 사람들』, 1959)를 쓰기도 했다.

백신애, 소문 속에서 진실 찾기

일제강점기 대표적 여성 작가 백신애를 모델로 한 일본어 소설 연구

초판 1쇄 발행 2017년 12월 30일

엮은이 서영인·이승신
펴낸이 오은지
펴낸곳 도서출판 한티재 등록 2010년 4월 12일 제2010-000010호
주소 42087 대구시 수성구 달구벌대로492길 15 전화 053-743-8368 팩스 053-743-8367
전자우편 hantibooks@gmail.com 블로그 www.hantibooks.com

ⓒ 서영인·이승신 2017
이 책은 영천시의 지원을 받아 출간되었습니다.

ISBN 978-89-97090-79-2 03810
이 책 내용의 일부 또는 전부를 이용하려면 반드시 저작권자와 한티재 양측의 동의를 받아야 합니다.
저작권자를 확인하지 못한 작품은 추후 정보가 확인되는 대로 적법한 절차를 밟겠습니다.

이 도서의 국립중앙도서관 출판예정도서목록(CIP)은 서지정보유통지원시스템 홈페이지
(http://seoji.nl.go.kr)와 국가자료공동목록시스템(http://www.nl.go.kr/kolisnet)에서
이용하실 수 있습니다. (CIP제어번호: CIP2017035754)

책값은 뒤표지에 있습니다.